DER BADISCHE KRIMI 12

Ralf H. Dorweiler, geboren 1973, lebt mit seiner Opern singenden Frau, seinem Sohn, den Bassets Dr. Watson und Peppi und vielen weiteren Tieren seit fünf Jahren in einem der südlichsten und wohl auch schönsten Zipfel Deutschlands, dem Wiesental. Er arbeitet als Redakteur für eine Tageszeitung. Im Emons Verlag erschien »Mord auf Alemannisch«.

RALF H. DORWEILER

EIN TEUFEL ZU VIEL

DER BADISCHE KRIMI

Emons Verlag

Umschlagzeichnung: Heribert Stragholz
Druck und Bindung: Clausen & Bosse GmbH, Leck
Printed in Germany 2007
ISBN 978-3-89705-518-6

Für meinen leider viel zu früh verstorbenen Vater
Franz Dorweiler, der mir als Kind immer Märchen erzählt hat

Mein Vater wird noch die ganze Welt
erobern und mir nichts zu tun übrig lassen.
Alexander der Große

EINS

»He, du siehsch aber us wie Schießdräck!« Erwin Trefzer lachte laut, als Rainer Maria Schlaicher mit verdrecktem Anzug, wirrem Haar und einer Alditüte unterm Arm von seiner Garage zur Haustür hetzte.

»Wart emol, ich ha öbbis für dich!«, rief Trefzer ihm über die Straße nach, aber Schlaicher stürzte mit todernster Miene durch die Tür und nahm die Treppe im Laufschritt, um einer möglichen peinlichen Begegnung mit den anderen Mietern zu entgehen.

Rainer Maria Schlaicher stank nach altem Fett, Fleisch- und Fischresten und viel zu viel Sojasauce. Ein Geruch, der in seinem Wagen unerträglich geworden war und gegen den auch die offenen Fenster trotz der beißenden Kälte nicht viel bewirkt hatten. Sein momentan einziger repräsentativer Anzug war voller Glasnudeln; das helle Grau hatte sich durch die Feuchtigkeit und den Schmutz stellenweise dunkel und rot gefärbt. Auch in den Haaren klebten Essensreste. Er hatte zwar schon im Wagen versucht, die Reisklumpen herauszubekommen, in der Eile war ihm aber nur eine notdürftige Säuberung gelungen. Irgendeine Flüssigkeit war in seinen rechten Schuh gelaufen. Er wollte sich gar nicht vorstellen, was da bei jedem Schritt schmatzte. Die Tüte unter seinem Arm war ebenfalls vollgeschmiert, aber zum Glück war nichts, das hatte Schlaicher bereits kontrolliert, durch die zweite Tütenschicht gedrungen, die seine flache, quadratische Beute schützte.

Im zweiten Stock angekommen, brauchte er mehrere Anläufe, bis er mit dem Schlüssel das Schlüsselloch traf. Er stieß die Tür auf und schoss in seine Wohnung.

Drinnen blieb er stehen, legte den Kopf in den Nacken und atmete tief aus, bevor er die Tüte vorsichtig auf den gekachelten Boden stellte. Das war mit Abstand der unangenehmste Auftrag gewesen, den er je zu erfüllen gehabt hatte.

Ein tiefes Grunzen ertönte aus der Wohnung, dann klackerten Dr. Watsons Pfoten die Treppe von der Galerie herunter.

»Hallo, Watson!«, murmelte Schlaicher kurz und beeilte sich, ins Badezimmer zu kommen, bevor der Basset ihn erreichen konnte. Dr. Watson zeigte durch eine Mischung aus Bellen und Brummen, dass er sich freute, sein Herrchen zu sehen, und gleichzeitig beleidigt war, allein gelassen worden zu sein. Schlaicher schaffte es gerade noch, die Badezimmertür vor der Hundeschnauze zu schließen. Er ließ die Wanne einlaufen und füllte besonders viel Latschenkieferessenz ins Badewasser. Er musste diesen China-Imbiss-Geruch loswerden. Dann zog er die stinkenden Kleider aus und legte sie sorgsam aufeinander. Nicht trotz, sondern wegen des Schmutzes.

Die Frau, deren Klingeln ihn aus der Badewanne geholt hatte, starrte entsetzt auf den Spalt des zu engen Bademantels, den Schlaicher verzweifelt zuzuhalten versuchte.

Dr. Watson schaute wedelnd zwischen den Beinen seines Herrchens hindurch. Schaum klebte an seinem Ohr. Er grunzte in Richtung der braunhaarigen Frau. In einem schwarzen, sehr weiblich geschnittenen Mantel und hochschaftigen, ebenfalls schwarzen Lederstiefeln stand sie vor ihnen. Ihr Blick heftete sich auf die noch von Saucenresten schmutzigen und von einem tropfenden Mann feuchten Fliesen. Sie rümpfte die Nase.

»Oh, ich dachte, Sie wären jemand anderes«, stammelte Schlaicher und drückte Dr. Watson mit einem Bein nach hinten, was nicht einmal kurzfristigen Erfolg brachte.

Die Frau schüttelte mit einer knappen Bewegung den Kopf. »Vielleicht ist es besser, wenn ich ein anderes Mal vorbeikomme. Ich hätte mich anmelden sollen.«

Schlaicher grinste verlegen. »Ja, vielleicht ist das am besten, entschuldigen Sie bitte.«

»Dann auf Wiedersehen.« Sie drehte sich um und schien gehen zu wollen, überlegte es sich dann aber anders.

»Ich habe mich Ihnen noch nicht vorgestellt«, sagte sie und lächelte angestrengt. »Mein Name ist Anke Grainer.«

Schlaicher nickte und versuchte, ihren Namen einzuordnen, was ihm nicht gelang. Es gab hier unten im Wiesental so viele Grainers.

»Sollte ich Sie kennen?«, fragte er nun. Sein Blick wanderte unwillkürlich zu der Stelle, wo sich der Mantel über zwei Wölbungen spannte. Er zwang sich, Anke Grainer wieder ins Gesicht zu blicken, und half mit der zweiten Hand nach, seinen Bademantel geschlossen zu halten. Dr. Watson hatte sich gesetzt und beobachtete die Situation gespannt.

»Ich bin Sarahs Mutter«, antwortete die Frau.

Jetzt wusste Schlaicher, mit wem er es zu tun hatte. Sarah war die Freundin seines Sohnes Lars.

»Ah so. Ein wirklich nettes Mädchen«, brachte er hervor.

Anke Grainer nickte kühl. Mit der linken Hand wischte sie sich eine Strähne aus dem hübschen Gesicht.

Sie standen sich schweigend gegenüber und warteten darauf, dass der andere die Initiative ergreifen würde.

»Wie Sie sehen, bin ich im Moment etwas, na ja, indisponiert. Vielleicht könnte ich Sie später anrufen?«

»Ich glaube, es wäre doch besser, wenn ich gleich mit Ihnen sprechen könnte«, sagte sie scharf und verschränkte die Arme.

»Ja, äh, dann kommen Sie rein.« Überrumpelt trat Schlaicher zur Seite.

Er führte die Frau durch den Flur, wobei er einen alten Kauknochen von Dr. Watson zur Seite kickte und dann in der Küche den Inhalt des Mülleimers auf dem Boden verteilt vorfand.

»Oh, verdammt!«, sagte er halblaut und bückte sich, um den Müll aufzuheben, stand aber gleich wieder auf, als er bemerkte, dass er sonst die Kontrolle über seinen Bademantel verlöre.

»Könnten Sie sich vielleicht etwas anziehen?« Das war keine Frage, sondern ein Befehl.

»Ja, natürlich. Setzen Sie sich doch.« Schlaicher verschwand in Richtung Badezimmer.

Als er zurückkam, gekleidet in eine braune Jeans und einen weiten beigen Rollkragenpullover, stand Anke Grainer immer noch. Dr. Watson lag in sicherem Abstand platt auf dem Boden und betrachtete sie mit hochgezogenen Lidern, während ihre Augenbrauen sich vor Skepsis fast berührten. »Entschuldigen Sie bitte die Unordnung. Das ist nicht normal.«

»Nein, das ist es in der Tat nicht.«

»Dr. Watson räumt manchmal den Müll aus«, erklärte Schlaicher und wandte sich dann halbherzig dem Hund zu: »Böser Dr. Watson.« Dann begann er, den Müll aus Gemüseresten und einer bis zum Boden ausgelutschten Hundefutterdose sowie diverse Verpackungen zusammenzuschieben und in den Eimer zurückzustopfen. »So sind Bassets nun mal. Dabei ist er sonst ein sehr netter Hund.«

»Sie haben Reis in den Haaren«, bemerkte Anke Grainer mit eisiger Stimme.

»Oh, die habe ich noch nicht gewaschen.«

»Und deswegen haben Sie Reis darin?« Als sie »Reis« sagte, überschlug sich ihre Stimme. Die Arme verschränkt, tippte sie mit dem Fuß mehrmals auf die Fliesen.

Schlaicher fuhr mit der Hand durch seine Haare. Alles war klebrig. Langsam wich die Verblüffung über den unerwarteten Besuch der Wut über seinen schmutzigen Auftrag.

»Sie sind unverschämt«, sagte er, stand auf und betrachtete Anke Grainer von oben bis unten. »Ich glaube, ich muss Ihnen nicht erklären, warum ich wie aussehe. Vielleicht sind jetzt Sie eher dran, mir zu erklären, wie ich zu Ihrem unangekündigten Besuch komme.«

Anke Grainers Mund stand jetzt offen. Sie schnappte nach Luft, schien dann aber die Contenance wiederzufinden. Ihre Worte kühlten die gut geheizte Dachgeschosswohnung um einige Grad ab. »Sarah hat mir nicht viel von Lars und Ihnen erzählt. Wir haben im Moment wohl ein paar Schwierigkeiten. Aber ich halte es nicht für richtig, dass ein sechzehnjähriges Mädchen in solcher Regelmäßigkeit bei ihrem Freund übernachtet. Geschweige denn mit ihm in den Urlaub fährt. Ich wollte eigentlich mit Ihnen darüber reden, aber das hier«, sie vollführte eine umfassende Geste, »übertrifft meine schlimmsten Befürchtungen. Ein Saustall, alles dreckig, und es stinkt, wenn ich das mal sagen darf.«

»Dürfen Sie nicht«, brachte Schlaicher hervor, öffnete aber trotzdem die Tür zum Balkon. »Sie haben doch keine Ahnung, was hier gerade los ist. Und wenn es Sie beruhigt: Lars ist ein guter Junge. Wenn ich mir Sie allerdings so anschaue, dann haben Sie mit Ihrer Tochter auch früh angefangen.«

Dr. Watson stand auf und trollte sich weg von den lauter werdenden Stimmen. Streit konnte er gar nicht leiden. Außerdem hatte etwas anderes seine Aufmerksamkeit erregt: die Tüte, die noch immer am Eingang an der Wand lehnte. Er leckte einmal darüber und fand den Geschmack offenbar ebenso angenehm wie den Geruch. Dann tatschte er mit einer großen, dicken Pfote dagegen und zog die Tüte zu Boden, wo er nun begann, sie abzuschlecken. Er wagte einen Blick hinein, und bald steckte sein ganzer Schädel in der Tüte, wo er mit seiner feinen Nase einen Klumpen feuchten Reis gerochen hatte. Nur die Enden seiner langen Schlappohren schauten noch heraus.

Als er sein Herrchen seinen Namen brüllen hörte, erschrak er so heftig, dass er bei dem Versuch, aus der Tüte herauszukommen und gleichzeitig den Reisklumpen schnell noch zu verschlingen, die Tüte samt Inhalt hochriss.

Schlaicher sah das Unglück kommen, ehe es geschah. Dr. Watson war ein mutiger Hund, wenn es darauf ankam, sein Rudel gegen ernste Gefahr zu verteidigen, aber bei Lappalien war der gewaltige, immerhin dreiunddreißig Kilogramm wiegende Basset ein Angsthase. Noch bevor Schlaicher den Hund packen konnte, rannte das Tier panisch mit der Tüte über dem Kopf in Richtung Badezimmer. Er rammte den Türrahmen und versuchte, in die andere Richtung davonzukommen, aber Schlaicher erwischte ihn an den Hinterbeinen. Dr. Watson riss sich los, Schlaicher packte nach, bekam aber nur noch den Schwanz zu greifen. Der Basset heulte laut auf und warf sich zu Boden, die Tüte noch immer über dem Kopf.

Schlaicher rutschte auf den Knien zu ihm, sprach beschwichtigende »Ist doch alles gut«-Formeln, bis es Dr. Watson endlich gelang, mit Hilfe seines Herrchens seinen Kopf aus dem Plastik zu befreien und schnell sichere Distanz zwischen sich und das böse Ding zu bringen.

Erst hinter Anke Grainer blieb der Basset mit eingekniffenem Schwanz und besonders tief hängenden Ohren stehen. Argwöhnisch schaute er zu seinem Herrchen.

Schlaicher kniete auf dem Boden. Er wagte kaum, die Tüte zu

berühren. Die äußere war zerfetzt, und eine Holzkante hatte sich durch die innere gebohrt. Er atmete tief durch, warf einen bösen Blick auf Dr. Watson und einen vernichtenden auf Anke Grainer, deretwegen er Watsons Aktion nicht schneller bemerkt hatte, und nahm sich dann des Dramas an. Er entfernte die äußere Tüte ganz, dann streifte er die zweite vorsichtig ab, darauf bedacht, die Kante des Holzrahmens nicht weiter zu beschädigen. Schließlich hielt er das Bild in Händen.

Das kleine Gemälde selbst war unversehrt, doch der breite, mit Edelsteinen verzierte Rahmen war an einer Ecke aus dem Leim gegangen, hatte sich jedoch noch nicht vollständig gelöst. Ein Stein fehlte. Die Leinwand hing an der Ecke locker und löste sich bei jeder Bewegung weiter.

»Den Rahmen kann man wieder machen«, sagte Anke Grainer hinter ihm, fast mitleidig. Währenddessen kramte Schlaicher in den Tütenresten und fand den kleinen roten Edelstein, den er fest in seiner Hand verschloss.

»Ich hoffe es«, sagte er und stand auf. Das Bild hatte sich mittlerweile an der kaputten Ecke komplett vom Rahmen gelöst.

Anke Grainer kam näher und sagte nur: »Oh Gott!«, was Schlaicher auch nicht unbedingt beruhigte.

Immer noch auf das Bild starrend, ging er an ihr vorbei und öffnete die Tür zu seinem Schlafzimmer. Hier hätte er es gleich hinbringen sollen. Er legte das Bild aufs Bett wie ein rohes Ei auf eine Steinplatte und wandte seinen Blick nicht von der Aussparung, in der der Edelstein sitzen sollte. Ein kleines Stück Holz war abgesplittert. Er setzte den Stein in die zu groß gewordene Kuhle. Dann entschied er sich um und legte das rote Steinchen auf den Nachttisch.

Dem jungen Mädchen auf dem Bild schien das alles nichts auszumachen. Mit seiner weißen Haube auf dem Kopf lächelte es das immer gleiche Lächeln eines Mädchens, das weiß, dass es hübsch ist. Die Nase war vielleicht ein wenig krumm, die Augen vielleicht ein bisschen zu weit auseinander, aber ihre Lippen waren voll und ihre Wangen gerötet. Im Hintergrund konnte man einen Garten erkennen, der ebenso wie das Mädchen von altem Firnis stark abgedunkelt war. Rechts hinter ihr stand ein Hirsch unter lichten Laubbäumen und links ein Pferd vor einem Stall. Beide Tiere zeigten keine Scheu.

Der Rahmen des Bildes war fast zehn Zentimeter breit und aus dunkel gebeiztem, fast schwarz wirkendem Wurzelholz und mit zahlreichen Verzierungen versehen. Die Besonderheit allerdings waren die kleinen Rubine, die den Rahmen wie Tränen besetzten. Drei auf jeder Seite und vermutlich unbezahlbar. Schlaicher wusste, dass das Bild wertvoll war, der Rahmen hingegen ein kleines Vermögen kostete. Zumindest für einen Mann, der in Müllcontainern rumkroch, um seinen Lebensunterhalt zu verdienen.

»Ist das Bild wertvoll?«, fragte die nervige Frau, die in der Tür stand und Schlaichers ungemachtes Bett betrachtete.

»Ich denke, es ist am besten, wenn Sie jetzt endlich gehen«, sagte Schlaicher kühl.

»So etwas brauche ich mir nicht zweimal sagen zu lassen. Sie hören noch von mir«, schoss sie zurück und wäre fast über den immer noch verängstigt dreinschauenden Dr. Watson gestolpert, bevor sie die Tür selbst fand und dies mit einem lauten Knall allen im Haus deutlich machte.

»Tochter des jüdischen Händlers Abraham, 1698. Von Marius Delthorst«, sagte Schlaicher und nippte an seiner Tasse lauwarmen, bittersauren Kaffees.

Martina Holzhausen, seine Angestellte, saß ihm in einem knöchellangen Wollkleid am Küchentisch gegenüber und schüttelte ihren in die linke Hand gestützten Kopf. Dann riss sie den Kopf hoch und rief: »Wir sind doch bestimmt versichert!«

»Meinst du etwa, irgendeine Versicherung übernimmt den Schaden an einem im Auftrag eines Arbeitgebers gestohlenen Bild? Meine Haftpflicht jedenfalls nicht, die habe ich nur privat.«

»Und für die Firma?«

»Zu teuer.«

»Was ist mit der von Dietsche?«

Schlaicher schaute auf. »Vielleicht, ich weiß es nicht.«

»Was willst du jetzt machen?«

»Das war sowieso ein Scheißauftrag«, knurrte Schlaicher, ohne auf ihre Frage einzugehen.

»Wie hast du das Bild überhaupt rausgekriegt?«, wollte Martina wissen.

Schlaicher atmete tief ein und aus, massierte sich mit den Handflächen die Schläfen und erzählte:

»Reingekommen bin ich wie geplant. Dieser schwule Italiener, Mario, war da. Kam gleich an und hat ein Geschäft gewittert, aber ich bin erst mal lange durch die Galerie geschlendert und hab das richtige Fenster gecheckt. Es war gekippt, wie du gesagt hast. Aber Mario ist mir nicht von der Seite gewichen. Darum habe ich ihn nach einem Kaffee gefragt, und er ist gegangen, um einen zu machen.«

»Mit diesem unglaublich lauten Kaffeeautomaten«, ergänzte Martina.

Schlaicher nickte und nahm erneut einen Schluck aus seiner Tasse, stellte sie aber angewidert gleich wieder auf den Tisch zurück.

»Die Tüten hatte ich gefaltet im Jackett. Als ich hörte, wie der Kaffeeautomat die Bohnen mahlt, hab ich das Bild abgenommen, in die Tüten gesteckt und zum gekippten Fenster rausgleiten lassen.«

»Genau in den Müllcontainer«, strahlte Martina, denn das war ihre Idee gewesen.

»Genau in den Müllcontainer. Dann bin ich in den vorderen Teil der Galerie gegangen und habe mich da weiter umgesehen, wo Mario gerade mit dem Kaffee fertig war. Den habe ich ganz in Ruhe getrunken und auch schon gesehen, dass Mario langsam nervös wurde. Fünf nach zwölf habe ich ihm gesagt, ich würde noch mal kommen, weil er ja jetzt Mittag habe, und da hat er gestrahlt.«

Martina lachte, und auch Schlaicher konnte sich ein Lachen nicht verkneifen. Martina hatte den italienischen Angestellten, der in Dietsches Kunstgalerie arbeitete, drei Tage lang beobachtet. Um Punkt zwölf verließ er jeden Tag die Galerie und traf sich mit seinen zwei Brüdern zum Essen in Papas Pizzeria. Genau wie für Dr. Watson war das Mittagessen für die drei Brüder ein festes Ritual. Und kam das Essen nicht pünktlich, wurden alle unleidig – Mario, seine Brüder und auch Dr. Watson.

»Ich bin erst in die andere Richtung, und als er dann um die Ecke war, wieder umgedreht und in den Hinterhof. Und jetzt kommt's: Ich will gerade das Bild aus dem Container holen, da geht die Hintertür von dem Chinesen auf und der Koch kommt raus. Ich habe mich hinter den Container geduckt und musste miterleben, wie der Typ zwei riesige Eimer Müll in den Container schüttet.«

Schlaicher schaute böse zu seiner kichernden Assistentin. Dann fuhr er fort: »Mir blieb nichts anderes übrig, als reinzuklettern.«

Martina ging erst, als sie einen Diebeszug in einem Freiburger Buchladen durchgesprochen hatten, der morgen stattfinden sollte. Allerdings verließ sie Schlaicher nicht, ohne einen erneuten Kommentar wegen der »verdreckten Wohnung« loszulassen. Als sie draußen war, fiel Schlaicher auf, dass sein Anrufbeantworter blinkte und drei Nachrichten anzeigte.

Die erste Nachricht begann mit einem aufgeregten Keuchen, dem ein Räuspern folgte. »Dietsche hier. Herr Schlaicher, Sie haben doch das Bild von dem Mädchen mitgenommen, oder? Ich hoffe es inbrünstig. Bitte rufen Sie mich gleich an. Ich bin bis halb sechs im Laden und dann über Handy zu erreichen. Sie haben die Nummer, ja?« Schlaicher notierte sich die Telefonnummer trotzdem noch einmal, die Dietsche hektisch zweimal aufsprach, bevor er endete: »Rufen Sie mich jederzeit an!«

Nach einem Piepton, der Dr. Watson zum Mitfiepen veranlasste, ging es weiter: »Hallo, Dad. Es ist jetzt zwei. Sarah und ich gehen heut Abend auf 'ne Party. Du brauchst nicht zu warten. Kann spät werden.« Wieder ein von Dr. Watsons Klagetönen gefolgtes Piepen, dann hörte Schlaicher eine weitere bekannte Stimme: »Rainer Maria«, hallte der lang gezogene, tiefe Singsang seines Vaters aus dem Lautsprecher. »Wahrscheinlich hast du es wieder vergessen, aber ich komme heute. Vielleicht können wir diesmal eine unangenehme Szene und langes Warten vor deiner Haustür vermeiden. Es ist vierzehn Uhr dreißig, und ich werde wohl gegen neunzehn Uhr da sein. Wie abgesprochen.«

Schlaicher schaute auf die Uhr. Es war halb sechs. Zu spät, um

Dietsche zurückzurufen, worüber er eigentlich froh war, denn was hätte er ihm sagen sollen? »Ja, ich habe das Bild, aber der teure Rahmen ist kaputt. Bitte empfehlen Sie mich weiter …«

Was ihn aber im Moment viel mehr beschäftigte, war, dass er seinen Vater tatsächlich vergessen hatte. Er kam, um Lars und dessen Freundin Sarah abzuholen, die eine Woche bei Schlaichers Ex-Frau in der Nähe von Frankfurt verbringen würden. Und auch bei ihm. Bei Albert Maria Schlaicher, dem alten Herrn, dem Schlaicher es nie hatte recht machen können. Wie es so seine Art war, hatte er sich gleich für ein paar Tage bei seinem Sohn eingeladen. Schlaicher sah schon vor sich, wie der Alte mit kritischem Blick jede seiner Bewegungen verfolgen und an allem etwas auszusetzen haben würde. Nebenbei würde er sich an Schlaichers Kühlschrank gütlich tun und in den paar Tagen wahrscheinlich für den Rest des Jahres auf Vorrat essen. Dann konnte er zu Hause wieder sparen.

Wenn sein Vater »gegen neunzehn Uhr« da sein wollte, dann würde er sicherlich eine halbe Stunde eher ankommen. Schlaicher kannte das. Es blieb ihm also etwa eine Stunde, um die Wohnung aufzuräumen und das Sofa auf der Galerie in ein Bett zu verwandeln.

»Watson! Ruhe«, rief er nach oben, wo der Basset zu wimmern begonnen hatte. Dann rief er Dietsche an. Nicht auf dem Handy, sondern im Laden, wo er erwartungsgemäß nicht mehr war. »Dietsche Kunst und Antiquitäten. Sie rufen außerhalb unserer Geschäftszeiten an. Bitte sprechen Sie eine Nachricht auf Band, wir rufen Sie dann gern zurück.« Das hatte Schlaicher gehofft. Dietsche war auch heute pünktlich in seinen Feierabend gegangen. »Hallo, Herr Dietsche. Ja, ich habe das Bild. Also, Schlaicher hier. Machen Sie sich bitte keine Sorgen. Ich bringe es Ihnen die Tage zurück. Wann genau, kann ich Ihnen leider noch nicht sagen, denn ich habe morgen einen ganztägigen Termin. Ich melde mich wieder bei Ihnen.«

Zeit gewinnen, dachte Schlaicher. Es musste einen Weg geben, das Bild und den sündhaft teuren Rahmen repariert zu bekommen. Es musste außerdem einen Weg geben, seinen Vater nichts von diesem Problem mitbekommen zu lassen, sonst würde der ihm die nächsten Tage ständig vorhalten, wie enttäuscht er doch von seinem Sohn sei.

Schlaicher seufzte und holte Staubsauger, Putzeimer, Lappen und Schrubber aus dem Abstellraum. Dann aber wurde ihm bewusst, dass das noch immer anhaltende Fiepen von Dr. Watson in Zusammenhang mit der Nachricht von Lars stand. Sein Sohn war heute noch nicht zu Hause gewesen und Dr. Watson damit auch noch nicht draußen.

Schlaicher ließ den noch leeren Putzeimer stehen und rief: »Watson, Gassi«, was den Basset sofort die Treppenstufen nach unten klettern ließ. Während Schlaicher seine alten Turnschuhe zuband, saß der Hund mit großen Augen neben ihm und beobachtete jede seiner Bewegungen, die Ohren auf Habachtstellung. Eigentlich sollte Schlaicher Dr. Watson ja böse sein, weil er das Bild kaputtgemacht hatte, aber das brachte er nie länger als fünf bis maximal zehn Minuten über sein bassetliebes Herz. Schließlich, das musste Schlaicher sich eingestehen, war es eine Folge von unglücklichen Umständen gewesen. Schicksal, wie Martina zum Abschied noch einmal gesagt hatte. Trotzdem. Der Rahmen war kaputt, und Schlaicher hatte ein dickes Problem.

Der kalte Wind des neuen Jahres ließ jede Stelle der Haut schmerzen, die ihm ungeschützt ausgesetzt war. Schlaicher zog den Kragen seiner Jacke höher, als er seinen gewohnten Hundeweg abging. Vorbei am alten Rathaus mit Metzgerei, Bäckerei und kleinem Supermarkt, vorbei am Bauern und dann den Dinkelberg hoch zum Friedhof. Dr. Watsons Nase war mit vollem Eifer bei der Sache. Fast jeden Meter blieb er stehen und missachtete Schlaichers »Komm«-Befehle, bis der es schließlich satthatte und den Hund laufen ließ.

Schlaichers Gedanken drehten sich währenddessen um das Bild und den wertvollen Rahmen. Und schweiften immer wieder zu Anke Grainer. Der Mutter der Freundin seines Sohnes. Wenn Lars und Sarah heiraten würden, wäre sie … Schlaicher wusste nicht, wie man diese Beziehung nannte. Auf jeden Fall waren sie nicht verwandt. Und sie hatte etwas an sich …

Schlaicher stutzte, als er sich im Wald wiederfand. Von dem

Marsch bergauf war ihm warm geworden, aber von Dr. Watson sah er keine Spur. Auch sein Rufen führte nicht zum Erscheinen des Bassets.

Schlaicher eilte den Weg wieder hinab, vorbei an einer alten Bank und dem Wasserspeicher, wo er Dr. Watson in ein offenbar nasales Schlaraffenland vertieft fand. »Los, Watson«, sagte er, nahm den Hund an die Leine und zog ihn mit großem Krafteinsatz weiter.

Zurück in seiner Straße sah er schon von Weitem einen Wagen vor seiner Haustür stehen, der nicht hierher gehörte, einen silbernen S-Klasse-Mercedes. Obwohl er niemanden ausmachen konnte, wusste er sofort, dass dies das neue Auto seines Vaters war. Schlaicher beschleunigte seinen Schritt, bis Dr. Watson im Galopp folgen musste. Wo war der alte Herr? Schlaicher sah niemanden im Wagen, niemanden vor der Tür. Hatte er irgendwo im Haus geklingelt und wartete wütend vor der Wohnungstür?

Als er an der Haustür ankam, hörte er die Stimme von Albert Maria Schlaicher. Aber von hinten. Schlaicher drehte sich um und sah, wie sein Vater in einem dunklen Nadelstreifenanzug schimpfend aus Erwin Trefzers Scheune herausstapfte. Trefzer kam, ebenfalls schimpfend, hinterher und schwenkte ein Bündel Zeitschriften über dem Kopf.

»Und ich sage es noch einmal: Unsinn!«, dröhnte Schlaichers Vater.

»Das chaasch nit eso sage. Do hescht du doch kei Ahnig, du Schoofseggel!«

Schlaicher versuchte, ein Lächeln aufzusetzen, als sein Vater über die Straße auf ihn zukam. Trefzer blieb auf seiner Straßenseite und murmelte etwas Unverständliches.

»Du hast mich schon wieder warten lassen. Aber ich bin es von dir ja nicht anders gewohnt«, waren die ersten Worte, die Schlaichers Vater nach fast einem halben Jahr persönlich zu seinem Sohn sagte.

»Tut mir leid, Papa«, sagte Schlaicher. Und kam sich wieder wie ein kleiner Junge vor, während er Dr. Watson zurückhielt, der mit seiner feuchten Nase die Anzughose beschnuppern wollte.

Als sie oben angekommen waren und sein Vater seine Abscheu angesichts der schmutzigen Wohnung mehr als deutlich zum Ausdruck gebracht hatte, gab er Schlaicher den Schlüssel zu seinem Mercedes, um das Gepäck heraufzuholen. Schlaicher fand unten zwei Hartschalenkoffer von Samsonite, die so schwer waren, als seien sie mit Blei gefüllt.

»Noch schlimmer, als ich befürchtet hatte!«, rief sein Vater aus der Küche. Der Boden war immer noch dreckig, und nach Martinas Besuch hatte Schlaicher noch nicht gespült. Die Tür zu seinem Schlafzimmer war aber noch zu. Sein Vater brauchte auch nichts von dem Bild zu wissen.

»Ich komme gleich«, sagte er in die Küche und ging in sein Zimmer. Das Bild lag da wie zuvor, und Schlaicher bedauerte, dass es in der Zwischenzeit nicht heiler geworden war. Er nahm es vorsichtig auf, wickelte es in eine Wolldecke und schob es dann mit einem Seufzen unter sein Bett.

»Schön, dass du da bist, Papa«, sagte Schlaicher zu seinem Vater, der gerade den Tisch freiräumte. Albert Maria Schlaicher war einsfünfundsiebzig groß, mittlerweile etwas hager geworden, aber man sah ihm an, dass er in seiner Zeit ein stattlicher Mann gewesen war. Sein schütteres Haar und der ordentlich getrimmte Oberlippenbart waren nicht mehr von dem dunklen Braun, an das Schlaicher sich noch aus seiner Kindheit erinnerte, sondern etwas heller als sein dunkelgrauer Anzug. Der war sichtlich nicht auf seinen Vater zugeschnitten, sondern schlackerte um seine schmale Hüfte.

»Wie könnt ihr nur in so einem Dreck leben?«

»Also, es sieht normalerweise natürlich nicht so …«

»Natürlich nicht«, unterbrach sein Vater, aber es klang so, als meinte er das Gegenteil.

»Lass doch, ich mache das jetzt sauber«, presste Schlaicher hervor, aber sein Vater nahm auch die anderen Tassen und brachte sie zur übervollen Spüle. Er stellte sie ab und hielt inne. Dann drehte er sich um. »Wir haben uns sieben Monate und fünf Tage nicht gesehen, Rainer Maria. Und jetzt so eine Begrüßung. Was soll ich davon halten?«

»Es tut mir leid.«

»Wo ist mein Enkelsohn?«

»Lars kommt heute erst spät zurück. Aber er freut sich sehr auf dich.«

»Und ich mich auf ihn. Weißt du was, mein Sohn?« Schlaichers Vater ließ ihm keine Chance zu antworten. »Ich habe Hunger. Lass uns etwas essen gehen. Dann muss ich mir das Chaos nicht länger anschauen.«

Schlaicher senior wollte mit dem Wagen seines Sohnes fahren, aber Schlaicher konnte das gerade noch verhindern. Er war ja nicht einmal dazu gekommen, die Wohnung sauber zu machen, geschweige denn den immer noch mit Glasnudeln und Sojasauce verdreckten Frontera, den Dienstwagen seiner kleinen Firma.

»Nach so einer katastrophalen Begrüßung darf ich aber schon darum bitten, dass du mich mit der Wahl des Restaurants nicht wieder brüskierst«, sagte sein Vater, als er losfuhr.

Schlaicher kannte sich noch immer nicht so gut im Wiesental aus. Bei einem Spaziergang durch die engen Straßen der Schopfheimer Altstadt, einen Ort weiter, hatte er aber ein Restaurant gesehen, das edel genug zu sein schien, um auch dem gehobenen Geschmack seines Vaters zu entsprechen.

»Hier rechts«, leitete Schlaicher den alten Herrn auf die Straße in Richtung Gündenhausen.

Schlaicher wohnte erst seit einem halben Jahr im Wiesental. Zusammen mit seinem Sohn Lars Maria und dem Basset Dr. Watson hatte er sich mittlerweile ganz gut eingelebt. Seit er vor drei Monaten den Mord an einer alten Industriellen aufgeklärt hatte, war sein Betrieb um Martina Holzhausen, seine Assistentin, angewachsen. Der damals zuständige Kommissar Schlageter aus Lörrach hatte Schlaichers Fahndungserfolg als seinen eigenen ausgegeben. Schlaicher war nicht wirklich böse darüber gewesen. In seinem Beruf war es nicht förderlich, allzu bekannt zu sein.

Rainer Maria Schlaicher war Testdieb. Er stahl im Auftrag von Unternehmen, um Schwachstellen in deren Sicherheitssystem aufzuspüren und dann zu helfen, diese Lücken zu schließen. Eine Tätigkeit, die sein Vater, der gerade neben ihm vor sich hinmurrte, schon immer mehr als peinlich gefunden hatte. Lieber hätte der es gesehen, wenn Rainer Maria es seiner Schwester nachgemacht und zusammen mit ihr die Leitung seiner Firma übernommen hätte. Aber Maschinenbau war noch nie etwas für Schlaicher gewesen; ein Ingenieurstudium mit einem Schwerpunkt auf Betriebswirtschaftslehre gar undenkbar.

»Träumst du?«, fauchte sein Vater.

»Nein, äh, hier rechts. Und dann immer geradeaus«, beschrieb Schlaicher den Weg.

Er lotste seinen Vater auf den Schopfheimer Marktplatz, der genügend Stellmöglichkeiten bot.

»Zur Alten Stadtmühle geht es hier lang«, sagte Schlaicher, während sein Vater nach oben schaute. Zwei Metallbeine trugen einen weiteren metallenen Träger, auf dem sich in etwa drei bis vier Metern Höhe eine wilde Szene abspielte. Sechs Männer mit Gewehr, Bajonett und Pickelhaube marschierten im Gleichschritt nach vorn. Sie sahen aus wie eine Mischung aus preußischen Soldaten und Erwin Teufel, dem früheren Ministerpräsidenten Baden-Württembergs. Ihnen gegenüber leistete eine ungeordnete Miliz Widerstand. Eine Kanone richtete sich auf die Soldaten, auf ihrem Rohr saß eine Frau, die ihren nackten Hintern der Staatsmacht entgegenreckte. Hinter dem Kanonier gab es noch einen hässlichen kleinen Hund und einen weiteren Mann, der nach vorne wies.

»Was ist das?«, fragte sein Vater, als sie unter den Figuren durchgingen.

»Die Lenk-Plastik«, sagte Schlaicher und erklärte weiter: »Sie stellt die Badische Revolution dar. Die Aufständischen waren wohl auch hier in Schopfheim und haben nur ein paar Leute und einen Straßenköter gefunden, die sich ihnen angeschlossen haben. Im Moment fehlt allerdings eine Figur. Die wurde letzte Woche mit einem Hakenkreuz beschmiert, und vor drei oder vier Tagen ist sie von einem rückwärtsfahrenden Laster abgerissen worden, als die Stadt gerade die Schmierereien entfernen ließ. War natürlich großes Thema in den Zeitungen.«

Die Alte Stadtmühle war ein feines Haus, das Schlaicher bisher als für seinen Geldbeutel zu teuer eingestuft hatte. Das Restaurant am Mühlenkanal mitten in der Altstadt von Schopfheim schien aber genau das Richtige für seinen verwöhnten Vater zu sein. Vor allem nachdem Schlaicher ihm sonst nichts bieten konnte. Sie betraten die Stadtmühle über den Eingang am Garten, der im Sommer sicherlich besonders schön war.

Der Ober, der auf sie zukam, lächelte freundlich und wies auf einen Tisch in der Nähe des gewaltigen offenen Kamins mit zwei Feuerstellen. Auf den Tischen lagen lachsfarbene Damasttischtücher. Ein kleines Blumenbouquet stand zwischen den Gläsern. Ein kleiner weißer Porzellanteller für das Brot war ebenfalls an jedem Platz vorbereitet. Silbernes Besteck rundete das Bild ab.

»Was kannst du mir empfehlen?«, fragte Schlaichers Vater, während der Ober noch mit den Mänteln beschäftigt war.

»Hier ist sicherlich alles gut, Papa. Aber ich war noch nicht hier.«

»Du bringst mich in ein Lokal, in dem du mir nichts empfehlen kannst?«

Der herbeikommende Ober rettete Schlaicher vor einem weiteren unangenehmen Gespräch. Er brachte die Karte, die dem kritischen Blick des alten Herrn standzuhalten schien. Jedenfalls bestellte er sich ein dreigängiges Menü, startend mit einem toskanischen Wildschweinschinken mit Melone. Dazu aß er ein paar Stücke des noch warmen Baguettes, während Schlaicher eine Petersilienwurzelschaumsuppe mit geräuchertem Forellenfilet löffelte. Während der Vorspeise fragte er Schlaicher über seine Firma PSS, die Professional Security Services GmbH, aus und war schockiert, dass Schlaicher die meisten buchhalterischen Begriffe unbekannt waren. Dass er die wichtigsten Kennzahlen wie Monatsumsätze und Vorsteuergewinne nicht aus dem Effeff aufsagen konnte, beunruhigte ihn noch mehr. Trotzdem ließ er sich seinen Appetit auf die Rehmedaillons mit Spätzle, glasierten Maronen und einer warmen, mit Preiselbeeren gefüllten Rotweinbirne nicht verderben. Es schien ihm wirklich gut zu schmecken, denn über dem Hauptgericht vergaß er fast, weiter an seinem Sohn herumzunörgeln.

»Ich sehe schon, ich komme zur richtigen Zeit«, sagte er schließlich. »Ich muss mir deine Buchhaltung wohl genau anschauen, bevor ich mit dem Jungen fahre.«

Nach Lebkuchenparfait und Cappuccino gönnte sich Schlaichers Vater noch einen Grappa an der Bar. Dann sagte er: »Du kannst jetzt zahlen, ich bin müde.«

Nachdem Schlaicher so viel Geld losgeworden war, wie er sonst für eine ganze Woche einplante, gingen sie gemeinsam zurück zum Wagen. An einem Hauseingang blieb sein Vater stehen und lehnte sich gegen die Wand. Er atmete plötzlich schwer und laut und wirkte in sich zusammengesunken.

»Was ist los, Papa?«, fragte Schlaicher besorgt.

Sein Vater atmete einmal langsam ein, dann richtete er sich auf und lächelte matt. »Mein Junge, ich bin nicht mehr der Jüngste. Aber es geht schon wieder.«

Als sie ein paar Schritte weitergegangen waren, kam wieder der knurrige Mann zum Vorschein. »Aber du weißt ja wahrscheinlich nicht einmal, wie alt ich bin, oder?« Er blieb stehen und hielt den dürren Zeigefinger seiner rechten Hand vor Schlaichers Gesicht. »Auf jeden Fall hast du meinen letzten Geburtstag vergessen!«, sagte er und ging weiter.

Schlaicher blieb noch einen Moment stehen. Langsam brodelte die Wut in seinem Bauch, aber er wollte nicht schon am ersten Abend großen Streit im Haus haben. Bald würde Lars zurückkommen und die Stimmung seines Großvaters sicherlich etwas aufhellen.

ZWEI

Anke Grainer setzte sich neben ihn aufs Bett. Sie trug einen Badeanzug, und ihr von einem strahlenden Glänzen umrahmtes Gesicht näherte sich Schlaichers Kopf. Sie hauchte ein zartes »Rainer Maria« in sein Ohr. In ihren warmen Augen entdeckte Schlaicher eine Lust, die mehr als nur körperlicher Natur war. »Rainer Maria«, hauchte sie wieder, diesmal etwas lauter, während ihre zarten Hände seine Schultern fassten und daran rüttelten. Wieder ein »Rainer Maria, wach auf!«.

Schlaicher saß in der nächsten Sekunde aufrecht im Bett. Das Licht brannte. Vor ihm stand sein Vater in einem dunkelblauen Pyjama.

»Papa, was ist los?« Schlaicher kämpfte darum, einen klaren Kopf zu bekommen.

»Steh auf, ich brauche deine Hilfe«, sagte der alte Herr mit eindringlichem Tonfall.

»Geht es dir nicht gut?«

»Doch, doch, keine Sorge, jetzt steh erst mal auf.« Mit diesen Worten ließ sein Vater ihn allein. Schlaicher schaute auf seinen Wecker. 3:06 Uhr. Mitten in der Nacht.

Er zog sich seine Hose und ein T-Shirt an und ging beunruhigt in die Küche, wo sein Vater offensichtlich Kaffee kochte.

»Was ist los, Papa?«

»Du musst etwas für mich besorgen. Es ist dringend«, sagte sein Vater, ohne sich umzudrehen.

»Weißt du, wie spät es ist?«

»Vielleicht bald zu spät, wenn du mir diesen kleinen Gefallen nicht tun kannst«, schimpfte sein Vater. Er drehte sich zu Schlaicher um, noch immer die Kaffeedose in der Hand.

»So, jetzt trinkst du einen Kaffee und fährst dann los. Ich habe nämlich mein Asthmaspray vergessen.«

»Bitte? Das hat doch Zeit bis morgen!«, schimpfte diesmal Schlaicher.

»Wenn du willst, dass ich hier in deiner Wohnung sterbe, dann hat es Zeit bis morgen. Sonst nicht.«

Der Wasserkocher brodelte und ging dann von allein aus. Schlaicher setzte sich auf einen Küchenstuhl und rieb sich die Müdigkeit aus den Augen. »Und wo soll ich um die Zeit ein Asthmaspray herbekommen?«, fragte er.

»Du wirst doch wohl schon einmal von einer Notfallapotheke gehört haben«, antwortete sein Vater.

Der Kaffee war dünn wie Tee gewesen. Schlaicher hatte nach nur einem Schluck den Rest stehen gelassen und sich stattdessen fertig angezogen. Je schneller er das Medikament besorgt haben würde, desto schneller konnte er sich wieder in sein Bett legen. Er wusste genau, dass es keinen Sinn hatte, sich mit seinem Vater zu streiten. Der hatte schon immer genau gewusst, wie er seinem Sohn die Pistole auf die Brust setzen konnte. Und tatsächlich fühlte Schlaicher Besorgnis in sich.

Er hatte in den Gelben Seiten nachgeschaut und die Nummer der Apotheke in Maulburg rausgesucht. Dort hatte man in einer langatmigen Bandansage, die zu leise und auf Alemannisch gesprochen war, an die Wiesenapotheke in Schopfheim verwiesen. Nun saß er in seinem stinkenden Frontera und fuhr vor sich hinfluchend durch die Nacht.

Auf dem Marktplatz stand nur ein einziger Wagen. Der dicken Frostschicht auf den Scheiben sah man an, dass der kleine Fiat schon die ganze Nacht hier parkte. Schlaicher hatte das unbestimmte Gefühl, dass etwas nicht stimmte. Aber während er in Richtung der Hauptstraße weiterging, konnte er nicht ausmachen, was das sein mochte. Beunruhigt ging er weiter. Dabei war eigentlich klar, was hier nicht stimmte, dachte er sich: Es war kurz vor halb vier Uhr morgens, schweinekalt, und er war unterwegs auf der Suche nach einer Apotheke.

Als Schlaicher an der Hebelstraße vorbeikam, die in Richtung Bahnhof führte, trat eine Gestalt aus einem Hauseingang hervor. Das Gesicht des Mannes war fast vollständig von einem wirren Bart überwuchert, die Kapuze seines uralten Parkas hatte er weit heruntergezogen. Zwei Plastiktüten hielt er in jeder Hand und schaute sich noch einmal kurz nach Schlaicher um, als er vor ihm weghumpelte. Wahrscheinlich war der Penner der Grund seines eigenartigen Gefühls gewesen, dachte Schlaicher. Er war froh, es besser erklären zu können als einzig durch die Wut auf seinen Vater.

Ansonsten war die Stadt menschenleer. Schlaicher marschierte mit trotzigem Gesicht die Hauptstraße entlang und fand die Apotheke schnell. Licht brannte keines, aber nachdem er geklingelt hatte, flackerten die grellen Lampen an, und eine ältere Frau in weißem Kittel kam zur Tür. Sie betrachtete Schlaicher erst sehr kritisch, dann schloss sie ihm langsam auf. Wärme strömte Schlaicher angenehm entgegen. Erst jetzt merkte er, wie kalt es draußen wirklich war. Sicherlich hatte der Penner so gefroren, dass er nicht schlafen konnte. Schlaicher fröstelte allein bei dem Gedanken an eine Nacht im Freien.

»Morge«, sagte die Dame, die hinter den Tresen gegangen war.

Schlaicher stellte sich zu ihr und sagte: »Ich muss für meinen Vater ein Asthmaspray besorgen. Biomedal asthmatikum, zwei Milliliter.«

»Soso. Do hänn Sie aber Glück. Das isch do. Hänn Sie e Rezept?«

Natürlich hatte er keines. Während Schlaicher umständlich erklärte, wieso er oder besser sein Vater das Spray ausgerechnet jetzt brauchte, schaute die Apothekerin immer kritischer drein. Sie schüttelte leicht den Kopf. Dann beharrte sie in tiefem Alemannisch: »Das Schpree isch nur mit Rezept z'haa.«

»Ich bitte Sie«, Schlaicher wurde langsam ärgerlich, »ich bringe Ihnen das Rezept morgen vorbei. Versprochen! Aber geben Sie mir bitte dieses Medikament.«

»Wenn Ihr Vadder e Afall kriegt, dann mien Sie de Notarzt riefe«, war die Antwort der Frau. »Und jetzt göhn Sie bitte, suscht muess ich öbber riefe, und zwar d'Polizei.« Ihre Hand tastete nach etwas hinter der Theke.

»Die Polizei?«, fragte Schlaicher perplex, dann wurde er lauter: »Ich tue doch nichts Illegales!« Die angestaute Wut des vergangenen Tages stieg in ihm auf. Er fühlte seine Magensäure kochen und ballte die Hände zu Fäusten. »Ich will doch nur dieses blöde Spray. Das merkt doch keiner, wenn Sie mir das so geben und morgen das Rezept bekommen.« Als die Apothekerin wieder den Kopf schüttelte, hob Schlaicher in seiner Verzweiflung über den Starrsinn der Frau die Fäuste. »Verdammt noch mal! Ich komme doch nicht mitten in der Nacht in Ihre Apotheke, um dann mit leeren Händen wieder rauszugehen!«

Die Apothekerin machte einen Schritt zurück. Schlaicher sah, dass sie etwas in der Hand hielt. Eine kleine Spraydose. Also hatte sie doch ein Einsehen und wollte ihm helfen. Sie hob die Hand hoch und zielte mit dem Sprühkopf in Schlaichers Richtung. Dann kreischte sie: »Use jetzt, du Dschankie, do gitt's nüt für dich usser Dränegas!«

»Junkie? Tränengas? Ich wollte doch nur …«

»Use. Oder i hol d'Polizei!«

Schlaicher öffnete seine Hände, hielt sie beschwichtigend vor sich und ging vorsichtig rückwärts. Obwohl es wahrscheinlich das Falscheste war, was man in einer solchen Situation machen konnte, fixierten seine Augen die Spraydose. »K.o.«, konnte er auf der metallenen Dose lesen. Er stieß bei seinem Rückzug gegen ein Regal mit Vitaminpräparaten. Die Apothekerin, die ihre Hand bei seinem beginnenden Weichen etwas gesenkt hatte, schrie: »Bass doch uff. Wirf nüt um!« Erst als Schlaicher die Tür öffnete, sagte sie: »So, adjé.«

Dann stand Schlaicher wieder draußen in der Kälte der Nacht. Er hörte hinter sich das Schloss klacken und drehte sich noch einmal um. Die Apothekerin ging zur Theke zurück und hatte ein Telefon in der Hand, das sie wie drohend zur Tür hielt. In der anderen Hand hielt sie weiterhin die kleine Spraydose. Dann verschwand sie in den hinteren Bereich, und die Lampen gingen wieder aus. Schlaicher stand benommen in der Kälte und fragte sich, wie das so dermaßen falsch hatte laufen können.

Als er schon wieder halb bei seinem Wagen war, fuhr ein Auto die Hauptstraße entlang. Kurz nach halb vier war es jetzt, wie ein Blick auf seine Uhr zeigte. Dann musste er eben nach Hause und einen Notarzt rufen. Und vielleicht sogar die Polizei. War das nicht unterlassene Hilfeleistung von der Apothekerin gewesen? Auf jeden Fall war seine Müdigkeit einem inneren Kochen gewichen. Sauer war er, richtig sauer. Und er wusste genau, wie sein Vater reagieren würde, wenn er ohne das Spray nach Hause kam: Er würde ihm alle möglichen Vorwürfe machen. In Schlaichers Kopf entstanden Bilder, wie er seinen Vater vor Wut schüttelte. Unter normalen Umständen hätte er so etwas nicht gedacht, aber was war schon normal heute Nacht? Die Anwesenheit seines Vaters machte die aktuellen Bedingungen in etwa so unnormal, wie die Lenk-Plastik im Moment aussah. Schlaicher konnte einfach nicht mit seinem alten Herrn und der nicht mit ihm. Und überhaupt, was sollte …

Schlaicher blieb schlagartig stehen. Einen Moment dachte er nach. Das konnte nicht sein. Er musste nachschauen. Hob den Kopf. Die hängende Figur, für die Fritz Teufel, der Begründer der Kommune eins, als Vorlage gedient hatte, war doch eigentlich weg. Gestern Abend war sie jedenfalls noch weg gewesen. Und das, was an der Stelle hing, an der sich normalerweise ein Bärtiger mit Mütze und Pistole festhielt, sah ganz anders aus als sonst. Die Figur hing durch. Und die Kleidung sah viel zu modern aus. Vor allem aber, und das machte Schlaicher am meisten Sorge, als er im knappen Licht der Laternen genau unter dem Denkmal stand, war die Figur nicht aus Zement. Obwohl farblich den anderen angepasst, war die Farbe nicht einheitlich, stellenweise drangen andere Töne durch. Und bewegten sich die Haare nicht leicht im kalten Wind? Es dauerte noch eine Sekunde, bis der Schrecken der Gewissheit durch Schlaichers müdes Hirn schoss: Die Figur auf der Lenk-Plastik war nicht die wieder aufgehängte fehlende von Fritz Teufel. Es war irgendein anderer armer Teufel. Es war ein Mensch!

Was sollte er jetzt machen? Nur hochstarren war nicht genug. Aber er hatte kein Handy dabei.

»Hallo?«, rief er mehr zu sich als an irgendjemand anderen gerichtet. Hatte der Mann sich bewegt? Er war wie ein Missionar an der Stange von Kannibalen an Armgelenken und Knien am horizontalen Eisenträger festgezurrt. »Hallo?« Diesmal rief Schlaicher lauter, aber er konnte keine Reaktion ausmachen. Aber wenn der Mann noch lebte, dann musste er schnell etwas unternehmen …

Schlaicher lief zu seinem Wagen. Es gab nur eine Möglichkeit, um vielleicht einen Sterbenden vor dem Kältetod zu retten. Schlaicher ließ den Frontera an und versuchte, zu dem Denkmal zu fahren, aber da waren Metallstangen im Weg, die ihn an der Durchfahrt hinderten. Also wendete er hektisch und raste ein kleines Stück zurück, wieder auf die Straße und fuhr von hinten an das Denkmal heran. Er bremste direkt darunter und sprang aus dem Wagen. Dann kletterte er auf die Kühlerhaube und versuchte, von da aus auf das glitschige Dach zu gelangen. Aber er rutschte. Mit seinen Stiefeln riss er einen Scheibenwischer ab, egal. Beim zweiten Versuch klappte es. Er stellte sich auf das Dach und packte den Mann am Hintern und hob ihn an. Das Wagendach machte einen ploppenden Laut und gab etwas nach, als Schlaicher klar wurde, dass er den Mann gar nicht anheben musste. Er hatte ja keine Schlinge am Hals. Schlaicher rüttelte an dem Hängenden, spürte, dass seine Kleidung von getrockneter Farbe und von der angefrorenen Nässe steif war. Ellbogen und Knie waren mit dicken Kabelbindern aus Kunststoff um die eiskalte Metallstange gefesselt.

»Hallo? Hören Sie mich?«, schrie Schlaicher und rüttelte wieder an dem Mann. Dann erst spürte er, dass der Mann nicht reagierte. Er fühlte sich so steif an, so kalt. Schlaicher rief trotzdem noch einmal und stellte sich unter den hängenden Kopf des Mannes. Er blickte in ein von Farbe bedecktes Gesicht. Am Hinterkopf war eine blutverkrustete Stelle. Schlaicher erschrak und rutschte aus. Er landete auf seinem Hintern, und das dellte das Dach des Geländewagens endgültig ein.

Vorsichtig richtete er sich wieder auf, um den Toten ein zweites Mal anzusehen. Das schmale Gesicht mit den geschlossenen, von Farbe übermalten Augenlidern war gekrönt von vollem Haar, das grau gewesen sein musste. Schlaicher schätzte den Mann auf fünfundvierzig, vielleicht fünfzig Jahre. Aber die Schicht Farbe konnte natürlich täuschen. Er schien eine Stoffhose zu tragen und ein Hemd, darüber eine halb geschlossene Winterjacke. Um den steifen Hals hing eine Kette. Schlaicher griff nach dem goldenen Anhänger und drehte ihn ins Licht. Eine runde Scheibe mit einem Kreuz darin.

»Was mache Sie denn do?«, rief eine Stimme von der Straße. Schlaicher hatte gar nicht bemerkt, dass ein Auto gekommen war. Gott sei Dank, dann konnte jemand die Polizei rufen.

»Hier ist eine Leiche! Rufen Sie die Polizei!«

»Was isch do?«

»Eine Leiche«, sagte Schlaicher noch mal und drehte sich nach der Männerstimme um. Dabei hielt er sich an dem Toten fest, um nicht noch einmal und vielleicht mit schlimmerem Ausgang zu stürzen. Der Wagen, der knapp zehn Meter entfernt stand, war silbern und grün. Der junge Mann, der gerade an der Beifahrerseite ausstieg, trug eine grüne Uniform. Die nicht viel ältere Frau, die den Wagen auf der Fahrerseite verließ, ebenso. Sie hielt ihre Dienstwaffe in der Hand, nicht auf Schlaicher gerichtet, aber bereit.

»Hände hoch«, sagte der Polizist, der an seinem Holster herumhantierte.

Schlaicher hielt es für ratsam, der Aufforderung der beiden Beamten nachzukommen.

»Was ist hier los?«, fragte die junge Polizistin, die schnell näher gekommen war. Sie schaute verwirrt auf das Denkmal, und Schlaicher konnte in ihren Augen sehen, wie ihr klar wurde, dass er die Wahrheit gesagt hatte.

»Ich habe ihn gerade gefunden«, versicherte Schlaicher und versuchte, im kalten Wind auf seinem eingedellten Autodach zu balancieren. »Kann ich jetzt runterkommen?«

»Ja, aber chömme Sie langsam«, sagte der Mann, der mittlerweile ebenfalls seine Waffe in der Hand hielt.

Schlaicher bückte sich und kletterte vom Wagen. Die Frau half ihm dabei.

»Ruf einen Notarzt und Verstärkung, Jochen«, sagte sie, als Schlaicher unten war. »Und Sie geben mir Ihre Papiere. Wie heißen Sie?«

»Schlaicher, Rainer Maria Schlaicher«, sagte Schlaicher benommen von der ihn überfordernden Situation.

»Frog en, ob er in der Abideeg gsii isch!«, rief der Polizist, als er sich ins Auto setzte.

»Waren Sie eben in der Apotheke?«, fragte sie nun und musterte Schlaicher von oben bis unten.

»Ähm, ist das wichtig?«, fragte Schlaicher zurück, und die Polizistin wusste offenbar sofort, dass das ein »Ja« gewesen war.

»Dann gehen wir jetzt am besten mal zum Wagen und weisen uns aus«, sagte sie und nahm ihn erstaunlich kräftig am Arm. Schlaicher konnte gar nicht anders als mitgehen.

»Die in der Apotheke ist verrückt«, sagte er. »Ich hätte die Polizei rufen sollen«, murmelte er weiter und schaute beim Einsteigen in den Polizeiwagen noch einmal zu dem Denkmal, an dem der Tote baumelte.

Für Schlaicher unverständliches Gekrächze drang durch die Funkanlage. Dem männlichen Kollegen schien das zu genügen. Er verließ den Wagen und sagte: »Schön brav sein!«, dann machte es Klick, und alle Knöpfchen an den Türen waren unten. Man hatte ihn eingeschlossen.

Schlaicher sah durch das Fenster zu, wie der Mann mit Hilfe seiner Kollegin auf sein Auto kletterte. Als er oben stand und die Leiche untersuchte, sank er plötzlich ein paar Zentimeter ein. Noch eine Delle, dachte Schlaicher, der den Blick kaum von der am Denkmal hängenden menschlichen Gestalt lassen konnte. Der Polizist sagte etwas zu seiner Kollegin und machte sich dann ans Runterklettern. Offenbar war er zu demselben Schluss gekommen wie Schlaicher. Der Mann war tot. Und das sicherlich nicht erst seit ein paar Minuten.

Aber wie war er da hinaufgekommen?, fragte sich Schlaicher. Eine Leiche an einem Denkmal? Festgebunden in drei Metern Höhe, wo niemand einfach so hinkam? Es mussten mehrere starke Männer gewesen sein, schloss Schlaicher und sah die beiden Beamten wieder auf den Wagen zukommen. Die Frau war blass, der Mann sah nicht viel besser aus. Während er draußen blieb, klickte sie die Türen wieder auf und stieg zu ihm nach hinten.

»Sie haben ihn gefunden?«, fragte sie.

»Ja, ich kam gerade von der Apotheke …« Schlaicher stockte.

»Ich denke, das werden wir uns nachher auf dem Revier noch

genauer anhören. Haben Sie hier irgendetwas gesehen, was mit dem Toten in Verbindung stehen könnte?«

»Nein, nichts«, sagte Schlaicher. Dann hörte er ein Martinshorn, das schnell näher kam, und nur kurze Zeit später raste ein Rettungswagen auf den Platz. Schlaicher sah in den Fenstern rund um das Rathaus und das Denkmal erste Lichter angehen.

»Sie bleiben bitte hier sitzen«, sagte die Polizistin und stieg aus.

Ihr Kollege ging zu den beiden Sanitätern, die ungläubig auf das Denkmal starrten. Einer der beiden kletterte ebenfalls auf das Dach des Fronteras, dann blinkte neben dem orangefarbenen Licht des Notarztwagens auch noch ein blaues Licht heran. Ein zweiter grün-silberner Wagen, ein VW-Bus.

Schlaicher saß auch die nächsten zehn Minuten im Wagen und rieb immer wieder eine Sichtluke in dem beschlagenen Fenster frei. Der Polizist hatte den Frontera an die Seite gefahren, und der Notarzt war mit einer im Bus mitgebrachten, recht klapprig wirkenden Leiter nochmals nach oben geklettert. Er hatte den Kopf geschüttelt, nachdem er den Hängenden erneut untersucht hatte, und der Polizist holte eine schwarze Plane aus dem Bus, die er mit Hilfe von Kollegen vor mittlerweile wachsendem Publikum über den Stahlträger breitete, an dem der Tote hing.

Zwei Minuten später saß die Beamtin, die sich als »Merdinger vom Polizeirevier Schopfheim« vorstellte, wieder bei Schlaicher im Streifenwagen. Ihre Blässe war roten Wangen gewichen.

»Sie sollten mir jetzt erst mal Ihren Ausweis geben«, sagte sie fahrig. Schlaicher holte seinen Geldbeutel aus der Hosentasche und reichte ihr den Ausweis. Während sie das schon etwas alte Bild anschaute und dann in Schlaichers Gesicht blickte, fragte er: »Kann ich denn gleich gehen? Meinem Vater ging es nicht gut, deswegen war ich in der Apotheke.«

»Es tut mir leid, aber ich kann Sie nicht gehen lassen, bevor jemand von der Kripo mit Ihnen gesprochen hat. Sollen wir einen Notarzt zu Ihnen nach Hause schicken?«

Schlaicher überlegte kurz und schüttelte dann den Kopf. Sein Vater hatte ja noch nicht einmal einen Anfall gehabt. Sicherlich hatte er Lars geweckt und schimpfte gerade, dass Schlaicher so unzuverlässig war und sich nicht mal beeilte, um den eigenen Vater vor dem fast sicheren Tod zu retten. Mit dem, was Schlaicher passiert war, hatte allerdings wirklich niemand rechnen können.

Etwa fünfzehn Schaulustige waren jetzt aus ihren Wohnungen rund um den Marktplatz gekommen, andere standen an den Fenstern und schauten dem etwas unkoordiniert wirkenden Geschehen zu. Der Notarzt unterhielt sich mit dem Kollegen Merdingers; ein zweiter männlicher Polizist, schon etwas älter, redete auf die Leute ein, doch wieder schlafen zu gehen. Aber auch das konnte nicht verhindern, dass ein jüngerer Mann sein Handy hob und offenbar Bilder von dem teilweise verhängten Denkmal machte.

»Wie lange wird es denn dauern, bis die Kripo kommt?«, fragte Schlaicher nun, während die Polizistin seinen Ausweis zitternd in ihre Jacke steckte.

»Vielleicht noch eine halbe Stunde? Kommt darauf an, wie tief Kollege Schlageter geschlafen hat.«

Schlaicher schluckte.

»Kennen Sie Herrn Schlageter?«, fragte sie.

Schlaicher nickte.

Kommissar Hans-Peter Schlageter erschien nach etwa vierzig Minuten, die Schlaicher größtenteils allein im Wagen zugebracht hatte. Als der dicke Mittfünfziger über den Marktplatz stapfte, im Schlepptau seinen dürren Assistenten Hellbach, sah das fast komisch aus. Schlageter hatte, das wusste Schlaicher von seinen früheren Begegnungen mit dem Kommissar, ein Faible für karierte Kleidung. Auch heute trug er eine Karohose, die allerdings größtenteils von einem dunkelgrauen Mantel verdeckt wurde. Die Schopfheimer Polizisten hatten zwischenzeitlich den Platz um das Denkmal mit rot-weißem Flatterband abgesperrt, unter dem sich Schlageter jetzt durchzwängte. Er sprach mit der jungen Polizistin und schaute dann zum Denkmal hoch. Dann begab er sich unter der Assistenz Hellbachs auf die Leiter und hob die Plane an. Er schaute kurz darunter und beschloss dann offenbar, dass er sich auf dem Boden doch sicherer fühlte. Wieder unten, sprach er weiter mit Merdinger, die auf den Wagen zeigte, in dem Schlaicher saß. Schlageter drehte seinen aufgedunsenen Körper um und kam auf Schlaicher zu.

»Nicht Sie schon wieder!«, schimpfte er schnaufend, als er im Wagen saß. »Ich habe gedacht, Sie würden sich jetzt mal aus allem Ärger raushalten.«

»Ich habe mich überhaupt nie in irgendwelchen Ärger reingestürzt«, sagte Schlaicher. »Der Ärger ist über mich gekommen!«

»Ich frage es Sie jetzt ein einziges Mal und erwarte von Ihnen eine ehrliche Antwort: Haben Sie irgendwas damit zu tun?«

»Nein, habe ich nicht.«

»Wirklich nicht? Sind Sie sich sicher, Schlaicher?«

»Ich dachte, Sie wollten nur ein Mal fragen.«

»Kommen Sie mir nicht so, mein Freundchen. Seien Sie froh, dass ich Sie kenne und Ihnen gar nicht zutraue, so was zu machen. Aber dass Sie eine Apotheke überfallen wollten, hätte ich Ihnen ja auch nicht zugetraut.«

Schlaicher fühlte Galle in sich hochsteigen, aber er zwang sich, ruhig zu bleiben. »Ich habe auch keine Apotheke überfallen. Fängt das jetzt wieder so an wie beim letzten Mal? Immerhin habe ich Ihnen den Mord an Hanni Weber aufgeklärt!«

Schlageter brummte etwas in seinen dichten grauen Schnurrbart. Dann fragte er: »Wann ist Ihnen aufgefallen, dass da ein Toter hängt?«

»Um kurz nach halb vier«, antwortete Schlaicher. »Auf dem Rückweg von der unfreundlichsten Apotheke der Welt!«

»Und Sie haben nicht die Polizei alarmiert?« Schlageter lüpfte seinen Hut und kratzte sich auf der speckigen Glatze.

»Nein, ich wusste ja nicht, ob der Tote noch lebt, also, ob der Mann, der da hing, äh, hängt, ob der schon tot war. Also, ich bin gar nicht dazu gekommen, die Polizei ... Die war dann ja auch schon da.«

»Sind Sie nervös?«, fragte Schlageter.

»Müde«, antwortete Schlaicher.

»Bleiben Sie mal schön wach genug, um mir noch ein paar Fragen zu beantworten. Wo hatten Sie geparkt?«

»Vorne auf dem Marktplatz.«

»Ist Ihnen irgendetwas oder irgendjemand aufgefallen?«

»Nein, ich habe nur plötzlich hochgeschaut und gedacht: Da stimmt doch was nicht. Die Figur sollte doch gar nicht da hängen. Und dann habe ich gesehen, dass das keine Figur ist.«

»Soso«, murmelte Schlageter und setzte sich dann aufrecht. Drei Männer mit weißen Mänteln über ihren Jacken kamen vom Marktplatz aus auf die Absperrung zu. »Ah, die ersten Kollegen von der Spusi!«

Schlageter stieg aus, und Schlaicher tat es ihm nach. Die Polizisten versuchten die Leute jetzt wegzuschicken. Manche verschwanden, andere gingen nur ein paar Meter weiter und drehten sich dann wieder zu dem ungewöhnlichen Geschehen um.

Die Spurensicherung nutzte ebenfalls die wackelig aussehende Leiter, um nach oben zu dem Toten zu klettern. Als die Plane weggezogen wurde, konnte man deutlich ein Raunen aus den Reihen der Umstehenden hören.

»Kann nicht mal jemand einen Wagen mit Hebebühne organisieren?«, schrie Schlageter zu seinem Assistenten hinüber. Hellbach nickte und lief unter den Gang des Rathausvorbaus, wo er mit seinem Handy telefonierte. Einer der Spurensicherer hatte eine Kamera dabei und knipste das Denkmal mit dem falschen Teufel mindestens fünfzigmal von unten, dann kletterte er nach oben und machte balancierend noch mal so viele Bilder. Der zweite Spezialist der Spurensicherung stieg nun die Leiter hinauf, während der dritte einen Koffer über seinen Kopf hielt, aus dem der balancierende Mann immer wieder unterschiedliche Werkzeuge nahm, um damit den Stahlträger und die Leiche zu bearbeiten.

»Da muss es ja wohl Fingerabdrücke geben«, murmelte Schlageter vor sich hin, der die Szenerie mit Schlaicher zusammen betrachtete. Einige Zeit später fuhr ein orangefarbener Pritschenwagen des Schopfheimer Bauhofs auf den Platz und ersetzte die wackelige Leiter endlich. Alle drei weiß gekleideten Beamten kletterten auf die Ladefläche. Einer von ihnen hatte ein Teppichmesser mit krummer Klinge dabei. Während er den Kunststoff des Kabelbinders um die Knie löste, hielten die beiden anderen die Beine der Leiche. Sie ließen den Unterkörper dann unter dem

Gemurmel des mittlerweile weiter weg stehenden Publikums auf die Pritsche herunter, bevor sie die gleiche Prozedur mit dem Oberkörper wiederholten. Als die Kabelbinder durchtrennt waren, rutschte der Oberkörper einem der Haltenden aus den mit Plastikhandschuhen versehenen Händen. Der andere konnte den Oberkörper nicht allein halten, und so fiel der Tote mit lautem Poltern auf die Ladefläche.

»Verdammt, könnt ihr nicht besser aufpassen?«, rief Schlageter.

Die Plane wurde wieder über die Leiche gelegt.

Merdinger kam mit einer älteren Dame auf sie zu. Die Frau war um die sechzig und ziemlich dick, was nicht nur an ihrer gut gefütterten Steppjacke lag. Ängstlich schaute sie umher.

»Herr Schlageter, das ist Berta Teninger. Sie sagt, sie hat gesehen, wie die Leiche aufgehängt wurde.«

Frau Teninger nickte und räusperte sich.

»Soso«, sagte Schlageter und beäugte die Zeugin kritisch. Schlaicher schien er gar nicht mehr wahrzunehmen. »Was haben Sie denn gesehen?«

»Also, ich bi d'Teninger Berta. Ich cha eifach so schlecht ischloofe. Sit de Ludwig g'storbe isch, oje au, do chan i nümme so gut ischloofe. Und dann lieg ich wach im Bett, und es duurt g'wiss e Stund, bis i ischloofe cha.« Berta Teninger schaute zu Boden, während sie sichtlich nervös erzählte. Schlaicher sah, wie Schlageter mit den Augen rollte, nachdem sie zum dritten Mal »ischloofe« gesagt hatte.

»Und dann haben Sie die Männer gesehen?«, fragte er barsch.

»Nanai, ich bi doch z'erscht igschloofe gsii«, antwortete sie, und Schlaicher musste trotz des Ernstes der Situation grinsen, ebenso wie die junge Polizistin, die sich gefasst zu haben schien. Schlageter jedoch begann ungeduldig mit dem rechten Fuß auf den Boden zu tippen.

Berta Teninger schaute hoch und warf einen angsterfüllten Blick auf den Kommissar.

»Ich warte«, sagte der nur, und sie schaute gleich wieder nach unten.

»Also, ich ha's im Chrütz, und wenn i liege due, dann muess i mi menggmol umdraie. Und hüt isch's b'sunders schlimm gsii. Ich ha scho am Vormittag zu der Else g'sait, also die Else, das isch e Frau, wo us de Hebelstrooß schtammt, und die han i geschter Vormittag troffe. Else, han i g'sait, Else, i han es hüt so mit'm Chrütz, han i g'sait.«

»Jetzt hören Sie mir mal gut zu«, begann der mittlerweile vollends genervte Schlageter, »Sie sagen mir jetzt einfach, was Sie gesehen haben. Alles andere interessiert mich nicht.«

»Sie bruche nit unfreundlich werde. Ich hätt jo gar nit zue Ihne cho miesse!« Berta Teninger verschränkte ihre kurzen Ärmchen über der ausladenden Brust.

»Ich bin nicht unfreundlich, ich will nur wissen, was Sie gesehen haben.«

»Vier Männer hänn die Figur uffg'hängt. Wüsse Sie, ich bi uffgwacht gsii und ha do so Stimme höre chönne, wil ich mi Fenschter immer e bitzi uffha, wege der Luft. Wenn die Luft nit so früsch isch, no …«

»Halt!« Schlageter hob die Hand, als wolle er Berta Teninger den Mund zuhalten. »Hellbach!«, schrie er dann und ging davon, die Polizistin am Ärmel ihrer Uniformjacke mit sich zerrend, ohne Berta Teninger eines weiteren Wortes zu würdigen. Er und die junge Merdinger stießen auf den heraneilenden Hellbach und redeten miteinander, während Berta Teninger einfach Schlaicher alles weitererzählte.

»Ja, un dann han i mi gwunderet, dass die das so z'mitts in dr Nacht mache, und ha's Fenschter uffg'macht und g'ruefe, was die do am mache sin. Dr eint het sich umdraiht, un en andere het g'sait, es siig alles in Ornig. ›Alles okay‹, het er g'sait. Und die hänn jo so e Auto g'ha wie das do.« Damit zeigte sie auf den städtischen Pritschenwagen. »Drno bin i wieder ins Bett.«

»Haben Sie jemanden von den Männern erkannt?«, fragte Schlaicher, aber die Frau schüttelte den Kopf. Als sie gerade zu sprechen ansetzen wollte, kamen die Polizisten zurück.

»Schlaicher, hören Sie auf, meine Zeugin zu befragen. Was machen Sie eigentlich noch hier? Das ist die Frau, Hellbach. Befragen Sie sie weiter.«

»Ich kann jetzt gehen?«, fragte Schlaicher.

»Bitte was? Ja, ich denke, das kann ich vertreten. Aber halten Sie sich zu unserer Verfügung. Ich werde Sie heute noch sprechen müssen«, sagte Schlageter. Schlaicher hatte auch keine freundlichere Antwort von ihm erwartet.

»Was wird mit meinem Auto?«, fragte er.

»Das können Sie mitnehmen.«

»Das ist mir klar«, gab Schlaicher jetzt etwas schärfer zurück. »Ich meinte, wer kommt für den Schaden auf? Das Dach ist ja völlig verbeult.«

»Das dürfte Ihre Vollkasko übernehmen«, sagte Schlageter und ließ Schlaicher stehen. Der rief ihm noch nach: »Das muss mir jemand ersetzen«, aber Schlageter reagierte nicht.

Schlaicher betrachtete sich den Schlamassel. Mehrere tiefe Dellen an Wagendach und Kühlerhaube, der abgerissene Scheibenwischer ... Aber eigentlich war ihm das egal. Seine Hände schmerzten mittlerweile von der Kälte, sein Vater wartete zu Hause auf ein Medikament, das er nicht bekommen würde, und vor allem: Er hatte eben eine Leiche gefunden. Kein Mensch, der eines natürlichen Todes gestorben war, niemand, der bei einem Unfall ums Leben gekommen war, sondern einen Menschen, dem ein anderer absichtlich das Leben genommen hatte. Zumindest war das wahrscheinlich. Aber warum sollte man einen Toten mit so viel Aufwand an das Denkmal binden? Mit so viel Risiko, entdeckt zu werden? Vier Männer, hatte das Plapperweib gesagt. Also eine ganze Gruppe von Leuten. Vielleicht war es sogar eine Hinrichtung gewesen?

Schlaicher hatte gar nicht bemerkt, wie er nach Maulburg zurückgefahren war. Es war jetzt Viertel vor sechs, und er wusste genau, dass er nicht würde einschlafen können, so aufgewühlt war er von den Ereignissen gestern und heute.

Zu Hause freute sich Dr. Watson, ansonsten waren alle Lichter aus, und es war still. Schlaicher machte die Flurlampe an, deren Licht auch in die anderen Bereiche der offenen Wohnung strahlte, und ging die Treppe nach oben auf die Galerie. Im Wohnbereich stand die Schafcouch, weiter hinten hatte Schlaicher seinen Arbeitsbereich. Er sah, dass sein Vater friedlich schlief. Sein

Schnarchen kam beruhigend gleichmäßig, und nichts deutete darauf hin, dass er sein Asthmaspray gebraucht hätte. Schlaicher drehte sich um und ging nach unten ins Bad. Er duschte sehr heiß und ausgiebig und ließ sich dann schwer ins Bett fallen.

»Ich cha nit ischloofe«, sagte er vor sich hin, aber das war gelogen. Es dauerte nur einen Moment, bis er sich mit einem von wilden Träumen gespickten Schlaf herumschlagen musste.

DREI

Als der Wecker klingelte, hatte Schlaicher das Gefühl, gerade erst eingeschlafen zu sein. Er schaute auf die leuchtenden Ziffern: 07:30 Uhr. Es stimmte, er war tatsächlich gerade erst eingeschlafen.

Schlaicher drehte sich zur Seite und schlug mit der flachen Hand nach der Taste auf dem energisch piepsenden Ding. Oh, wie wunderbar konnte Stille sein. Sofort schlief er wieder ein. Neun Minuten später klingelte der Wecker erneut. Ein weiterer Schlag Schlaichers sorgte für die nötige Ruhe, um die Augen zulassen zu können und schmerzende Gedanken auszuschalten. Dieselbe Prozedur wiederholte sich noch zweimal, bevor Schlaicher durch das Aufreißen der Tür und ein lautes »Mach jetzt endlich diesen Wecker aus!« endgültig zum Aufwachen gezwungen wurde.

»Morgen, Papa, tut mir leid«, stammelte er.

»Und ich dachte, ich könnte hier mal schlafen«, sagte der alte Herr nur und schloss die Tür wieder.

Schlaicher schälte sich aus dem Bett und zog sich an. Es war kalt geworden. Er spürte einen leichten Druck auf seinen Nebenhöhlen.

Als er in die Küche kam, war sein Sohn Lars gerade dabei, zur Schule aufzubrechen. Der Tisch war schön gedeckt, und die wenigen Sachen, die Schlaicher noch dahatte, waren fast dekorativ über den ganzen Tisch verteilt.

»Schau mal, wie lieb mein Enkel alles für mich vorbereitet hat«, sagte Schlaichers Vater.

»Hast du toll gemacht, Lars«, sagte Schlaicher müde und ließ sich auf seinen Stuhl fallen.

»Ich muss jetzt los«, sagte Lars. »Ich komme heute erst nach der Achten.« Und schon hatte er seine Schultasche geschnappt und war weg.

Schlaichers Vater griff nach der letzten Scheibe des Schwarzwälder Schinkens, und Schlaicher nahm sich vor, heute einzukaufen. Aufräumen und putzen musste er auch. Die nächsten Tage, die sein Vater noch da war, sollte es sauber sein. Und er wollte genügend Lebensmittel im Haus haben. Das kam ihn jedenfalls billiger, als seinen Vater noch einmal zum Essen einladen zu müssen.

Schlaichers Augen schmerzten und brannten. Er stützte den Kopf in die Hände.

»Hast du mein Spray?«, fragte sein Vater beiläufig.

»Nein, das ist rezeptpflichtig. Du musst heute zum Arzt.«

»Ach, hatte ich dir das Rezept nicht mitgegeben? Ich habe doch immer eines dabei. Für Notfälle.«

Schlaicher schüttelte den immer noch in die Hände gestützten Kopf. »Wenn du wüsstest, was mir dein ›Notfall‹ alles eingebracht hat«, murmelte er. Er wurde vom Türklingeln unterbrochen. Dr. Watson lief wedelnd nach vorne, und seinem freudigen Grunzen entnahm Schlaicher, dass der Basset schon ahnte, wer da kommen würde.

»Hallo, Rainer«, begrüßte ihn eine blonde Frau in einem atemberaubend eng am Körper anliegenden Kostüm. Sie roch nach einem süßen Parfum, das Schlaicher schon bei ihrem ersten Zusammentreffen vor drei Monaten aufgefallen war. Schlaicher lächelte sie an und fasste in ihr Haar, während Dr. Watson sich freudig vor ihr auf dem Boden wälzte.

»Wow, man merkt überhaupt nicht, dass es eine Perücke ist«, sagte er und nahm ihren Mantel.

»Oh, guten Tag!«, sagte die Frau zu Schlaichers Vater, der sich bei ihrem Erscheinen in der Küche aufzustehen beeilte.

»So wird aus einem enttäuschenden Morgen ein vielversprechender Tag«, sagte Albert Maria Schlaicher mit einem Säuseln in der Stimme, das Schlaicher so nicht kannte.

Martina lachte und vollführte einen formvollendeten Knicks. Eine weitere Premiere. »Sie sind ja ein Schmeichler«, sagte sie und stellte sich dann vor.

»Es freut mich, dass mein Herr Sohn einen so guten Geschmack bei der Auswahl seiner Sekretärin beweist«, sagte der alte Herr.

Martina zuckte bei dem Wort »Sekretärin« leicht zusammen.

»Martina ist meine Assistentin«, versuchte Schlaicher schnell, seinen Vater zu korrigieren, aber sie sah immer noch nicht viel erfreuter aus.

»Komm, setz dich zu uns, Lars hat uns Frühstück gemacht«, lud Schlaicher sie ein.

Martina machte, seit sie vor drei Monaten von Schlaicher eingestellt worden war, mindestens einmal am Tag Station in Maulburg, wo Schlaichers Professional Security Services GmbH ihren offiziellen Sitz hatte. Obwohl zur Zeit von Martinas Einstellung wegen des Mordfalls an der alten Frau Weber einiges schiefgelaufen war, hatte Schlaicher ein positives Referenzschreiben seines damaligen Auftraggebers, des Kaufhauses Karstadt in Lörrach, erhalten. Das hatte ihm geholfen, mehrere kleine Aufträge an Land zu ziehen. Zusammen mit den zehntausend Euro Belohnung, die er für die Ergreifung der Mörder von Hannelore Weber erhalten hatte, war es ihm möglich gewesen, aus seinem dicken Minus herauszukommen und seine Steuerschulden loszuwerden.

Momentan arbeiteten Martina und er gleichzeitig für mehrere Auftraggeber und mussten deshalb bis auf besondere Coups getrennt auf Tour gehen, wobei sich Martinas diebische Vergangenheit als äußerst nützlich erwies. Sie hatte das Stehlen zunächst aus der Not heraus gelernt und dann zu einer wahren Kunst entwickelt. Schlaicher hatte damit schon in seiner Jugend begonnen. Damals war es ihm als Möglichkeit erschienen, seinem gutbürgerlichen Elternhaus, vor allem seinem Vater und seiner Schwester, etwas Protest entgegenzusetzen, obwohl beide nie etwas davon mitbekommen hatten, da er kein einziges Mal erwischt worden war. Heute stahl er nur noch, um die Sachen nicht zu behalten. Martina hatte ihm versprochen, ebenfalls nicht mehr zu klauen. Mehr noch, sie hatte es ihm schwören müssen. Denn seine Testdiebagentur könnte er dichtmachen, wenn seine Mitarbeiterin jemals bei einem nicht genehmigten Diebstahl erwischt werden würde.

Martina hatte momentan in einer großen Buchhandlung in Freiburg zu tun. Bücher und DVDs waren leichte Beute für sie, und sie hatte Wege des Klauens gefunden, die selbst Schlaicher überrascht hatten.

»Ich bitte Sie, das zu entschuldigen«, sagte Schlaichers Vater. »›Sekretärin‹ sollte nicht despektierlich klingen. Wissen Sie, Rainers Mutter war damals auch meine Sekretärin. Das ist ja nichts Ehrenrühriges. Wo die Liebe hinfällt.«

Martina lächelte jetzt wieder und schaute verstohlen zu Schlaicher.

Der wollte das Thema schnell wechseln und hatte außerdem etwas loszuwerden. »Ich muss euch etwas erzählen«, begann er. »Gestern Nacht musste ich ja für meinen Vater in die Apotheke …«

»Ich hoffe, Sie hatten nichts Schlimmes«, unterbrach Martina und schaute zu Schlaichers Vater.

Der schüttelte schnell den Kopf: »Nur etwas Medizin für einen reifen Mann.«

»Aber Sie sind doch in Ihren besten Jahren«, schmeichelte Martina.

Schlaicher unterbrach genervt das Getändel: »Darf ich jetzt weitererzählen?«

»Ja, entschuldige«, sagte Martina. Gleichzeitig sagte Schlaichers Vater: »Es hält dich doch keiner davon ab, mein Junge.«

»Okay, also ich musste nach Schopfheim, weil da die Notapotheke war und …«

»Hast du irgendwas mit dem Lenk-Plastik-Mord zu tun?«, fragte Martina sofort.

»Was für ein Mord?«, setzte Schlaichers Vater nach.

»Woher weißt du das denn schon?«, fragte Schlaicher.

»Das ist *das* Thema in Schopfheim. Zuerst hat mir meine Nachbarin davon erzählt, dann später die Bäckerin. Die Leiche soll ja ganz zerstückelt gewesen sein.«

»Welche Leiche?«, frage Schlaichers Vater.

»Wenn ihr mich jetzt endlich mal in Ruhe erzählen lassen würdet, dann würden wir mit meiner Geschichte auch etwas schneller vorankommen«, sagte Schlaicher beleidigt. Als beide ihn gebannt anschauten, erzählte er, wie er die Leiche des Mannes gefunden hatte. Unterbrochen wurde er nur noch von kurzen Zwischenfragen.

»Mein Gott, du ziehst ja die Mörder förmlich an«, sagte Martina.

Schlaicher hatte seinem Vater nichts von seinen vorangegangenen Ermittlungen im Fall Hanni Weber erzählt. Aber als er jetzt dessen geschockten Blick sah, sagte er: »Vor drei Monaten waren wir in einen Mordfall an einer alten Dame verwickelt. Wir haben mitgeholfen, die Mörder zu überführen. War nichts Großes dabei.«

»Von wegen«, sagte Martina stolz. »Rainer Maria hat die Mörder eigentlich allein überführt. Sonst hätte er ja auch nicht die zehntausend Euro Belohnung bekommen.«

»Mein Sohn, du überraschst mich«, sagte Schlaicher senior, und als Schlaicher merkte, dass er das diesmal nicht negativ meinte, war er für einen Moment sogar ein wenig stolz.

»Na ja, aber Martina und Lars haben mir ziemlich geholfen«, relativierte er.

»Du hast meinen Enkel in einen Mordfall reingezogen?«, fragte sein Vater empört, und Schlaichers kurzer Moment der Zufriedenheit war wie weggeblasen.

»Es ist alles gut ausgegangen«, sagte Martina und fragte dann ihren Chef: »Und jetzt, wie geht es weiter?«

»Jetzt muss ich erst mal arbeiten«, sagte der mit einem Blick auf die Uhr. »Und du solltest, glaube ich, auch endlich los, sonst wirst du nicht rechtzeitig fertig in Freiburg.«

Etwas Großes, Wertvolles zu stehlen bedurfte entweder gar keiner oder aber sorgfältiger Vorbereitung. Entweder nutzte man den idealen Zeitpunkt, der sich meist eher zufällig ergab, oder man schaffte sich diesen idealen Zeitpunkt durch penible Planung selbst. Schlaicher wusste aus Erfahrung, dass beide Methoden von Dieben angewendet wurden. Die Amateure nutzten den Augenblick, die Profis konnten beides. Denn sich nur auf die zufällige, ideale Situation zu verlassen war gefährlich. Zu schnell konnte man etwas übersehen, zu sehr war man auf das pure Glück angewiesen, dass nicht gerade jemand um die Ecke kam und sich die Autonummer des Wegfahrenden notierte oder ein neugieriger Gesell sich wunderte, wenn man etwas aus einem unbewachten Seitenausgang heraustrug. War man dann beispielsweise mit einem Arbeitskittel bekleidet, würde der zufällige Zeuge gar nicht aufschauen. Aber den Kittel hatte nur der vorbereitete Dieb dabei.

Für Schlaichers heutigen Diebstahl war ein wenig mehr Vorbereitung nötig gewesen als üblich. Er war Anfang der Woche bereits in den Bauhaus-Baumarkt in Lörrach-Haagen gefahren, um sich vor Ort zu informieren. Schon da hatte er, wie heute auch, eine beige Arbeitslatzhose getragen, die vom Streichen seiner Wohnung beim Einzug mit Farbklecksen übersät war. Schlaichers Ziel war es, einen Walzenschleifer zu stehlen, ein Mietgerät des Baumarkts, das aussah wie ein viel zu groß geratener Staubsauger aus dem vorigen Jahrhundert. Das Gerät wurde eingesetzt, um Holzböden abzuschleifen, und war zum größten Teil aus Stahl.

Um die Prozedur des Ausleihens kennenzulernen, hatte Schlaicher sich bei seinem vorletzten Besuch einen kleinen Handschleifer ausgeliehen, brav seinen Ausweis gezeigt, den Mietvertrag unterschrieben und die Kaution bezahlt. Am nächsten Tag hatte er die Maschine wieder abgegeben und die fünfzehn Euro Mietgebühr berappt. Geld, das er von Bauhaus wieder zurückerhalten würde, denn er stahl ja im Auftrag der Geschäftsführung. Heute wollte Schlaicher den Baumarkt mit dem riesigen Walzenschleifer verlassen. Ohne dass anschließend jemand wissen würde, wo die teure Maschine steckte.

Schlaicher parkte am hinteren Eingang und holte sich einen tiefen Einkaufswagen, die kleineren nahmen nur die »normalen« Baumarktkunden. Wer etwas auf sich hielt, sich als echter Handwerker zeigen wollte, schob stets einen der gewaltigen Tieflader vor sich her.

Schlaicher fuhr einmal durch den kompletten Markt. Dienstagvormittags war hier nicht allzu viel los. Abends ab siebzehn Uhr oder samstags war es dagegen fast unmöglich, von einem bis zum anderen Ende durchzukommen, ohne von Hobbyhandwerkern einen Einkaufswagen in die Hacken gerammt zu bekommen. Darum war er jetzt hier. Profis wussten, dass man morgens kommen musste, um in Ruhe einkaufen zu können. Und Schlaicher wollte wirken wie ein Profi. Er packte drei Rollen Raufasertapete auf die Ladefläche seines Großwagens und marschierte dann weiter zur Elektroabteilung. Ein Netz voller Unterputzdosen und ein paar

Schalter fanden ebenfalls ihren Weg auf seinen Wagen. Als er gerade ein fünf Meter langes Kabel nahm, sah er zwei Jungs in tief sitzenden Baggy-Jeans. Ihre dicken schwarzen Bomberjacken trugen beide bis zum Bauchnabel offen, die Sweatshirts darunter wiesen eindeutig in die HipHop-Szene. Riesig wirkende Turnschuhe und Baseballmützen, die sie nur auf den Kopf gelegt hatten, statt sie richtig überzuziehen, vervollständigten ihren Look. Einer war etwa so groß wie Schlaicher, der andere deutlich kleiner. Beide waren kaum älter als fünfzehn Jahre. Schlaicher merkte gleich, dass die beiden etwas im Schilde führten. Erste Regel für den Diebstahl im Team: Man unterhält sich. Zwei Jungs, die nebeneinandergehen und kein Wort sagen, fielen dagegen auf, weil sie in einer normalen Situation eher recht laut sein würden.

Schlaicher ließ seinen Wagen stehen und folgte den beiden, bis sie bei den Spraydosen stehen blieben und jeder eine Dose aus dem Regal nahm. Während der Große sich die Dose genauer anschaute, machte der Kleinere automatisch die Bewegung, die Schlaichers Gefühl bestätigte: Er schaute nach rechts und nach links. Schlaicher tat so, als beschäftige er sich mit der Auslage vor sich, die sich in dem Gang hinter den Jungs befand. Sein Blick allerdings wanderte gleich wieder zu den beiden Verdächtigen. Tatsächlich, der Kleinere nahm sich gerade eine neue Spraydose aus dem Regal. Die andere war weg. Bomberjacken waren einfach ideal, um etwas verschwinden zu lassen. Und in dem Moment steckte auch der zweite Junge die Hand mit der Dose in die Jackentasche und holte sie gleich wieder leer hervor. Die beiden machten das nicht schlecht, aber Schlaicher konnte sich nur schwer vorstellen, dass zwei Minderjährige an einem Schultag im Baumarkt nicht auffallen würden. Er ging zu den beiden, die seine Annäherung bemerkten. Der Kleinere knuffte seinen Kumpel in die Seite. Beide stellten die Dosen, die sie noch hielten, schnell ins Regal zurück und wollten gehen.

»Moment mal, ihr zwei«, sagte Schlaicher, und die schlechten Rapper-Imitatoren blieben stehen. Der Kleinere wirkte aus der Nähe eindeutig jünger, vielleicht erst dreizehn. Der andere konnte fünfzehn sein, aber sein flauschiger Schnurrbart mochte ihn älter wirken lassen, als er tatsächlich war.

»Was is? Laber uns nit an, Alter!«, sagte der gerade. Schlaicher wunderte sich über den türkdeutschen Mackerslang, den der blonde Junge sprach.

»Ja, laber nit«, sagte der zweite im gleichen Stil, aber mit der Stimme mitten im Stimmbruch deutlich unsicherer wirkend.

»Ich lasse euch gleich in Ruhe, wenn ihr die Spraydosen wieder zurückstellt. Dann könnt ihr gehen«, sagte Schlaicher.

Der Jüngere schaute ängstlich, der Ältere suchte im Angriff sein Heil: »Wovon laberst du, Alter? Willst du misch anmachen, oder was?« Damit ging er einen hastigen Schritt auf Schlaicher zu.

Der ließ sich von dem Bubi nicht beeindrucken, sondern blieb stehen und sagte: »Du hast zwei Möglichkeiten, Kleiner. Entweder du stellst die Dose freiwillig zurück, oder ich zwinge dich, sie zurückstellen. Und wenn du dich für das Zweite entscheidest, dann kommen deine Eltern dich hier abholen.«

»Wir haben nix geklaut. Seh isch aus wie wer, wo klaut, oder was?«

Der Kleine war schon wieder beim Regal und stellte die Dose zurück, während er Schlaicher ansah.

»Isch habe den Spray nur eingesteckt, weil isch vielleicht kein Geld für Wagen hab. Isch wollte sowieso bezahlen«, sagte der Große dann, stellte die Dose auch zurück, und beide gingen schnell ein paar Schritte weg. »Kannsch deine Dose behalten. Bei so einem unfreundlichen Geschäft kauf isch nix mer!«

Schlaicher ging zurück zu seinem Wagen und sah die zwei Jungs noch durch die Kasse gehen. Er bezweifelte stark, ob das den beiden eine Lehre sein würde. Aber er hatte einen Job zu erledigen und sollte sich jetzt besser darauf konzentrieren.

Das Problem an Baumärkten oder großen Elektromärkten war, dass die Unternehmen zu sehr am Personal sparten. Während seiner bisherigen Diebstähle hier hatte Schlaicher manchmal das Gefühl gehabt, er befinde sich in einem reinen Selbstbedienungsladen. Wenn man jemanden für eine Beratung brauchte, schien plötzlich kein einziger Verkäufer mehr da zu sein. Kein Wunder, dass die Jungs der Meinung waren, ungestört und ganz selbstverständlich stehlen zu können. Dabei war das Personal durchaus geschult. Aber die Mitarbeiter waren noch nicht durch

Schlaichers Schule gegangen. Er hatte die vergangenen drei Wochen so viel Material aus dem Baumarkt mitgehen lassen, dass seine Garage schon halb gefüllt war. Der Walzenschleifer, der heute auf seiner Liste stand, war ein sehr teures Profigerät, das selbst nach Abzug der hundert Euro Pfand bei einem Hehler noch gut und gern fünfhundert Euro Gewinn bringen konnte. Noch mehr wäre bei einem Verkauf bei Ebay drin, aber Schlaicher wusste, dass die Märkte die Online-Auktionen immer wieder nach solchem Diebesgut durchsuchten.

Schlaicher würde der Geschäftsleitung und den Verkäufern und Kassierern in einer Woche seine Tricks aufdecken. Er würde staunende Gesichter und Gelächter über die Dreistigkeit des Testdiebs ernten, vor allem aber würde Schlaicher vorrechnen, wie viel Geld man durch ein bisschen mehr Aufmerksamkeit sparen konnte.

Mit seiner Computerausrüstung war es für Schlaicher kein Problem gewesen, den Mietvertrag des kleinen Schleifers einzuscannen und auf nahezu gleich starkem Papier, das ihm sein Nachbar Erwin Trefzer aus unbekannten Quellen besorgt hatte, auszudrucken. Die Beschriftung hatte er gelöscht und die Felder per Hand mit einem neuen Namen versehen. »Johannes Mulflur«, stand jetzt auf dem Zettel, schnell hingekritzelt, wie der Mann hinter dem Vermietstand es gemacht hatte. Dessen Unterschrift zu fälschen wäre selbst einem Fünftklässler leichtgefallen. Denn außer einem Kringel mit einem langen Strich gab es keine schwierigen Besonderheiten nachzumachen. Jetzt musste er nur den richtigen Moment abwarten.

Als er wieder in der Nähe des Hinterausgangs und damit auch der Verleihstation war, sah er, wie der Bauhaus-Mitarbeiter mit dem dichten grauen Vollbart gerade eine Kettensäge an einen dürren Mann verlieh. Die junge Frau an der einzigen Kasse in diesem Bereich hatte drei Kunden abzukassieren, der letzte in der Reihe hatte seinen Wagen bis zur Belastungsgrenze mit unterschiedlichsten Rohren gefüllt. Schlaicher wusste, dass es eine Ewigkeit dauern würde, alle Teile einzeln über den Scanner zu führen. Eigentlich eine gute Ausgangssituation. Nun musste der Bärtige nur den Dürren schnell genug abfertigen.

Direkt neben der Kasse befand sich ein großes Tor, durch das ganze Paletten rein- oder rausgeschafft werden konnten. Während die Kassiererinnen ihren Ausgang recht gut überwachten, würdigten sie dieses Tor kaum eines Blickes. Das war Schlaichers schneller Weg nach draußen.

Er hatte Glück. Der Bärtige händigte dem dürren Mann, der die Kettensäge kaum tragen konnte, den Mietvertragszettel mit Durchschlag für das Kassensystem aus. Dann heftete er seinen Zettel in einen Ordner ab und ging zu einem kleinen Gabelstapler. Vormittags mussten alle helfen, die angelieferten Waren einzuräumen. Schlaicher stellte seinen Wagen an die Kasse hinter den Dürren. Dann ging er nach vorne zur Kassiererin und wedelte mit seinen beiden selbst gebastelten Zetteln. »Ich hab es eilig. Ich bringe die Maschine schon mal in den Wagen, okay?«

Dem dunkelhaarigen Mädchen mit dem Nasenring sah man ihre Lustlosigkeit an. Sie unterbrach kurz das Einscannen des Einkaufs ihres momentanen Kunden und sagte: »Jo, lön Sie die Beleg schon emol do.«

»Vielen Dank«, sagte Schlaicher und reichte ihr die Zettel, die sie neben die Kasse legte. Das war noch einfacher gegangen, als er gedacht hatte. Er ging zum Verleihstand, vor dem die ganzen Maschinen auf einem Kunstrasenteppich standen, und schob sich den Walzenschleifer heraus. Die fünf Meter bis zum Tor waren gar kein Problem, und schon war er draußen. Das Gerät klapperte laut, als er es über den Beton zu seinem Opel Frontera schob. Der Anblick des Wagens war wieder ein Schock für Schlaicher: die vergangene Nacht verbeulte Kühlerhaube, das eingedrückte Dach und der abgerissene Scheibenwischer. Unter normalen Umständen wäre er nicht mit einem so auffälligen Wagen gekommen, aber heute war ihm nichts anderes übrig geblieben.

Schlaicher öffnete den Kofferraum und hob dann mit aller Kraft die Maschine an, aber das Ding war zu schwer. Er überlegte, wie er das wohl am besten schaffen sollte, als auch schon eine Stimme von hinten kam: »Warte Sie, ich cha Ihne helfe!«

Der junge Mann trug die bauhausrote Weste, sein Namensbutton wies ihn als »Peter Ringlin« aus. Der Kerl war fast so breit, wie er hoch war, und Schlaicher nickte ihm dankend zu.

Zusammen bekamen sie den Walzenschleifer problemlos in den Wagen.

»Vielen Dank«, sagte Schlaicher.

Ringlin lächelte freundlich und antwortete: »Nüt z'danke. Mir helfe doch gern. Viel Spaß bim Schliife.« Damit ging er wieder zu seinem Hubwagen und fuhr eine Ladung Rigipsplatten ins Gebäude.

Eigentlich war das einer dieser idealen Momente. Er könnte jetzt einfach fahren, musste gar nicht mehr zur Kasse zurückzugehen, aber Schlaicher beschloss, dass er bei seinem Plan bleiben wollte.

Die kleine Schlange an der Kasse hatte sich aufgelöst; die zwei Kunden vor dem Mann mit den vielen Rohren waren schon abgefertigt. Die Kassiererin wollte jetzt gerade die ersten Rohre einlesen, als deren Käufer einfiel, dass er noch ein Verbindungsstück vergessen hatte. Er fuhr seinen Wagen an die Seite, und der Dürre war dran. Das passte gut, dachte Schlaicher.

Als er selbst an der Reihe war, lächelte er die lustlose Kassiererin an und sagte: »Da bin ich aber froh, dass der mit den Rohren doch nicht vor mir ist. Ich hab es wie gesagt eilig.«

Sie lächelte nur kurz zurück und heftete dann den einen Zettel in einen Ordner, während sie Schlaichers Zettel in einen Drucker führte und die hundert Euro Kaution aufdruckte. Zusammen mit den anderen Käufen – die Schlaicher nach seinem Auftrag an die Marktleitung zurückgeben und damit auch rückerstattet bekommen würde – hatte er knapp hundertfünfzig Euro zu zahlen.

»Karte oder bar?«, fragte die junge Frau.

»Bar«, sagte Schlaicher und kramte drei Fünfzig-Euro-Noten aus seinem Geldbeutel. Die Kartenzahlung kam natürlich nicht in Frage. Denn der Name auf dem Zettel war ein anderer als der auf seiner Karte. Das hätte selbst der lustlosesten Kassiererin auffallen müssen.

Schlaicher lachte befreit auf, als er im Wagen saß und mit seiner Beute zurück nach Maulburg fuhr. Das Stehlen machte ihm immer noch Spaß, wie früher, als er die Sachen behalten hatte. Jetzt war es fast noch ein bisschen besser. Er hatten den Adrenalinschub des Stehlens, aber selbst wenn einmal etwas schieflaufen sollte, stand er nicht mit einem Fuß im Gefängnis. Dabei hatte er heute wirklich schon genug Adrenalin gehabt. Und das vor dem Frühstück. Wieder drangen die Bilder des Toten zu ihm durch, wieder die Situation in der Apotheke, sein Vater und natürlich das kaputte Bild. Dietsche würde sicherlich toben, und auch Kommissar Schlageter wollte ihn heute noch sprechen. Die Gedanken hielten Schlaicher gefangen, bis er sich plötzlich vor seinem Haus in Maulburg wiederfand, ohne sich an die Fahrt erinnern zu können.

Sein Nachbar Erwin Trefzer betrieb einen florierenden Handel. Womit genau, konnte niemand sagen. Trefzer verkaufte alles und nichts, und die Geschäfte schienen gut zu gehen, auch wenn Trefzers alter roter Passat eher Mitleid erweckte. Aber dass Trefzers Angebot fast täglich wechselte, zeigte, dass der waschechte Alemanne Abnehmer für seine Ware hatte. Trefzer war meistens vor oder in seiner mit weißen Nut- und Federbrettern vertäfelten Scheune anzutreffen. Oft räumte er neue Ware in den Raum, den er einzig als Lager und Verkaufsraum nutzte.

Heute war Trefzer nicht vor der Tür. Sein Wagen stand aber da, was darauf schließen ließ, dass er in der Scheune arbeitete. Schlaicher ging über die Straße und klopfte an die hölzerne Tür.

»Chumm ine!«, schallte es von drinnen. »Ah, Rainer, guet, dass du emol widder chunnsch, zum dir mini Sache aluege.«

»Eigentlich wollte ich dich eher um etwas bitten«, antwortete Schlaicher.

»Was hesch für e Problem?« Trefzer stapelte kleine Kartons mit Ferngläsern auf einen der Tische.

»Ich habe eine schwere Maschine im Auto. Vielleicht könntest du mir beim Ausladen helfen.«

Trefzer ließ seine erst halb fertig gestapelte Pyramide stehen. »Dann chumm«, sagte er.

Schlaicher verstand dieses Alemannisch immer noch nicht richtig, obwohl er mittlerweile seit einigen Monaten hier lebte. Es hieß, das Alemannisch des Wiesentals sei das breiteste. Manchmal klang es für ihn wie eine komplett andere Sprache, die nur entfernt mit dem Deutschen verwandt war.

Schlaicher fuhr den Frontera durch eine Durchfahrt im Haus zu den hinten liegenden Garagen. Insgesamt sechs Parteien lebten hier, darum gab es neben den Stellplätzen auch sechs Garagen, die separat anzumieten waren. Schlaicher fuhr zu seiner Garage und parkte den Wagen so, dass sie den Walzenschleifer direkt von der Ladefläche in die Garage heben konnten.

Trefzer schaute kopfschüttelnd auf den verbeulten Frontera: »Hesch e Unfall g'ha?«, fragte er. »Des duet einem jo in der Seel weh, wie di Auto ussieht.«

»Ich erzähl dir gleich alles, lass uns nur erst den Schleifer in die Garage stellen«, bat Schlaicher.

Trefzer staunte nicht schlecht, als er den halb gefüllten Raum sah, in den kein Auto mehr passte.

»Das muesch aber guet abschließe!«, mahnte er. Neben genug Feinsteinzeug für eine Fünfzig-Quadratmeter-Terrasse fanden sich in der Garage allerlei Kupferrohre, mehrere Kilometer Seil und alle möglichen Werkzeuge. Viel Platz raubten die Pakete mit Dämmwolle, richtig teuer waren die Lampen, und sogar ein Wendeltreppen-Bausatz für draußen war dabei. Unmengen. Die elektrischen Werkzeuge lagerte Schlaicher im besser gesicherten Keller.

Schlaicher hievte die Maschine zusammen mit seinem Nachbarn heraus. Er schob den Schleifer in die Garage, verschloss sie und fuhr den Wagen wieder vor das Haus, wohin ihm Trefzer zu Fuß folgte.

»Chumm no übere!«, sagte der, als Schlaicher ausstieg, und ging über die Straße zu seiner Scheune. Schlaicher folgte ihm etwas widerwillig, eigentlich nur deshalb, weil er sich der Hilfe wegen dazu verpflichtet fühlte.

In der Scheune steuerte Trefzer sofort auf den Tisch mit den Ferngläsern zu.

»Do, lueg, das isch e Feldstecher mit iibautem Nachtsichtgerät. Im Fall, dass de z'Obe emol di Hund sueche muesch.«

»Brauche ich nicht«, sagte Schlaicher und fuhr schnell fort: »Weißt du, was mir gestern passiert ist?«

»Was denn?«, fragte Trefzer.

»Ich habe gestern einen Toten gefunden.«

»Du hesch mit dem Lenk-Plastik-Mord z'due?«

»Jetzt fragst du auch schon so. Nein, ich habe nur die Leiche gefunden.«

»Dann pass uff, dass du kei Ärger mit dem dicke Kommissär kriegsch.«

»Ich glaub, den hab ich schon. Immerhin habe ich die Leiche gefunden. Woher weißt du denn schon davon?«

»Dr Leber Kurt us Schopfe het mir vo verzellt. Die Liich soll jo komplett verhackstüggt worde si. Dä het übrigens au e Feldstecher mitg'no. ›So billig krieg i das nümme‹, het'r g'sait.«

»Der Tote war überhaupt nicht zerstückelt. Ich frage mich, wie sich diese Gerüchte so schnell und so falsch verbreiten können«, sagte Schlaicher, ohne auf den hingehaltenen Karton mit dem Nachtsichtfernglas zu reagieren. Dafür erzählte er seinem Nachbarn, wie er die Leiche gefunden hatte und wie sein Frontera als Klettergerüst gedient hatte.

»Un, willsch du de Mörder wieder schnappe? Wie bim Fall mit der Hanni Weber?«

»Ich habe überhaupt keine Zeit dafür. Und warum sollte ich mich darum kümmern? Schlageter ist doch sowieso schon dran.«

»Oha, der Herr Kommissär.« Trefzer verzog das Gesicht und hielt erneut das Fernglas in Schlaichers Richtung. »Der Schlageter, dä dät no nit emol öbbis seh, wenn er mit dem Feldstecher do luege dät. Für dii numme driißig Euro. Wer i nit so mag, dä muess zweiedriißig bleche. Chumm, ich ha dir au g'hulfe …«

Schlaicher konnte sich das nicht länger antun. Er zählte dreißig Euro aus seinem Geldbeutel und nahm sich eines der Geräte von der Marke »Superglass«. »Made in China«, stand auf der Verpackung.

»Dinem Vadder, dem dät i gar nüt verkaufe«, sagte Trefzer während des Geldwegpackens.

»Gut so«, sagte Schlaicher. »Was habt ihr beide eigentlich schon zu streiten gehabt?«

»Er het g'meint, die Feldstecher siige nüt. Das wär e billige Schießdräck, het er g'sait. So e Lumbeseggel!«

Schlaicher überließ seinen Nachbarn den Erinnerungen an den Streit. Sein Vater hatte wirklich das fragwürdige Talent, sich schnellstmöglich unbeliebt zu machen. Dabei sah das Fernglas, das Schlaicher letztlich im Handschuhfach seines Fronteras verstaute, gar nicht mal so schlecht aus.

Als Schlaicher die Tür öffnete, stand sein Vater direkt dahinter. Er trug einen grauen Anzug am mageren Leib und an den Füßen braune Pantoffeln. In den Händen hielt er ein Blatt Papier und begann sofort zu reden. »Du brauchst eine Sekretärin, mein Junge.«

»Kann ich mir nicht leisten, Papa«, sagte Schlaicher und drängte sich an ihm vorbei in die Wohnung. Dr. Watson kam mit langsamen, unsicheren Schritten aus seinem Körbchen auf ihn zu und legte sich erschöpft vor ihn auf den Boden. Sogar zum Wedeln schien er zu müde zu sein.

Schlaicher stellte die Tasche ab und zog seinen Mantel aus, während sein Vater fortfuhr: »Entschuldigung. Komm erst mal an. Ich habe mir deine Bücher durchgeschaut. Du musst da mehr Ordnung reinbringen. Es hat mich den ganzen Morgen gekostet, die Belege zu sortieren.«

Schlaicher sah ihn fassungslos an. »Du hast was?«

»Ich kann mich doch ein bisschen nützlich machen, wenn ich hier bin.« Sein Vater hatte Schlaichers Frage wohl nicht als Vorwurf, sondern als Sorge um seine Gesundheit verstanden.

»Du kannst doch nicht einfach in meine Buchführung reinschauen!«

»Wieso denn nicht?« Sein Vater schien ehrlich erstaunt, und Schlaicher gab auf.

»Was hast du da in den Händen?«, fragte er, und Albert Maria Schlaicher hob den Zettel hoch.

»Ich sage ja, du brauchst eine Sekretärin. Könnte nicht vielleicht die junge Dame von heute früh mehr machen?«

»Nein, Martina ist bei mir als Testdiebin angestellt. Ich mache das schon selbst.«

»Eben nicht. Wenn du weg bist, gehen dir wichtige Anrufe durch die Lappen. Vor allem, wenn du dein Handy nicht anschaltest. Das hat zumindest der erste Anrufer heute früh gesagt.«

»Und wer war das?«, fragte Schlaicher und setzte sich an den kleinen Küchentisch, aber sein Vater blieb stehen. Schlaicher ahnte schon, wer dieser erste Anrufer gewesen war. Der war nämlich auch der Grund dafür, warum er sein Handy ausgelassen hatte.

»Ein Herr Dietsche«, sagte sein Vater, und Schlaicher nickte.

»Und?«

»Der Herr sagte, dass du dich unbedingt bei ihm melden musst. Es sei wegen des Bildes. Du sollst das sofort vorbeibringen. Welches Bild meint er denn?«

»Ach, das ist unwichtig«, wiegelte Schlaicher ab und fragte dann: »Was gab es noch?«

»Ein Kommissar Schlageter hat angerufen. Er möchte das Gleiche, nur ohne Bild. Du sollst ihn sofort anrufen und dann zu ihm kommen. Es geht wohl um deine Zeugenaussage in dieser Mordgeschichte.«

Klar, Schlageter wollte ihn wahrscheinlich noch genauer verhören, und Hellbach, sein Assistent würde mit seinem Zweifingersuchsystem den Bericht tippen. Leider war Hellbach ein so langsamer Tipper, dass Schlageter – das hatte Schlaicher vor drei Monaten gelernt – in der Zwischenzeit nicht aufhören würde, sich auszumalen, ob Schlaicher nicht doch etwas mit dem Mord zu tun haben könnte.

»Und dann eine Anke Grainer. Die hat auch wegen des Bilds angerufen.«

Schlaicher machte große Augen. Dass Sarahs Mutter nach den gestrigen Vorfällen überhaupt noch einmal anrief, wunderte ihn.

»Was hat sie gesagt?«

»Fast das Gleiche wie die anderen. Du sollst anrufen. Sie wüsste, wer dir mit dem Bild helfen kann.« Schlaichers Vater reichte ihm den Zettel. »Hier sind alle Telefonnummern aufgeschrieben. Willst du mir nicht doch sagen, um was für ein Bild es geht?«

»'tschuldigung, Papa, ich muss jetzt telefonieren.« Schlaicher nahm den Zettel und zog sich mit dem Telefon in sein Zimmer zurück. Dr. Watson blieb enttäuscht vor der Tür liegen.

VIER

Schlaicher wählte als Erstes die Schopfheimer Nummer, und schon nach zweimaligem Klingeln hörte er die Stimme von Anke Grainer am anderen Ende.

»Hallo, Frau Grainer, hier Rainer Maria Schlaicher. Ich wollte mich zuerst noch einmal bei Ihnen entschuldigen, wegen gestern …«

»… Ich wollte mich auch entschuldigen«, sagte sie mit einem versöhnlichen Klang in der Stimme.

Schlaicher lachte, und sie fiel in das Lachen ein.

»Da bin ich aber froh. Also, so, wie es gestern hier aussah, das ist wirklich nicht normal. Eher die berühmte Verkettung unglücklicher Umstände.« Während er das sagte, schob er die schmutzigen Socken auf dem Boden vor seinem Bett mit den Füßen zusammen.

»Ja, das habe ich mir gedacht«, antwortete sie. »Ich war nur im ersten Moment so geschockt. Ich denke, wir haben einfach einen schlechten Start gehabt.«

Das klang gut, dachte Schlaicher. Ihm gefiel, wie ihre Stimme im Verlauf des Gesprächs immer weicher, wärmer wurde.

»Ich freue mich, dass Sie sich noch mal gemeldet haben. Ich weiß nicht, ob ich mich das getraut hätte«, sagte Schlaicher.

»Getraut? Wieso getraut?«, fragte sie.

»Na ja, ich hatte schon befürchtet, bei Ihnen wäre ich für immer unten durch.«

»Wegen so einer Kleinigkeit? Aber ich habe noch aus einem ganz praktischen Grund bei Ihnen angerufen. Haben Sie das Bild schon zum Restaurieren gegeben?«

»Nein, dazu bin ich noch nicht gekommen. Das Problem ist nämlich auch, dass ich gar nicht weiß, wohin man so etwas gibt.«

»Das habe ich mir gedacht«, sagte sie lachend und fuhr fort: »Ich kenne jemanden, der bis vor ein paar Jahren alte Gemälde restauriert hat, sozusagen eine Koryphäe: Wolfgang Hug.«

»Oh, das ist ja fantastisch!« Schlaicher sah sein Bild schon in einem festen Rahmen. Ob Lars ein Problem damit haben würde, wenn sein Vater mit der Mutter seiner Freundin ...

»Allerdings weiß ich nicht, ob er so etwas noch macht. Er hat seinen Job an den Nagel gehängt und wohnt jetzt in so etwas wie einer Kommune.«

»Wie Fritz Teufel?«

»Wer?«

»Fritz Teufel, der von der Kommune eins.«

»Vielleicht«, sagte sie, aber Schlaicher hatte das Gefühl, dass ihr das nichts sagte.

»Haben Sie denn seine Telefonnummer?«

»Das ist eben das Problem«, antwortete sie. »Es gibt da kein Telefon. Sie müssten schon selbst vorbeifahren.«

Schlaicher ließ sich den Weg beschreiben. Das Gespräch wurde immer netter, und er hatte das Gefühl, dass er diese Stimme öfter hören wollte. Und sowieso: Er musste sich ja erkenntlich zeigen für den Tipp. Also sagte er: »Ich möchte Ihnen ganz herzlich danken, Frau Grainer.«

»Sagen Sie ruhig Anke.« War das ein Säuseln in ihrer Stimme?

»Gern. Ich bin Rainer. Ich würde Sie gern, also dich, zum Essen einladen. Als Dankeschön und Entschuldigung für gestern. Wie wäre es, sagen wir, morgen Abend?«

Sie schien kurz zu überlegen, dann sagte sie: »Klar, gern. Aber ich suche aus, wohin wir gehen.«

»Schön«, sagte Schlaicher. »Ich freue mich!« Und das tat er tatsächlich.

Als sie aufgelegt hatten, hielt er noch eine Minute inne und überlegte, was er wohl anziehen sollte. Er wollte nicht mit Jeans in einem edlen Restaurant sitzen und genauso wenig mit Anzug in einer Wirtschaft. Immerhin ein guter Grund, sie vielleicht nachher noch einmal anzurufen, oder?

Das brachte ihn in die Realität zurück. Schließlich hatte er noch zwei weitere Telefonate vor sich. Und die nächste Stimme würde sicherlich weniger nett klingen.

»Schlageter, Kripo Lörrach«, schnauzte es dann auch tatsächlich aus dem Hörer.

»Schlaicher hier. Sie wollten, dass ich Sie anrufe.«

»Sie haben Nerven, Schlaicher«, sagte der Kommissar.

»Wieso?«

»Ihnen müsste doch klar sein, dass Sie als die Person, die eine Leiche gefunden hat, sich der Polizei zur Verfügung zu halten haben.«

»Tue ich doch. Ich komme gerade zur Tür herein, und schon rufe ich Sie an. Also, was kann ich für Sie tun?«

»Tun? Ich brauche Sie hier auf dem Revier, um Ihre Aussage aufzunehmen. Also schwingen Sie sich gefälligst in Ihren Wagen und kommen Sie her. Aber lassen Sie Ihren Köter, äh, Ihren Hund zu Hause.«

Schlaicher wusste, dass der Kommissar panische Angst vor Hunden hatte. Er hatte den dicken Mann nie schneller reagieren gesehen als das eine Mal, als Dr. Watson ihn freudig begrüßen wollte. Seither verbat sich Schlageter die Nähe des Bassets.

»Ich kann jetzt nicht«, sagte Schlaicher trotzig. Schlageter hätte ihn wenigstens höflich bitten können. So aber hatte Schlaicher keine Lust, zuerst zu Schlageter zu fahren und dann erst diesen Restaurator aufzusuchen. »Ich muss zu einem wichtigen geschäftlichen Termin«, sagte er darum, und Schlageter schnaufte deutlich hörbar.

»Haben Sie etwas dagegen? So dringend kann das doch nicht sein«, fügte Schlaicher an.

»Mein lieber Schlaicher!«, wetterte Schlageter. »Wir sprechen von Mord! Das ist so dringend. Wie lange geht denn Ihr Termin?«

»Vier, fünf Stunden. Also den ganzen Nachmittag.«

»Dann sollten Sie es schaffen, gegen achtzehn Uhr bei mir zu sein. Aber das ist mein letztes Wort«, bot Schlageter an.

Schlaicher kannte den Kommissar und wollte gleich eines klarstellen: »Egal, was passiert, ich muss um spätestens halb acht weg. Dann habe ich nämlich noch einen Termin.« Das stimmte zwar nicht wirklich, aber es würde ihm immerhin einen Grund geben, das Kommissariat noch zu einigermaßen normaler Zeit verlassen zu können.

»Sie sind wohl ein sehr gefragter Mann«, sagte Schlageter und legte auf.

Als Schlaicher wieder aus seinem Zimmer trat, kam gerade sein Vater die Treppe von oben heruntergeschlurft.

»Mein Junge, du musst zukünftig deine Belege besser ordnen. Man findet ja nur die Hälfte. Ein richtiger Saustall ist das.«

»Papa, ich muss jetzt los«, sagte Schlaicher und hatte eine Idee. Als kleine Revanche für Schlageters Verhalten würde er Dr. Watson mitbringen. Schlageters Angst vor dem Basset-Hound war so panisch wie unbegründet. Sogar sein Assistent Hellbach amüsierte sich darüber, wenn sein dicker Chef sich vor Dr. Watson hütete wie eine Frau vor einer Maus.

Als Schlaicher nur fragte: »Dr. Watson, Gassi?«, schaute der Hund auf und kam dann vor Freunde mit dem Schwanz wedelnd auf ihn zugelaufen.

»Ich habe heute leider noch mehrere Termine«, sagte Schlaicher zu seinem Vater. »Ich komme wahrscheinlich erst am Abend zurück.«

»Tu, was du nicht lassen kannst. Du bist alt genug.«

»Geh doch heute Abend mit Lars und seiner Freundin was essen. Du kennst Sarah noch nicht, oder? Ein wirklich nettes Mädchen.« Und erst die Mutter, dachte er noch.

Wie Anke Grainer ihm beschrieben hatte, fuhr er von Maulburg aus auf die B317 und hielt sich in Richtung Schopfheim. Das in eine Wolldecke gewickelte und dann in eine Tüte verpackte Bild lag rechts von ihm auf dem Beifahrersitz. Dr. Watson räkelte sich auf der Rücksitzbank des Fronteras.

Das Wetter machte eher einem April als dem Januar Ehre. Es war regnerisch und viel wärmer, als es um die Jahreszeit im Schwarzwald sein sollte. Wenn die Sonne durch die Löcher in der Wolkendecke schien, wirkte es fast schon frühlingshaft.

Ein Schild wies in Richtung Wehr, und Schlaicher fuhr vorsichtig ab, um seinen Basset nicht zu stören und das Bild nicht rutschen zu lassen. Nachdem er am Schopfheimer Ortsteil Eichen vorbei war, ließ er rechts den mysteriösen Eichener See hinter sich. Diesen See gab es nur zeitweise: Mal war er da, dann war er wieder verschwunden. Schlaicher hatte in der Zeitung gelesen, dass dieses Phänomen vom Wetter unabhängig sein sollte. Wenn es stark regnete, bedeutete das nämlich noch lange nicht, dass der See sich füllte. Aber wie es zu dem See kam, wusste er nicht.

Als er die »Eichemer Höhe«, wie die Alemannen sagten, überwunden hatte, fuhren Mann, Hund und Bild auf der anderen Seite des Dinkelbergs wieder hinab. Eine Ausfahrt nach links führte nach Hasel, aber Schlaicher blieb auf der Straße und kam bald nach Wehr. Hier war er noch nie gewesen, aber Anke Grainer hatte den Weg gut beschrieben. Er fuhr vorbei an einem schlossähnlichen Rathaus und bog, statt in die Geschäftsstraße weiter geradeaus zu fahren, davor scharf rechts ab. Dann geradeaus, den Berg hoch über die Waldstraße. Warum diese Straße Waldstraße hieß, wurde Schlaicher schnell klar. Nachdem sie sich durch Streuobstwiesen aufwärts geschlängelt hatte, rückte der Wald sehr nah an die Straße heran. Ein paar enge Serpentinenkurven später sah er einen rot-weiß gestreiften Sendemast, der das Ende des Anstiegs und auch des Waldes markierte. Schlaicher hielt sich in Richtung Bergalingen, wo seine Hoffnung für die Reparatur des Bildes lebte.

Nur kurz säumten Wiesen und Felder seinen Weg. Gerade kam wieder die Sonne durch und verzauberte die Ausläufer des Hotzenwaldes in eine Idylle. Vor ihm breitete sich Bergalingen aus, ein Ortsteil von Rickenbach. Aber noch bevor Schlaicher in das Dorf hineinfuhr, bog er nach rechts ab, wo auf einem Hügelkamm ein Bauernhof lag. Er fuhr über den kleinen Weg auf das allein stehende Gehöft zu. Dr. Watson setzte sich auf, um zum Fester hinauszuschauen. Rundum unterhalb des Hofes lag wieder Wald, in der Ferne konnte Schlaicher geschwungene Berge ausmachen.

Der Hof, dem er sich näherte, war recht alt. Dunkle Schindeln deckten das tief gezogene Dach des Haupthauses. Schräg dahinter war eine niedrigere Scheune. Schlaicher fuhr an dem Hof vorbei, denn hinter einer kahlen, wilden Heckenpflanze sah er einen alten grauen Mercedes mit rostroter Heckklappe stehen. Schlaicher stellte sich auf das feuchte Stück Wiese daneben und hoffte, dass der Boden fest genug war, um seinen Frontera zu halten. Er war es zum Glück.

Schlaicher stieg aus und wollte auch Dr. Watson rauslassen,

der heute aber nicht springen mochte, sondern sich aus dem Frontera herausheben ließ. Als er auf dem Boden war, schnuffelte er aufgeregt an den Grasbüscheln. Schlaicher machte die Leine fest und ging mit dem Hund im Schlepptau und dem Bild unter dem Arm auf das Haus zu. An dem Busch entschied Dr. Watson, dass er dringend ein großes Geschäft zu erledigen hatte, aber er drückte sich zum Glück so weit unter die dornigen Äste, dass Schlaicher sich nicht ums Wegmachen kümmern musste.

Er näherte sich dem hell getünchten Haupthaus mit den dunklen Fensterläden. Über dem Eingang hing eine große goldfarbene Scheibe, in deren Innerem ein Kreuz prangte. Schlaicher stutzte. So ähnlich hatte der Anhänger des toten Mannes ausgesehen.

Dr. Watson trabte eifrig auf die schwere hölzerne Tür zu, die einen Spalt offen stand. Schlaicher konnte niemanden sehen. An der Tür angekommen, drückte er auf die Klingel, an der »Dem Herrn nah« stand. Nichts passierte.

»Hallo?«, fragte er vorsichtig. Aber es kam keine Antwort. Schlaicher lauschte, und tatsächlich glaubte er innen etwas zu hören. Weinte da jemand? Er drückte die Tür vorsichtig ein wenig auf. »Hallo, ist da jemand?«, fragte er erneut, diesmal etwas lauter. Aber wieder erhielt er keine Antwort. Nur das Geräusch wurde lauter. Ein Wimmern. Es klang, als habe jemand schlimme Schmerzen.

Schlaicher trat ein und fand sich in einem in bunten Farben gestrichenen Flur. Die Decke war mit Batiktüchern abgehängt, auf einem Tischchen stand eine Halterung für Räucherstäbchen. Der Aschefang war voll.

Der Gang besaß zwei Holztüren zu jeder Seite und eine weitere mit Riffelglaseinsatz geradeaus. Von dort kam das Geräusch, das Schlaicher als immer beunruhigender empfand.

»Hallo?«, sagte er noch mal, diesmal richtig laut. Wie als Antwort drang durch die Tür vor ihm ein grauenvolles Stöhnen. Es war die Stimme einer Frau. Sie klang erbärmlich. Er musste ihr helfen. Schlaicher riss die Tür auf, und Dr. Watson stürmte vor.

Aber nur, bis die Leine stramm war, denn sein Herrchen war wie angewurzelt stehen geblieben.

»Friede, mein Freund«, keuchte ein auf dem Boden liegender

Mann mit langem lockigem Haar, der trotz seiner prekären Lage kein Problem mit Schlaichers Anwesenheit zu haben schien. Er lag auf dem Rücken, völlig nackt, und auf ihm ritt eine Frau, die ebenfalls zu Schlaicher schaute und mit verzücktem Blick grauenvoll wimmerte. Ihre schweren Brüste wippten im Takt, schienen Schlaicher hypnotisieren zu wollen, aber nach nur einer Sekunde riss er sich los. »Ja, Entschuldigung, äh, Friede.« Und drehte sich schnell um, seinen Hund hinter sich herziehend und die Tür hinter sich schließend.

Er ging in die Mitte des bunten Flurs, lehnte sich an die Wand und bemerkte, dass er ausatmen musste.

Das Wimmern wurde wieder lauter, und Schlaicher beeilte sich, mit einem verdutzt schauenden Dr. Watson aus dem Haus zu kommen. Es klang furchtbar. Und gesehen zu haben, woher das Wimmern kam, machte es auch nicht besser. Er wollte die Tür schließen, aber die ließ sich nicht fest ins Schloss ziehen.

»Solli, wer bisch denn du?«, kam eine Männerstimme aus einem Scheunenfenster.

»Hallo.« Schlaicher stand noch halb unter Schock. »Ich heiße Rainer Maria Schlaicher«, sagte er dann. »Ich suche nach Wolfgang Hug.«

»Und wenn ich das wär?«, knurrte der etwa Vierzigjährige mit Ziegenbart.

Schlaicher ging auf die Scheune zu, weil Wolfgang Hug keine Anstalten machte, vom Fenster wegzugehen.

»Ich komme wegen eines Bildes zu Ihnen«, begann er. Der Mann, der durch das offene Fernster schaute, war wohl doch älter als vierzig Jahre. Vielleicht ging er schon auf die fünfzig zu. Seine dunklen vollen Haare und der künstlerisch anmutende Bart ließen ihn jünger aussehen, aber von Nahem konnte man in den zahlreichen Falten lesen, dass er ein bewegtes Leben hinter sich haben musste. Seine Augen waren wach und leuchteten blau.

»So, e Bild. Ich mach so öbbis nümme.«

»Ich würde natürlich dafür bezahlen«, sagte Schlaicher schnell, der jetzt keine Abfuhr bekommen wollte. Er sah schon vor seinem inneren Auge, wie Dietsche und Schlageter ihn gemeinsam wegen Kunstraubs und Sachbeschädigung verhafteten. Er musste es einfach schaffen, den Mann davon zu überzeugen, ihm zu helfen.

»Weisch, wege so Lüt bin i in das Kloschder do.«

»Wegen mir?«

»Wege Lüt, wo denke, dass alles mit em Geld z'mache isch.«

»Ich meinte ja nur, also ...«, Schlaicher kam ins Stottern, »... also, es ist so, ich habe ein sehr wertvolles Bild, bei dem leider der Rahmen kaputtgegangen ist, und es ist sehr wichtig, dass das jemand repariert. Sie würden mir als Mensch einen sehr großen Gefallen tun, wenn Sie es sich wenigstens kurz anschauen würden.«

Hug überlegte kurz und sagte dann: »Wart emol, ich chumm uuse.«

Das Fenster schloss sich. Kurz darauf trat Wolfgang Hug aus der roh gezimmerten Scheunentür. Er trug eine derbe Cordhose und ein einfaches Leinenhemd, darüber eine wattierte Weste. Seine Kleidung war mit feinen Holzspänen übersät.

»Ja, du bisch jo e Feiner«, sagte er und streichelte Dr. Watsons Kopf. »Dann zeig emol das Bild«, sagte er, ohne von dem Hund abzulassen.

»Hier in der Tüte«, sagte Schlaicher.

»Chumm iine.« Hug ging vor in die Scheune, die nach frischem Holz duftete. Decke und Wände waren aus allem erdenklichen Material zusammengezimmert; auf den beiden großen Werkbänken standen Marienfiguren in unterschiedlichsten Größen und allen Stadien der Entstehung.

»Das isch mi Werkstatt«, sagte Hug voller Stolz und setzte sich auf einen kleinen Schemel vor der Werkbank, auf der eine noch sehr rohe geschnitzte Figur stand.

»Die sind wunderschön«, sagte Schlaicher und deutete auf ein paar fertig bemalte Figuren auf einem Schränkchen. Manche Stellen waren mit Blattgold überzogen und glänzten warm im Licht der Lampe.

»Danke. Also du bisch der Rainer Maria. Dann weisch jo bi dinem Name, wieso die Maria mich so b'schäftigt.«

»Äh, ja, die Muttergottes«, sagte Schlaicher. Sonderlich bewandert war er nicht in der Religion.

»Die Maria«, immer wenn Hug ihren Namen sagte, schaute er gen Himmel, in diesem Fall an die Decke, »die Maria isch de heilig Kelch gsii, wo em Herrgott si Sohn empfange und ustrage het. Sie isch die gueti Frau, wo leider Gottes in der Kirch falsch verstande wird.«

»Aha«, sagte Schlaicher verwirrt.

»Jo weisch, die Maria isch natürlich kei Jungfrau gsii. Das het der Klerus numme g'sait, zum die eigene Macht feschdige. Aber in Wirklichkeit het die Maria e Kind vom Josef kriegt, wo scho bi der Empfängnis vom Herrgott g'segnet und als sins anerkannt worde isch. Der Jesus het gottmerschprich zwei Vädder g'ha.«

Schlaicher nickte leicht.

»Die Maria isch aber au es Symbol dodefür, dass d'Frau vom Urglaube her im Mittelpunkt vo der Religion g'stande isch. Also, sie isch als Frau de Mensch gsii, wo wie der Herrgott s'Lebe verleihe het chönne. Und dodefür bruucht sie de Maa, weisch, wie i mein?«

Schlaicher nickte wieder vorsichtig und kramte demonstrativ das Bild aus Tüte und Wolldecke.

»Weisch, die Bibel will uns sage, dass mir Kinder kriege solle, zum em Herrgott diene.«

»Wie viele Kinder haben Sie denn?«, fragte Schlaicher.

Hug schaute kurz weg. »Zwei han i. Aber die sin scho groß. Jetzt zeig emol das Bild her.«

Schlaicher wollte nicht weiterbohren und war froh, dass der skurrile Exkurs in die Kirchengeschichte vorüber war. Sowenig er sich mit Religion auskannte, so genau wusste er doch, dass diese Ansichten diametral dem entgegenliefen, was der Vatikan predigte. Auch wenn er selbst kein Problem mit dem Gedanken hatte, dass Maria nicht unbefleckt gewesen sein könnte.

»Das isch jo e Wunderwerk«, sagte Hug, als er das Bild vorsichtig auf die Werkbank legte, die er vorher mit den Ärmeln von den gröbsten Spänen befreit hatte. Er tastete liebevoll über den Rahmen und schien selbst Schmerz zu spüren, wo der Rahmen beschädigt war. Schlaicher sah, wie er die einzelnen Motive des Gemäldes mit den Augen abtastete, dann setzte Hug eine Brille auf und drehte das Bild. Er untersuchte die Leinwand und die winzigen Nägelchen, mit denen der Rahmen befestigt war. Aber das schien ihm noch nicht genug zu sein. Er kramte in einer Schublade seiner Werkbank herum und holte eine viereckige Lupe heraus, die er an das Brillengestell klemmte, und betrachtete das Bild erneut.

Dr. Watson saß brav neben Schlaicher. An seiner Nase klebten Holzspäne.

»Das isch e Delthorst, oder?«, fragte Hug, der das Bild wieder richtig herum auf den Tisch legte.

»Ja, Marius Delthorst. Das Bild heißt ›Tochter des jüdischen Händlers Abraham‹. Von 1698«, ergänzte Schlaicher mit seinem knappen Wissen, das er von dem kleinen Ausstellungszettel hatte, der jetzt verwaist in Dietsches Galerie hing. Er kramte den fehlenden Edelstein aus seiner Hosentasche.

»Ich glaub, das G'mälde isch echt, so wie ich das sieh«, sagte Hug sachlich, aber dann kam er ins Schwärmen: »Aber der Rahme, dä isch jo scho e wundervolles Stuck. Wie hesch du dä nur kaputtmache chönne? Isch dirs Bild bim Uffhänge g'falle?«

»So ähnlich, aber das ist eine lange Geschichte. Auf jeden Fall gehört das Bild nicht mir …«

Hug schaute sofort alarmiert und zweifelnd zu Schlaicher. »Aber es isch nit geklaut, oder?«

»Nein, also, doch. Nein.« Wie sollte er das jetzt wieder erklären?

»Was jetzt? Ich will nüt z'tue ha mit sonere Gaunerei. Ich rief d'Polizei.«

»Nein, lassen Sie mich doch zuerst erklären. Ich bin von einer Galerie beauftragt worden, herauszufinden, ob deren Sicherheitsmaßnahmen ausreichend sind. Ich bin Testdieb, also ich stehle Sachen, gebe sie natürlich zurück und helfe dann meinem Auftraggeber, dass so etwas nicht noch einmal passieren kann.«

Hug schüttelte langsam den Kopf.

»Ich war unvorsichtig, und mein Hund hier, Dr. Watson, hatte einen Zusammenstoß mit dem Bild. Dabei ist es kaputtgegangen«, beeilte sich Schlaicher zu erklären.

»Dä liebe Hund?«

»Ja, es war ein Unfall. Aber wenn ich das Bild nicht schnellstmöglich zurückgeben kann, also so repariert, dass niemand bemerkt, dass es kaputt war, dann bin ich alles los, was ich je besessen habe.«

»Menggmol isch es gar nit schlecht, wenn man sich von sinem weltliche Guet verabschiedet«, sagte Hug, aber er war wieder freundlicher geworden. »Ich glaub dir. Aber das duurt schon e bitzi.«

»Friede sei mit Dir, Freund«, sagte eine Frau, die gerade die Tür öffnete. Sie war sehr jung, vielleicht knapp über zwanzig, und trug einen dicken wollenen Pullover und einen bis zum Boden reichenden schweren Rock, der im Batikstil eingefärbt war. »Oh, wir haben Besuch, Friede sei auch mit dir!« Sie lächelte Schlaicher an.

»Friede sei mit dir«, sagte Hug, und Schlaicher brachte ein »Guten Tag« hervor. Dr. Watson wedelte die Frau an, die sich zu ihm beugte und ihm kurz über den Kopf streichelte. »Und auch mit dir sei Friede, du Geschöpf Gottes«, sagte sie zu ihm und wischte ihm einen Holzspan von der Nase.

»Un, het's g'klappt?«, fragte Hug.

»Nein«, sagte sie verlegen, »ich glaube, ich brauche doch noch mal deine Hilfe.« Dabei schaute sie Schlaicher aufmerksam an und erwiderte sein Lächeln. Sie hatte lange brünette Harre, die zu einem Zopf zusammengebunden waren. »Aber du bist ja gerade beschäftigt, wie ich sehe. Vielleicht kannst du später noch mal schauen, wie wir den Fensterladen festmachen können.«

»Viellicht mache mir's anders, Anna«, sagte Hug und wandte sich dann an Schlaicher: »Ich muss jetzt erscht emol in Rueih luege, was g'nau un wie's kaputt isch. D'Anna cha di e bitzi ummefiehre. Wenn du innere halbe Schtund wieder do bisch, no chann i dr meh verzelle. Das chasch doch mache, Anna, oder? Hesch der Zit?«

»Klar, Wolfgang. Wie heißt du eigentlich?«, fragte sie Schlaicher.

»Rainer«, sagte Schlaicher. »Rainer Maria.« Als er Maria sagte, lächelte sie bezaubernd und schaute zum Himmel.

»Dann komm, Rainer Maria.«

»Ich glaube, ich lasse Dr. Watson am besten hier, wenn das

geht«, sagte Schlaicher noch. Hug nickte abwesend und beugte sich tief über das Bild. Schlaicher ließ Dr. Watson frei, legte die Leine neben eine unbemalte, aber fertig geschnitzte Maria und ging hinter der jungen Frau aus der Scheune.

Aber nur, um sofort durch die nächste Scheunentür hindurchzugehen. »Hier ist die eigentliche Scheune unseres Klosters«, erklärte Anna und zeigte umher. Mehrere dicke Strohballen waren an einer Seite aufgeschichtet, in der Mitte des bis unters Dach reichenden Raumes stand ein alter Traktor. Daneben war ein orangefarbener Pritschenwagen mit Stoffaufbau geparkt, dessen Reifen man vor daran klebendem Matsch kaum erkennen konnte. Unzählige Werkzeuge und Geräte lagen, standen oder hingen unordentlich herum und warteten auf eine Nutzung.

»Was seid ihr denn für ein Kloster?«, fragte Schlaicher.

»Ach, das weißt du gar nicht?« Sie lachte. »Wir sind der Orden der Mondkinder Marias.«

»Davon habe ich noch nie etwas gehört«, sagte Schlaicher. Das Pärchen auf dem Fußboden wollte so gar nicht zu seinem Bild eines Klosters passen.

»Wir sind eine junge Glaubensrichtung, in deren Zentrum der Glaube an die Vierfaltigkeit steht.«

»Vater, Sohn, Heiliger Geist und ...?«, fragte Schlaicher verwirrt.

»Maria natürlich«, sagte Anna sanft und führte ihn aus der Scheune heraus auf den Hof. Sie ging schnurstracks auf die Haustür zu, und Schlaicher folgte. Er hoffte nur, dass die beiden da drinnen mittlerweile fertig waren.

»Der Bauernhof ist aus dem achtzehnten Jahrhundert, und dazu gehört noch einiges an Land. Immanuel, der Vater unserer kleinen Gemeinde, hat es vor drei Jahren gekauft. Seitdem lebt die Gemeinschaft hier.«

»Und Sie, äh, du bist von Anfang an dabei?«

»Nein, erst seit letztem Sommer. Ich habe Immanuel bei einer Erweckungsfeier kennengelernt. Er hat mir von der Gemeinschaft erzählt, und ich hatte gleich die Eingebung, dass ich hier endlich finden kann, wonach ich schon so lange gesucht habe. Immanuel ist ein echter Prophet. Er kann in die Zukunft schauen.« Dabei bekreuzigte sie sich, aber formte anschließend mit beiden Händen einen Kreis, statt die Hände zu falten.

Anna öffnete die Tür und ging ins Haus. Schlaicher folgte ihr. Da sie geradeaus ging, hielt Schlaicher sie am Ärmel zurück. »Ich weiß nicht, ob da frei ist«, sagte er, obwohl er kein Wimmern mehr hören konnte.

Sie stutzte. »Wieso nicht?«

»Also, vorhin bin ich schon mal da rein.«

»Du wirst ja rot«, lachte sie. »Du hast Immanuel und Judith bei ihrem Gebet getroffen, oder?«

Schlaicher spürte, wie noch mehr Blut in seine Wangen schoss. »Gebet, also so würde ich das nicht bezeichnen«, sagte er.

»Wieso? Liebe ist doch das, was die Bibel uns lehrt. Und körperliche Liebe ist das Natürlichste auf der Welt. Immanuel hat uns gelehrt, dass wir nicht Christus im Moment seines Todes, also die Hostie als Fleisch und den Wein als Blut Christi, zu uns nehmen dürfen. Das ist gegen Gottes und Marias Wunsch. Wir sollen uns lieber auf die Geburt des Gottessohnes konzentrieren, auf den Moment seiner Zeugung, bei der Maria von Josef im Licht des Vollmonds ein Samenkorn Gottes empfangen hat. Also komm.«

Sie öffnete die Tür und trat ein. »Außerdem sind die beiden fertig.«

Schlaicher hatte den Raum vorher kaum wahrgenommen. Dicke Teppiche lagen auf dem Boden, ein gemütlich aussehendes riesiges Sofa mit einem hölzernen Couchtisch stand an einer der lilafarbenen Wände. Die Decke war ebenfalls lila mit einer großen gelben Scheibe, in deren Mitte eine Hängelampe hing.

Mehrere Kissen und Decken lagen in einer Ecke des Raumes, und ein kleiner Altar trug offenbar die Zeichen der Gemeinschaft, eine Mondscheibe, ein Kreuz und eine Marienfigur, die von Hug geschnitzt worden sein musste. Ein Fenster gab den Blick auf das bewaldete Tal frei. Zwei Türen führten in weitere Räume.

»Ich hole dir etwas zu trinken«, sagte Anna. »Setz dich so lange ruhig schon mal hin und schau dich um. Ich kann dir dann alles erklären.«

Schlaicher wusste gar nicht, ob er noch viel mehr wissen wollte. Dennoch tat er wie geheißen und setzte sich auf das Sofa, allerdings nicht ohne den tiefblauen Bezug vorher nach Flecken abzusuchen. Offenbar war das der Preis, den er dafür bezahlen musste, dass das Bild repariert wurde und Dietsche ihm nicht den Kopf abreißen würde.

In der Luft lag noch der Geruch nach Schweiß und Lust. Plötzlich öffnete sich eine der beiden Türen, und der Mann mit den wallenden Haaren kam herein. Diesmal aber mit einem weiten beigen Kaftan bekleidet.

»Ah, da ist ja unser Gast. Ich hoffe, du bist nicht erschrocken«, sagte er mit einer samtweichen Stimme.

»Nein, also, doch, es tut mir leid, dass ich so reingeplatzt bin, aber die Tür war offen, und …«

»Mach dir keine Sorgen«, beruhigte der Mann ihn großmütig. »Unser Haus steht immer offen, so wie es bei Kirchen sein sollte. Wir leben hier nach Gottes Wort und freuen uns über jeden Gast. Nur dürfen die sich nicht daran stören, wenn wir einfach so weiterleben, wie es unserer Art und unserem Glauben entspricht.«

Langsam hing Schlaicher das hochtrabende Gequatsche der Hofbewohner zum Hals heraus.

»Aber ich habe mich dir noch gar nicht vorgestellt. Ich bin Immanuel, Friede sei mit dir.«

»Äh, und mit dir. Rainer Maria Schlaicher, ich bin eigentlich nur da …«

»Warum du da bist, ist egal, wichtig ist nur, dass du den Weg zum Herrn findest«, unterbrach Immanuel ihn mit einem friedvollen Lächeln auf den dicken Lippen. Knappe fünfzig Jahre mochte er alt sein. Anders als Hug wirkte Immanuel sehr gepflegt. Seine Hände sahen nicht so aus, als würde er mit ihnen etwas anderes bearbeiten als Frauenkörper.

»Also, ich habe den Herrn, den ich gesucht habe, jedenfalls gefunden. Wolfgang Hug«, sagte Schlaicher.

»Gut, wo ist Bruder Wolfgang?«

»Er ist in der Scheune. Aber eine Anna führt mich herum.«

»Wie schön, die liebe Schwester Anna wird dir sicherlich alles zeigen. Entschuldige mich jetzt bitte, ich muss mich zur Meditation zurückziehen. Möge der Mond dir leuchten.« Immanuel nahm Schlaichers Hände in seine und streichelte einmal darüber, was Schlaicher sehr unangenehm fand, dann drehte er sich um und verschwand durch dieselbe Tür, durch die er gekommen war. Schlaicher setzte sich wieder und wischte seine Hände an der Hose ab.

Kurz darauf kam Anna mit einem Tablett mit zwei Tontassen, einem Krug und einem Teller mit Keksen wieder. Sie stellte es auf dem Tisch ab und setzte sich zu Schlaicher. »Du hast Immanuel schon kennengelernt«, bemerkte sie.

»Ja«, antwortete Schlaicher.

»Ist er nicht wundervoll?«, fragte sie.

Schlaicher konnte nur sagen: »Ähm.«

»Immanuel hat mir das Leben gegeben, indem er mich hierherbrachte. Mein Vater wollte mich festhalten und zwingen, einen Weg zu gehen, der Gott missfällt. Hier aber bin ich frei und kann Gott preisen und loben.«

Schlaicher nippte von der trüben, dampfenden Flüssigkeit.

»Das ist Yogi-Tee«, sagte sie.

Schlaicher schaute auf die Uhr, aber erst siebzehn Minuten waren vergangen, seit sie von Hug weggegangen waren. Ihm wurde ein bisschen unwohl, was vielleicht an dem Tee liegen mochte. Oder einfach daran, dass er viel zu wenig geschlafen, eine Leiche gefunden hatte und jetzt in einer vollkommen durchgeknallten Sektenfestung hockte, bei Leuten, die beteten, indem sie Sex hatten.

»Gefalle ich dir?«, fragte Anna plötzlich.

Schlaicher stellte die Tasse ab. »Wie meinst du das?«

»Wie ich es sage.«

Schlaicher hörte draußen ein Auto vorfahren. Noch mehr von diesen verrückten Sektenbrüdern und -schwestern?

»Na ja, ich weiß nicht, ob ich darüber jetzt sprechen möchte.«

»Ich gefalle dir nicht?« Anna legte eine Hand auf Schlaichers Oberschenkel und sah ihm tief in die Augen.

»Du könntest fast meine Tochter sein«, sagte Schlaicher und nahm ihre Hand weg.

Sie war, im Gegensatz zu Schlaicher, in keiner Weise peinlich berührt. Stattdessen bot sie ihm einen Vollkornkeks an, den er annahm. Hörte er da nicht eine Stimme im Flur? Plötzlich stand Anna auf und zog fast beiläufig ihren Pullover aus. Sie trug nichts darunter.

»Hör auf damit!«, sagte Schlaicher schnell, dann ging die Tür auf, und es kam der Mensch herein, den Schlaicher als Letzten auf der ganzen Welt hier erwartet hatte.

Kommissar Schlageter japste empört auf und ging schnell zwei Schritte zurück, während sich Anna zu ihm drehte und ihre entblößten Brüste präsentierte. Als Schlageter den Mann erkannte, den er als Letzten auf der ganzen Welt hier erwartet hatte, fiel ihm der Unterkiefer herunter.

FÜNF

Schlaicher war aufgesprungen, als er Schlageter erkannt hatte. Jetzt, da Anna wieder angezogen war, wurde ihm klar, was der Kommissar denken musste. Aber der war diesmal nicht so bissig wie sonst, sondern sah sogar etwas blass aus.

»Sind Sie Frau Anna Wittmann?«, fragte er.

»Ja, Friede sei mit dir.«

»Kann ich Sie bitte allein sprechen? Mein Name ist Schlageter von der Kriminalpolizei Lörrach.« Dann schaute er Schlaicher an. »Und Sie möchte ich gleich danach sprechen. Sie warten draußen!«

Schlaicher nickte und ging durch die Tür. Was machte der Kommissar hier? Er war zu neugierig, um ganz rauszugehen. Stattdessen stapfte er laut zur Eingangstür, schlich dann leise und gebückt zurück und blieb so unter dem Glaseinsatz stehen, dass er auf keinen Fall gesehen werden konnte.

»... dass etwas Schlimmes passiert ist. Vielleicht setzen Sie sich besser«, hörte Schlaicher durch die Tür.

»Was ist denn?«, fragte Anna besorgt.

»Bitte setzen Sie sich.« Ein paar Sekunden verstrichen.

»Ich muss Ihnen leider mitteilen, dass Ihr Vater, Ulrich Wittmann, tot ist.«

Schlaicher atmete erschrocken ein.

»Er ist ermordet worden«, fügte Schlageter hinzu, ohne dass von Anna eine Reaktion zu hören gewesen wäre.

Weitere Sekunden, die Schlaicher wie Minuten vorkamen, blieb alles still, dann schrie Anna laut auf: »Nein, Gott!«

Die Welt vor Schlaicher schien zu verschwimmen. Es fühlte sich an wie ein Schlag gegen den Kopf, als ihm bewusst wurde, was das bedeutete. Die Leiche, die er heute früh gefunden hatte, war Annas Vater gewesen.

Von drinnen drangen tumultartige Laute an Schlaichers Ohr.

»Beruhigen Sie sich doch«, bettelte Schlageter fast. Dann das

Geräusch einer Tür, weiterhin begleitet vom Schreien und Klagen der jungen Frau.

»Was ist hier los?« Die Stimme von Immanuel.

»Helfen Sie mir bitte, sie zu beruhigen.«

Schlaicher öffnete die Tür und sah, wie Schlageter die kreischende Anna festzuhalten versuchte, die wild um sich trat. Immanuel stand einfach da und schlug ein Kreuz, ebenfalls mit der anschließenden runden Bewegung. Auch die andere Tür öffnete sich; zwei Männer und die Frau, die mit Immanuel »gebetet« hatte, kamen herein. Der Jüngere ging auf Anna zu, und sie floss förmlich in seine Arme. Beruhigend redete er auf sie ein und streichelte ihren Kopf.

»Was ist denn los, mein Liebes?«, fragte er flüsternd immer wieder.

»Es tut mir leid«, sagte Schlageter, der sich den Kopf hielt und vor Anstrengung heftig atmete. »Ihr Vater ist tot.«

Er nahm die Hände vorsichtig vom Kopf, und Schlaicher sah, dass ihn ein Hieb Annas am Auge getroffen hatte. Es begann bereits zuzuschwellen; das Weiß war tiefrot unterlaufen.

»Was machen Sie eigentlich hier, Schlaicher?«, fragte Schlageter und sah dann mit schmerzverzerrtem Gesicht zu Immanuel. »Das ist das Schlimmste an unserem Beruf. Wir müssen den Angehörigen diese Nachrichten überbringen.«

»Der Friede sei mit dir, Freund«, sagte Immanuel leise.

»Ich glaube, sie ist jetzt in guten Händen«, sagte Schlageter ungewohnt sanft. »Bitte sagen Sie ihr, dass ich morgen früh noch mal komme, um mit ihr zu sprechen. Ansonsten kann sie mich hier anrufen.« Er zog ein Kärtchen aus seinem dunkel karierten Mantel und wandte sich zum Gehen. Die linke Hand hielt er an sein Auge, die rechte griff den Arm von Schlaicher und zog ihn mit hinaus.

Als sie durch die Tür gingen, kam ihnen Wolfgang Hug entgegen. »Was isch denn los? Isch öbberem öbbis passiert?«, fragte er an Schlaicher gerichtet.

»Annas Vater ist tot. Sie hatte gerade einen Zusammenbruch«, antwortete Schlaicher, und Hug drückte sich schnell an ihnen vorbei. »Der blödi Dräcksack het sie lang g'nueg fertigg'macht.« Dann war er drinnen und sie draußen auf dem Hof.

Es hatte zu regnen begonnen. Kleine Tropfen bedeckten fleckig die dreckigen Pflastersteine des Hofes.

Schlageter hatte noch immer die Hand auf sein Auge gepresst. »Verdammt, musste ich gerade den Ellenbogen so fest ins Gesicht bekommen? Ich dachte schon, mein Auge würde platzen.« Dann quiekte er auf: »Machen Sie Ihren Hund fest! Was hat der denn hier zu suchen?«

Dr. Watson kam sehr langsamen Schrittes durch den Regen auf sie zugestapft. Schlaicher lief zu ihm und zog ihn am Fell zurück in die Scheune. Dort legte er ihm die Leine an und ging wieder raus zu Schlageter.

»Woher kennen Sie die Tochter des Toten, Schlaicher? Und keine Ausflüchte!« Jetzt klang Schlageter gar nicht mehr sanft, eher so, als sei Schlaicher schuld an seinem schmerzenden Auge.

»Ich kannte sie nicht«, antwortete Schlaicher. In diesem Moment kam Hellbach um das Haus herum und lief ungelenk auf sie zu.

»Chef, ist was passiert?«, fragte der dürre Mann mit seiner erstaunlich tiefen Bassstimme.

»Verdammt, Hellbach, das sehen Sie doch!«

»Ihr Auge ist ganz geschwollen«, bemerkte der Assistent, was Schlageter zu einem wütenden Aufstapfen verleitete, das wiederum Dr. Watson Angst machte. Der zog mit ganzer Kraft von dem fluchenden Kommissar weg, und Schlaicher hatte alle Mühe, dem dreiunddreißig Kilo schweren Hund Widerstand zu leisten.

»Was macht denn der Schlaicher hier?«, fragte Hellbach jetzt.

»Hallo, Herr Hellbach«, sagte Schlaicher, der immer noch versuchte, Dr. Watson zur Ruhe zu bringen.

Schlageter wurde immer lauter: »Die Frage ist mehr als berechtigt. Was machen Sie hier?«

»Watson, bleib!«, schimpfte Schlaicher, und zu seinem eigenen Erstaunen setzte der Hund sich hin, schaute aber weiter misstrauisch auf den dicken Kommissar. »Ich wollte zu Wolfgang Hug, der hier lebt und arbeitet«, antwortete Schlaicher endlich.

»Was verdammt noch mal wollten Sie denn von diesem Hug? Und wer ist der Mann?«

»Er ist Restaurator und sollte ein Bild für mich auf Vordermann bringen. Sie haben ihn gerade gesehen. Der Mann, der uns entgegenkam.«

»Der Mann, der den toten Wittmann einen blöden Drecksack genannt hat?«, fragte Schlageter, und Schlaicher staunte darüber, dass Schlageter das trotz seiner Schmerzen registriert hatte. Der dicke Kommissar mochte sich vielleicht schnell in eine Sache verrennen, wie Schlaicher noch vom Mord an Hanni Weber wusste, aber es entging ihm nichts, das musste man ihm lassen.

»Genau der«, sagte Schlaicher. »Das war Wolfgang Hug.«

»Und Sie sind rein zufällig hier? Erzählen Sie das, wem Sie wollen. Am Telefon haben Sie mir gesagt, Sie hätten einen geschäftlichen Termin. Und jetzt treffe ich Sie hier nackt mit der Tochter des von Ihnen gefundenen Mordopfers an!«

»Was?«, rief Hellbach ungläubig aus, während sein Chef triumphierend dreinschaute.

Schlaicher schüttelte schnell den Kopf und sagte: »Das ist ein Missverständnis. Ich kann das alles erklären. Und ich war nicht nackt!«

»Ich bin sehr gespannt«, sagte Hellbach, und Schlageter klopfte seinem Assistenten auf die Schulter. »Sie nehmen mir das Wort aus dem Mund, mein lieber Hellbach. Wir fahren jetzt sofort nach Lörrach. Sie fahren hinter uns her, Schlaicher, und dann erzählen Sie uns alles. Aber auch wirklich alles!«

Schlaicher blieb den ganzen Weg hinter dem dunklen Benz des Kommissars. Hellbach fuhr, und seiner Fahrweise sah Schlaicher an, dass er sehr vorsichtig mit dem Wagen seines Chefs umgehen wollte. Es dauerte fast eine Dreiviertelstunde, bis sie in Lörrach angekommen waren und ihre Wagen auf dem kleinen Parkplatz des gelblichen Polizeigebäudes am Rand der Innenstadt abgestellt hatten.

»Der Hund bleibt im Auto!«, schimpfte Schlageter, als Schlaicher Dr. Watson herausholen wollte.

»Der Hund kommt mit«, sagte Schlaicher.

»Nein«, insistierte der Kommissar, und Schlaicher entgegnete: »Dann komme ich auch nicht mit.«

»Wenn ich Sie erst offiziell vorladen muss, dann mache ich Ihnen die Hölle heiß, Schlaicher«, drohte Schlageter so laut, dass die Leute, die vorbeigingen, neugierig schauten. »Sie stecken sowieso ganz schön tief in der Tinte. Also. Hund rein!«

Schlaicher beugte sich widerwillig der schreienden Staatsmacht. Er verfrachtete Dr. Watson in den Wagen, wo der sich stoisch auf die Rücksitzbank legte und offenbar zu schlafen plante.

Schlageters und Hellbachs Büro sah aus wie einer deutschen Krimiserie der achtziger Jahre entsprungen. Zwei alte, dünnbeinige Schreibtische standen sich gegenüber. Der graue PVC-Boden war von den Rollen der Bürostühle fast durchgewetzt. Die dickblättrige Pflanze, die wild wuchernd, aber halb vertrocknet auf dem Fensterbrett stand, war seit Schlaichers letztem Besuch vor drei Monaten immer noch nicht umgetopft worden, obwohl sie es damals schon dringend nötig gehabt hätte. Auch das Namensschild »Hans-Peter Schlageter« stand noch immer am selben Fleck. Schlaicher nahm auf einem mit dunkelbraunem Stoff bezogenen Stuhl Platz, während Schlageter seine und Schlaichers Jacke an Hellbach übergab, der sie an einen sehr stabilen Kleiderständer hängte. Schlageters Schreibtisch war überladen mit Akten und Papieren, die sogar die Tastatur des Computers mit Flachbildmonitor bedeckten, zusammen mit dem Telefon den anscheinend einzigen Gegenständen im Raum, die nach der Jahrtausendwende hergestellt worden waren. Dafür war in die uralte Olympia-Schreibmaschine Papier eingespannt. Links von der antik wirkenden Maschine hatte Schlageter eine Unmenge von schmutzigen Tassen gestapelt.

Hellbachs Schreibtisch dagegen war aufgeräumt, und seine Olympia war mit einem grauen Kunststoffüberzug geschützt. Nach dem Aufhängen der Jacken weckte er seinen Computer mit einem Tastendruck aus dem Stand-by-Modus.

»So, Schlaicher. Was soll ich jetzt mit Ihnen machen?«, fragte der Kommissar. Sein Assistent manövrierte grobmotorisch mit der Maus herum und klickte dann mehrmals. Schlageter ging zu einem kleinen Waschbecken und befeuchtete das fadenscheinige Handtuch, das er sich dann als Kühlung auf sein bereits blau werdendes Auge drückte.

»Es handelt sich, wie gesagt, um einen reinen Zufall!«, sagte Schlaicher, woraufhin Schlageter seine Augenbrauen so eng zusammenzog, wie es die Schmerzen ihm erlaubten. Er blieb aber ruhig.

»Nur weil Sie vor ein paar Monaten beim Weber-Fall mitgeholfen haben, brauchen Sie jetzt nicht zu denken, Sie stünden über dem Gesetz.«

»Mitgeholfen?«, fragte Schlaicher ungläubig. Ohne ihn hätte Schlageter heute noch eine offene Akte auf dem Tisch liegen. Aber er sagte nichts mehr dazu, weil der Kommissar bereits weiterredete:

»Ich will von Ihnen wissen, was Sie bei den Mondkindern wollten.«

»Entschuldigung, Chef«, sagte Hellbach dazwischen. »Zuerst müssen wir das Protokoll wegen des Fundes des Opfers machen.«

»Nerven Sie nicht, Hellbach«, herrschte Schlageter ihn an und schaute dann wieder zu Schlaicher. Hellbach lehnte sich beleidigt in seinen Bürostuhl zurück, die mageren Arme vor der Brust verschränkt.

»Ich erzähle Ihnen alles. Aber der Reihe nach, sonst verstehen Sie mich vielleicht wieder falsch«, sagte Schlaicher. Hellbach brummte ein »Also doch!«, was Schlageter zu einem Blick verleitete, gegen den man eine wolkenverhangene Nacht mitten im Schwarzwald als hell bezeichnet hätte.

»Dann fangen Sie an!«

»Wissen Sie, mein Vater ist zu Besuch gekommen«, begann Schlaicher.

»Ich will nur relevante Informationen hören«, sagte Schlageter und hämmerte mit der Spitze seines Zeigefingers mehrfach auf eine kleine freie Stelle der Tischplatte.

»Mein Vater ist asthmakrank und hatte sein Notfallspray vergessen«, fuhr Schlaicher unbeirrt fort. Mehrfach von ungeduldigen Kommentaren des Kommissars unterbrochen, erzählte er von seinem verunglückten Tagesanfang. Er konnte kaum glauben, dass das heute früh gewesen war. Es schien ihm, als seien seither schon mehrere Tage vergangen. Und gleichzeitig doch nicht.

Der wieder über seine Tastatur gebeugte Hellbach notierte alles im Computer, wofür er mit seinem Zweifingersystem extrem lange brauchte, was Schlaicher zu mehrfachen Pausen und Schlageter zu einer auf immer heißerer Flamme kochenden, aber noch unterdrückten Wut brachte. Als es klopfte und ein grinsender Beamter eine Schale mit Eiswasser und einem Waschlappen brachte, unterbrachen sie das Gespräch, und Schlageter kümmerte sich erst einmal um sein Auge. Das alte Handtuch legte er auf den Haufen schmutziger Tassen. Schlaicher vermutete, dass es in einem halben Jahr immer noch da liegen würde.

Umständlich tauchte der Kommissar den Waschlappen ins kalte Wasser, dann wrang er ihn fluchend aus und drückte sich den kaltnassen Stoff aufs Auge. Als der Waschlappen an Ort und Stelle saß, gab der Kommissar ein erleichtertes Seufzen von sich.

»So, wo waren wir?«, fragte er dann, und Hellbach, der gerade mit Tippen fertig war, sagte:

»Nachdem ich aus der Apotheke raus war.«

»Genau«, sagte Schlaicher, »nachdem ich raus war, ging ich zurück und fand den Toten. Mein Gott, ich muss vorher schon an ihm vorbeigelaufen sein, ohne etwas zu merken.«

Schlageter tauchte den Waschlappen erneut in das kalte Wasser, während Schlaicher fragte: »Wissen Sie schon, wann er ermordet worden ist?«

Hellbach schaute auf und sagte: »Wittmann wurde wahrscheinlich vor drei oder vier Tagen mit einem festen Gegenstand auf den Hinterkopf ...«

Schlageter unterbrach ihn mit einem Fausthieb auf den Tisch, der das Eiswasser überschwappen ließ: »Verdammt noch mal, Hellbach! Keine Einzelheiten vor Schlaicher! Bin ich denn hier der Einzige, der vernünftig denken kann?«

Hellbach verschränkte wieder die Arme und verzog sein Gesicht.

»Jetzt seien Sie mal nicht beleidigt, sondern sagen Sie mir lieber, ob Werner schon was sagen konnte, wann die Leiche aufgehängt worden ist.«

Hellbach zierte sich noch kurz, aber als sein Chef wieder böse schaute oder besser immer noch böse schaute, beugte er sich wieder vor und starrte auf den Monitor. »Die Zeugin Berta Teninger hat gesehen, wie vier Männer die fehlende Figur, also in dem Fall den Toten, gegen halb drei aufgehängt haben.«

»Wo waren Sie gegen halb drei, Schlaicher?«

»Ich?«

»Ja, Sie!«

»Verdächtigen Sie mich etwa wieder?«

»Wir gehen nur allen Spuren nach. Und die führen bisher ausschließlich zu Ihnen! Also, wo waren Sie heute früh gegen zwei Uhr dreißig?«

»Im Bett«, stöhnte Schlaicher.

»Ich nehme an, es gibt keine Zeugen?« Schlageters Stimme war so kalt wie die Eiswürfel, die in der Schale vor ihm dümpelten.

Schlaicher schüttelte den Kopf und konnte es nicht fassen, dass sich Schlageter wieder auf ihn einzuschießen schien. Dabei hatte er wirklich andere Sorgen.

»Sie haben den Toten gefunden, Schlaicher. Dann verschwinden Sie vom polizeilich gesicherten Tatort ...«

»Sie haben mich gehen lassen«, protestierte Schlaicher.

»Ja, damit Sie später aufs Revier kommen. Statt zu mir zu kommen, erwische ich Sie mit der Tochter des Toten in einer mehr als eindeutigen Situation!« Mit den letzten Worten war der Kommissar immer lauter geworden.

»In einer was?«, fragte Schlaicher zu laut zurück. »Die Frau hat nur ihren Pulli ausgezogen.« Als er das sagte, merkte er, dass es sich nicht sonderlich logisch anhörte. »Das hat mit dieser Sekte zu tun«, fügte er darum leiser an.

»Hellbach«, sagte Schlageter, »was wissen wir über diese Mondkinder?«

»Die Mondkinder Marias«, zitierte Hellbach sofort aus dem Gedächtnis, von dem Schlageter sagte, es sei fotografisch, was Schlaicher aber nicht recht glauben wollte, »die Mondkinder sind eine Sekte, die bei unseren Experten als zwar sehr abweichlerisch, aber unbedenklich eingestuft ist. Den christlichen Hintergrund haben sie in eine Mischung aus Marienkult und Mondverehrung umgewandelt. Vor zwei Monaten waren es zehn Mitglieder, vier Männer, drei Frauen und drei Kinder, die wie in einer Kommune zusammenleben. Die Kollegen von der Polizeidirektion Waldshut haben zwei Anzeigen wegen Erregung öffentlichen Ärgernisses vorliegen, weil es wohl im Sommer Kopulationen im Freien gegeben hat. Aber sonst liegt uns nichts vor. Das Jugendamt hat zwar Bedenken angemeldet, aber es gibt keine direkte Handhabe. Die Kinder sind in Waldorfkindergärten und -schulen.«

»Soso, Herr Schlaicher, vielleicht gefällt uns ja der Gedanke an die freie Liebe in dieser Sekte?«

»Ich habe die Leute dort heute zum ersten Mal gesehen.«

»Hören Sie endlich mit Ihrer komischen Zufallsgeschichte auf. Die nehme ich Ihnen nicht ab. Es ist ein Mann getötet worden, mein Freund! Und wegen des Fundorts auf dem Denkmal spricht schon halb Südbaden davon. Wahrscheinlich hatte Anna Wittmanns Vater Probleme damit, seine Tochter in einer Sekte zu wissen«, sagte Schlageter. »Oder er hatte etwas gegen die Liaison mit einem fast doppelt so alten Testdieb.«

»Ich hatte keine Liaison«, rief Schlaicher aufgebracht.

»Wissen wir's?« Schlageter schmunzelte wie ein allwissender Buddha.

»Ja, weil ich es Ihnen sage!«

Schlageter redete weiter, als habe es keinen Einwand von Schlaicher gegeben. »Irgendjemand aus Ihrer Sekte …«

Schlaicher warf ein: »Es ist nicht meine Sekte!«

»… tötet Ulrich Wittmann, Annas Vater. Und dann halten alle zusammen, organisieren sich einen Wagen, bemalen die Leiche und hängen sie am Denkmal auf. Und dann finden Sie die Leiche. Der Täter kehrt immer zum Tatort zurück!« Schlageter streckte triumphierend seinen dicken Zeigefinger in die Höhe.

Schlaicher schaute ihn nur fassungslos an. Die Vorwürfe des Kommissars waren dermaßen aus der Luft gegriffen, dass Schlaicher nicht wusste, wie er anfangen sollte, sie zu entkräften. Gleichzeitig hatte ihm Schlageters Vortrag den Pritschenwagen in Erinnerung gerufen, der so dreckig in der Scheune der Mondkinder gestanden hatte. Und dann war da noch das Zeichen über dem Eingang des sogenannten Klosters, das dem Anhänger an der Kette um Wittmanns Hals so ähnelte. Jetzt wusste er, wie er anfangen musste.

»In Ihrem sehr fantasievollen Konstrukt gibt es einen frühen Fehler, Herr Kommissar. Der Vater, also der Tote, hatte nichts gegen diese Sekte.«

»Wie kommen Sie darauf, Schlaicher?« Schlageter schaute ihn fragend an, während er den Lappen erneut ins kalte Wasser tauchte.

»Er trug doch selbst eine Kette mit einem Anhänger, der das Zeichen der Mondkinder zeigte.« Jetzt schaute Schlaicher triumphierend.

»Sie meinen die Platte mit dem Kreuz? Hellbach, notieren Sie das.«

Der Assistent holte einen Notizblock hervor und kritzelte etwas hinein.

»Das macht die Sache zwar verzwickter, aber entlastet Sie kein bisschen«, sagte Schlageter und presste den kalten Lappen an sein Auge. »Vielleicht hat der Mörder ihm ja selbst die Kette umgelegt!«

»Warum sollte das jemand tun?«, fragte Schlaicher, wurde aber durch mehrmaliges Klopfen unterbrochen. Die Köpfe aller drei Männer wandten sich zur offenen Tür. Der Mann, der jetzt einen Schritt in den Raum trat und sich mit den Worten »Entschuldigung. Robert Uersli von der Firma ›lifetest‹. Ich habe einen Termin mit Herrn Schlageter« vorstellte, trug einen schwarzen Anzug und ein hellblaues Hemd mit einer dunkelgrauen Krawatte. Er war knapp fünfzig Jahre alt und hatte sich offensichtlich mit regelmäßigem Training fit gehalten.

»Oh, Sie sind schon da?« Der Kommissar schaute auf seine Uhr. »Kommen Sie doch bitte herein.« Dann zeigte er auf Schlaicher und sagte zu seinem Assistenten: »Sehen Sie, Hellbach, jetzt ist der Moment gekommen, das Protokoll fertigzustellen. Ich unterhalte mich so lange mit Herrn Uersli. Gehen Sie doch einfach mit Schlaicher ins Nebenzimmer.«

Hellbach stand auf und winkte Schlaicher genervt hinter sich her. Währenddessen gaben sich Uersli und Schlageter die Hand.

»Was haben Sie denn mit Ihrem Auge gemacht?«, fragte der Mann im Anzug.

Das Nebenzimmer sah genauso trist aus wie das Büro, aus dem sie gerade gekommen waren, außer dass hier an den beigefarbenen Wänden zwei Poster mit weinenden Harlekins und eines mit einem Polizisten mit Schnurrbart und Vokuhila-Frisur hingen. »Die Kriminalpolizei rät«, stand oben in großen Achtziger-Lettern darauf. Wie im Zimmer nebenan gab es zwei Schreibtische, zwei Computer und zwei Schreibmaschinen, zwei Bürostühle und drei stoffbezogene Besucherstühle. Die Schränke waren alle geschlossen, die Schreibtische aufgeräumt, und der Raum war viel kälter als das aufgeheizte Büro Schlageters und Hellbachs.

»Nehmen Sie Platz, ich mach schon einmal den Computer an«, sagte Hellbach und setzte sich an den ersten Arbeitsplatz.

»Wie halten Sie es nur mit Schlageter aus?«, fragte Schlaicher.

»Ach, so schlimm ist das gar nicht. Und wenn doch, dann hör ich einfach nicht hin«, sagte Hellbach.

Es dauerte noch recht lange, bis die Programme hochgefahren waren. Trotz der Kühle im Raum merkte Schlaicher, wie sein Kopf schwerer wurde. Ein riesiges Gähnen überkam ihn.

»Herr Hellbach, ich schlafe gleich ein. Sie sind doch fast genauso lange auf den Beinen wie ich. Sind Sie nicht müde?«

Hellbach nickte bestätigend.

»Ich brauche einen Kaffee. So was haben Sie doch bestimmt da, oder?«

Hellbach nickte heftiger. »Ich hole uns welchen.«

Nach einer Minute war er immer noch nicht zurück. Schlaicher stand auf und ging langsam hin und her. Jedes Mal, wenn er nahe an der Tür vorbeikam, hörte er entweder Schlageters Stimme oder die von Uersli. Schließlich blieb er an der Tür stehen. Er konnte zwar die Stimmen hören, aber kaum verstehen, was sie sagten. Erst als er seinen Kopf in die Höhe des Schlüssellochs gebracht hatte, bekam Schlaicher mehr mit: »… Sie Ihren Partner das letzte Mal gesehen?« Das war Schlageter.

»Am Freitag«, sagte Uersli. »Er wollte etwas früher weg, um sich noch mal mit seiner Tochter wegen dieser Sekte zu unterhalten.«

»Wann ist er weg?«

»Gegen achtzehn Uhr dreißig. Normalerweise sind wir abends länger im Büro.«

»Hat er gesagt, wo er seine Tochter treffen wollte?«

»Das wusste er selbst noch nicht. Er meinte, entweder wäre sie bei ihm oder er würde zu ihr fahren. Aber reingehen in dieses Sektenhaus wollte er nicht. Das ist so furchtbar, was da passiert ist. Der Ulrich war nicht nur mein Partner, wir waren auch Freunde. Was das für die Firma bedeutet, will ich mir noch gar nicht vorstellen.«

»Was macht Ihre Firma genau?«, fragte Schlageter.

»›Lifetest‹ ist ein Dienstleistungsunternehmen für die Pharmaindustrie. Koordination von Pretests und Ähnliches. Wir sitzen direkt neben Ihnen, hier in Lörrach im Innocel.«

»Und wer sind Ihre Auftraggeber?«

»Hauptsächlich die großen Namen aus der Branche. Also zum Beispiel Novartis, Bayer oder Roche. Aber auch kleinere wie Biomedal in Freiburg oder Firmen in Frankreich. Wir haben momentan einen Großauftrag, den wir für …«

»Ich werd verrückt«, kam eine brummige Stimme von hinten.

Schlaicher fuhr herum. Hellbach stand mit zwei dampfenden Bechern in der Tür.

»Sie lauschen?«

»Ich glaube, es hat wenig Sinn, jetzt zu leugnen«, sagte Schlaicher verlegen und setzte sich wieder auf den braunen Besucherstuhl.

Hellbach schüttelte ungläubig und enttäuscht den Kopf. Trotzdem stellte er für Schlaicher einen Becher mit Polizeiaufdruck auf den Tisch und setzte sich dann.

Er nahm einen großen Schluck, dann sagte er: »Das hätte ich nicht von Ihnen erwartet, dass Sie mein Vertrauen so missbrauchen.« Schlaicher sagte nichts. »Dann machen wir jetzt das Protokoll.«

Die nächste Viertelstunde verlief absolut sachlich. Hellbach stellte eine Frage, Schlaicher antwortete, und Hellbach tippte, womit das Spiel von Neuem anfing. Dann klickte Hellbach ein letztes Mal, um das Protokoll auszudrucken. Er stand auf und sagte:

»Der Drucker ist draußen auf dem Flur. Ich bin nur ganz kurz weg. Lauschen lohnt nicht!«

Schlaicher schämte sich ein wenig, aber er hatte ein paar interessante Sachen gehört …

Tatsächlich war Hellbach schon nach wenigen Sekunden wieder zurück und legte Schlaicher vier kleine Stapel Papier mit je drei Seiten vor.

»Lesen Sie sich das noch einmal genau durch und überlegen Sie, ob wir etwas vergessen haben. Dann unterschreiben Sie bitte jede Ausfertigung. Eine können Sie selbst mitnehmen.«

Kaum hatte Schlaicher unterschrieben und die für ihn gedachte Ausfertigung geknickt und in die Innentasche seiner Jacke gesteckt, kam Schlageter herein.

»Wir sind drüben erst mal fertig, Hellbach. Wie lange brauchen Sie denn noch? Ah, Sie sind auch fertig. Dann lassen Sie uns am besten gleich losfahren. Ich will mir diesen Hug mal genau vornehmen. Wenn der schon so auf den Toten schimpft …«

»Er hat gelauscht«, sagte Hellbach und zeigte auf Schlaicher, der am liebsten in seinem Stuhl versunken wäre.

Schlageters Gesicht wurde hart. »Wo und wann?«

»Als wir rüber sind, wollte er unbedingt einen Kaffee. Ich habe ihm welchen gebracht und ihn dann erwischt, wie er bei Ihrer Vernehmung gelauscht hat.«

»Schlaicher, Schlaicher, Schlaicher«, tadelte der Kommissar ihn wie ein ungezogenes Kind. »Sie wissen doch, dass Sie so nur immer tiefer in die Sache reinrutschen, oder?«

Schlaicher wusste, dass es keinen Sinn hatte, zu leugnen, zu erklären oder sich zu rechtfertigen.

»Kann ich jetzt gehen?«, fragte er also einfach.

Schlageter schaute zu Hellbach, der nickte, dann gab auch der Kommissar sein Einverständnis. »Aber bilden Sie sich darauf nichts ein! Sie stehen auf meiner persönlichen Liste der Verdächtigen ganz oben, Schlaicher. Langsam spricht nämlich teuflisch viel gegen Sie!«

Schlaicher kämpfte mit seiner Wut.

»Halten Sie sich zu unserer Verfügung. Und verlassen Sie nicht das Land!«

Der Frontera stank erbärmlich, und es war nicht nur der Gestank nach chinesischen Essensresten, der sich in die Polster gefressen zu haben schien. Dr. Watson zeigte neben großer Freude auch eine gleichzeitige Tendenz zur Unauffälligkeit, und Schlaicher wusste sofort, dass dem Basset ein Malheur passiert war. Deprimiert schaute er auf den feuchten Fleck im Polster der Rückbank.

Es war früher Nachmittag, und die Sonne hatte sich wieder gegen die Wolken durchgesetzt. Die Südbadener warteten darauf, dass es endlich schneien würde. In der Zeitung war bereits über die Einnahmeeinbußen berichtet worden, die der knappe Schnee den Wintersportorten im Hochschwarzwald eingebracht hatte. Alle hofften auf den großen Schneefall, aber Temperaturen bis zu vierzehn Grad ließen manchen schon daran zweifeln, ob jemals wieder Schnee fallen würde.

Als sie in Maulburg angekommen waren, stellte Schlaicher den Wagen ab und ging mit Dr. Watson nach oben.

»Hallo, Herr Schlaicher«, begrüßte ihn Sarah, die ihrer Mutter doch recht ähnlich sah, wie Schlaicher jetzt bemerkte. Sie war natürlich zwanzig Jahre jünger, hatte noch keinerlei Falten im deswegen noch etwas kindlich wirkenden Gesicht, und die Kleidung war viel jugendlicher. Aber sie kam nach ihrer Mutter. Noch ein paar Jahre, und Sarah würde genauso wunderschön aussehen wie ihre Mutter Anke.

»Hallo, Sarah, du bist hier?«

»Ja, und sie bleibt über Nacht. Und morgen auch, wenn du nichts dagegen hast«, sagte Lars, der sich gerade von Dr. Watson begrüßen ließ.

»Meine Mutter muss heute lange arbeiten und hat morgen wohl ein Date«, sagte Sarah. »Ich glaub, sie will dann sturmfreie Bude.«

Schlaicher spürte, wie das Blut in sein Gesicht strömte. Anke Grainer wollte also eine sturmfreie Bude, wenn sie sich mit ihm zum Essen traf? Na, dann sollte er vielleicht ein paar Kondome einpacken.

»Ist was, Herr Schlaicher?«, fragte Sarah.

Der schüttelte schnell den Kopf und sagte: »Hallo, Papa, wie geht es?«

»Guten Tag, Sohn!«, rief Schlaicher senior von der Galerie. »Ich war in der Apotheke und habe mir mein Spray jetzt selbst geholt. Komm mal hoch, ich habe eine Überraschung für dich!«

So freundlich kannte Schlaicher seinen Vater kaum. Als er die Galerie betrat, sah er ihn am Schreibtisch sitzen. Der Computer war an, um ihn herum lagen Aktenordner mit sauber eingeklebten Belegen und ein großer Stapel Papier.

»Wie bist du an mein Kennwort rangekommen?«, fragte Schlaicher schockiert.

»Mein Enkel hat's mir gesagt, ganz einfach.«

»Lars, woher kennst du mein Kennwort?«, rief Schlaicher hinunter, und wie aufs Stichwort schloss sich die Tür zu Lars' Zimmer.

»Du solltest dich lieber freuen, mein Sohn«, sagte Schlaicher senior stolz. »Zum einen, weil ich dir deine Belege geordnet habe, und zum Zweiten, weil ich deine Steuererklärung schon vorbereitet habe. Wie es aussieht …«

»Was hast du?« Schlaicher war mehr als perplex.

»Deine Umsatzsteuererklärung vorbereitet. Es fehlen nur noch ein paar Quittungen, die ich beim besten Willen nicht finden konnte. Wahrscheinlich kommen ein paar der Belege noch nach, oder?«

»Äh, ja, sicher, aber du kannst doch nicht in der kurzen Zeit …«

»Nun, wenn du dich nicht immer vor deinen familiären Pflichten gescheut und deinem Vater ein wenig über die Schulter geschaut hättest, dann wüsstest du, dass es kaum etwas gibt, was ich lieber mache, als dem Finanzamt ein Schnippchen zu schlagen.«

»Ich weiß, dass du geizig bist.«

»Geizig? Was ist denn daran geizig, wenn man nur das bezahlen will, was man auch bezahlen muss? Immerhin kommt so ein schönes Erbe auf deine Schwester und dich zu, wenn ich mal sterbe.«

»Ich will doch gar nicht, dass du stirbst, Papa.«

»Irgendwann ist jeder einmal dran«, sagte sein Vater leiser.

»Fehlt dir etwas, Papa?« Schlaicher hatte eine böse Vorahnung.

»Nein, mein Junge. Alles rein hypothetisch.«

»Du sagst mir, wenn ich irgendwas für dich tun kann?«

»Habe ich das jemals nicht getan, Rainer Maria?«

Schlaicher überlegte kurz und sagte dann mit ein wenig Bitterkeit in der Stimme: »Stimmt. Du hast mir immer alles schonungslos gesagt.«

Schlaichers Vater kramte, ohne den veränderten Ton in der Stimme seines Sohnes zu bemerken, in dem Papierstapel und zog den Ausdruck einer Tabellenkalkulation hervor.

Schlaicher sah auf den ersten Blick nicht viel auf der mit »Übersicht« titulierten Tabelle, aber sein Vater klärte ihn auf: »Die Zahl unten rechts ist der Betrag, den du zu viel gezahlt hast, zumindest nach meinen jetzigen Berechnungen.«

Schlaicher schaute auf die Zahl unten rechts. Die konnte es nicht sein, wahrscheinlich war es der Betrag darüber. Aber Schlaichers Vater sagte die Summe dann auswendig auf:

»Dreitausendsiebenhundertdreiundzwanzig Euro und achtundsechzig Cent, das klingt doch fast so schön wie die Stimme von Montserrat Caballé in jungen Jahren.«

Schlaichers Augen weiteten sich, als ihm klar wurde, dass er fast viertausend Euro vom Finanzamt zurückbekommen würde. Das war gut. Das war sogar fantastisch! Das würde er morgen Abend mit Anke Grainer ausgiebig feiern. Neben Kondomen würde er auch noch eine Flasche richtig teuren Champagner besorgen. Der konnte so schön prickeln in einem Bauchnabel …

SECHS

Schlaicher war froh, als am nächsten Morgen der Wecker klingelte. Sein Rachen schmerzte, sein Nacken war verspannt, seine Augen brannten. Schlimmer als all das aber waren die Träume der Nacht gewesen, die Gesichter, deren Anblick ihn gequält hatte. Vor allem das des Toten, das sich in eine verzerrte Fratze seines Vaters verwandelt hatte. Dietsche und Schlageter waren in seinem Traum vorgekommen, und statt in Vorfreude von der schönen Anke Grainer zu träumen, hatte sich die Tochter des Toten darin getummelt, oben unbekleidet und von der Hüfte abwärts in ein wehendes schwarzes Tuch gewickelt, das aus ihr herauszuwachsen schien. Nach so einer Nacht war das Aufstehen eine Erlösung.

Schlaicher ging ins Badezimmer. Aus Richtung Küche hörte er Frühstücksvorbereitungen. Sein Vater war wohl längst schon wach und Lars und seine Freundin sicherlich auch. Die beiden mussten ja zur Schule.

Während Schlaicher sich wusch, klingelte es. Wahrscheinlich war das Martina, womöglich mit frischen Brötchen im Gepäck, was sie in den letzten Monaten häufiger getan hatte und was Schlaicher sehr gefiel. Sie war ein wirklich nettes Mädchen. Dr. Watsons freudiges Bellen bestätigte Schlaichers Vermutung.

Als Schlaicher in die Küche kam, sah er einen gedeckten Tisch. Der Duft des frischen Kaffees verdrängte die Reste der unangenehmen Träume. Lars und Sarah hatten die erste Stunde frei und blieben deshalb länger bei ihnen sitzen. Sein Vater trug bereits einen wieder einmal schlecht sitzenden, altmodischen grauen Anzug; Martina hatte eine Jeans und einen dicken Strickpullover an. Draußen war es noch dunkel und kalt, aber Schlaicher, in ein dick belegtes Wurstbrötchen beißend, fühlte sich warm und behaglich. Zumindest bis es erneut klingelte.

Als Erstes sah Schlaicher das rote Gesicht des Kommissars. Schlageter zog sich mit der Rechten am Geländer hoch; jeder Schritt schien dem dicken Polizisten mehr Kraft und Atem zu rauben. Die Schwellung an seinem Auge hatte zwar abgenommen, war aber noch nicht gänzlich zurückgegangen. Ein rotblauer Fleck mit Ausläufern ins Grünliche zeigte deutlich die Stelle an, wo Anna Wittmann ihn mit ihrem Ellenbogen getroffen hatte.

»Hmmph. Den Hund weg«, stöhnte Schlageter auf der obersten Stufe. Er beugte seinen durch eine schartige Lederjacke noch massiger wirkenden Oberkörper vor und sog die Luft tief ein, dann stieß er sie schnell wieder aus. Heute trug er Hosen aus einem dicken Webstoff in Dunkelgrün mit grauen und roten Karolinien darüber. In der linken Hand hielt er einen zerknautschten Stoffhut, der ihm sicherlich schon nach den ersten Treppenstufen zu warm geworden war.

Martina kam aus der Küche und nahm den schwanzwedelnden Dr. Watson an die Leine.

Schlaicher wartete. Er hatte nicht vor, den Kommissar einfach so einzulassen. Das Letzte, was er jetzt gebrauchen konnte, war, seinen Vater, seinen Sohn und Martina, nicht zu vergessen die Tochter der Frau, mit der er heute ein romantisches Treffen hatte, den wilden Theorien Schlageters auszusetzen.

»Lassen Sie mich schon rein!«, schnaufte der Kommissar.

»Was wollen Sie denn?«

»Ich will mich nur mit Ihnen unterhalten.«

»Was gibt es?«

»Das besprechen wir zu Ihrem eigenen Besten möglichst nicht im Treppenhaus.«

»Ich muss Sie nicht reinlassen.«

»Schlaicher. Machen Sie es nicht schlimmer, als es längst ist«, warnte der Kommissar und zog den Reißverschluss seiner Lederjacke auf, wodurch ein dunkelgraues Hemd sichtbar wurde, das über seinem Bauch gefährlich spannte.

»Was ist denn los?«, fragte Martina hinter Schlaicher. »Morgen, Herr Kommissar«, sagte sie dann.

»Guten Morgen.« Schlageter atmete noch immer schwer. »Sagen Sie Ihrem sturen Chef doch, dass es besser für ihn ist, mich einzulassen. Es geht um den Mordfall an Ulrich Wittmann. An dem Sie zumindest beteiligt sind, Herr Rainer Maria Schlaicher.«

»Was, ich dachte Sie wollen, dass er Ihnen wieder mal hilft«, sagte Martina.

Schlageter verschluckte sich bei seinen empörten Versuchen, nach Luft zu schnappen, und begann furchtbar zu husten.

»Wasser«, brachte er dazwischen hervor.

»Dann kommen Sie halt rein«, sagte Schlaicher resignierend und trat beiseite.

Schlageter hustete noch ein-, zweimal, dann trat er mit einem ängstlichen Blick auf den angeleinten Dr. Watson ein. Kaum war er in der Wohnung und die Tür geschlossen, schien sein Hustenanfall vorüber zu sein.

»Sie brauchen dann ja wohl kein Wasser mehr«, stellte Schlaicher fest.

»Wenn Sie einen Kaffee hätten, dann würde ich nicht nein sagen«, murmelte der Kommissar und ging in Richtung Küche. »Oh, guten Morgen. Ein volles Haus, wie ich sehe«, begrüßte er die Runde. »Schlageter, Kriminalpolizei Lörrach«, fügte er dann an. Er setzte sich auf den letzten freien, nämlich Schlaichers Platz.

»Haben Sie noch eine frische Tasse?«, fragte er, und Schlaicher gab ihm einen Becher heraus, auf dem »Ein Herz für Tiere« stand. Schlageter beachtete diesen kleinen Seitenhieb nicht und ließ sich den Becher von Martina füllen.

»Milch?«, fragte sie.

Schlageter antwortete mit einer Frage: »Dosenmilch?«

»Keine da, nur normale.«

»Dann ohne Milch«, sagte der Kommissar und nahm einen vorsichtigen Schluck.

»Darf ich denn erfahren, was Sie im Haus meines Sohnes wollen?«, mischte sich jetzt Schlaicher senior ins Gespräch ein. Lars und Sarah schauten sich an und grinsten, während Schlaicher das Unglück kommen sah.

»Nun, Herr Schlaicher, tatsächlich bin ich Ihretwegen da«, brummte Schlageter. »Ich wollte wissen, ob es Sie wirklich gibt.«

»Was soll das denn heißen?«

»Ihr Sohn hat mir von Ihnen erzählt. Er hat gesagt, dass Sie schwer krank sind.«

Schlaicher musste jetzt dazwischengehen. Wie er befürchtet

hatte, polterte Schlageter wieder einmal drauflos, von Diplomatie keine Spur. »Moment«, sagte er. »Papa, es ist so …«

Aber sein Vater ließ ihn nicht ausreden. »Was erzählst du wildfremden Leuten für Geschichten über mich?«, wetterte er.

»Ich habe nicht gesagt, dass du schwer krank bist …«, versuchte Schlaicher sich zu rechtfertigen, bemerkte aber sofort, dass das ein Fehler gewesen war.

Wie eine Schlange schnellte Schlageter vor, beide Hände auf den Tisch gestützt. »Doch, das haben Sie, Schlaicher. Das haben Sie gesagt. Und wie ich sehe, war das wohl eine Lüge!«

»Das war keine Lüge, mein Vater hat Asthma.«

»Und da sagst du, ich wäre schwer krank?«, fragte sein Vater.

»Haben Sie denn Asthma?«

»Ja, aber das geht Sie doch gar nichts an.«

»Immerhin steht Ihr Sohn unter Mordverdacht.«

Das saß. Schlaicher senior schaute seinen Sohn mit großen Augen an, diesmal ohne etwas zu sagen. Lars und Sarah waren mucksmäuschenstill; Schlaicher wusste nicht, wie er auf diese Situation reagieren sollte, nur Martina begann plötzlich, zuerst leise, dann lauter werdend zu lachen.

Prustend meinte sie: »Das haben Sie doch im Mordfall Hanni Weber auch immer wieder gesagt. Doch nicht Rainer, der ist wirklich harmlos.«

Das empfand Schlaicher jetzt zwar nicht als Kompliment, aber in der Sache hatte sie recht.

Schlageter schüttelte energisch den Kopf. »Was Sie denken, interessiert mich nicht. Ich will nur wissen«, er nahm einen Schluck Kaffee, »ob Sie, Herr Schlaicher, Ihren Sohn gestern früh zur Apotheke geschickt haben.«

»Ja, das habe ich. Er sollte mir ein Asthmamittel besorgen.«

»Aha.« Schlageter klang enttäuscht. »Wann genau ist Ihr Sohn denn aufgebrochen?«

»Ich weiß nicht genau, es war früh am Morgen«, erwiderte Schlaichers Vater, worauf Schlaicher hinzufügte: »Früh am Morgen ist gut. Es war drei Uhr!«

Schlageter reagierte nicht auf Schlaichers Einwurf. »Wo war Ihr Sohn vorher?«

»Im Bett«, knurrte Schlaicher senior. »Ich habe ihn kaum wach bekommen.«

»Sie scheinen ja noch keine großen Fahndungserfolge zu haben, wenn Sie Rainer Maria verdächtigen«, warf Martina ein.

Schlageter schaute verkniffen drein. »Mein Beruf zwingt mich, allen Spuren nachzugehen«, sagte er, bevor er sich wieder an Schlaichers Vater wandte. »Gefällt es Ihnen denn hier bei uns im Wiesental?« Es klang, als arbeite er nebenberuflich für den Touristikverband.

Schlaicher senior nickte verwirrt.

»Wir haben hier das beste Wetter in Deutschland«, plauderte Schlageter weiter, ungeachtet dessen, dass es draußen gerade wie aus Eimern schüttete.

»Ah ja«, sagte Schlaichers Vater.

»Und wir sind eine ziemlich freigeistige Region. Das macht die Grenznähe.«

Während der Kommissar den letzten Schluck Kaffee nahm, fragte sich Schlaicher, was er wohl im Schilde führte. Er musste nicht lange warten, um das zu erfahren.

»Hier gibt es auch einige Freikirchen und Sekten. Wussten Sie, dass Ihr Sohn einer solchen Sekte angehört, Herr Schlaicher?«

»Bitte? Was tust du, Rainer Maria? Stimmt das?«

»Papa, was für eine Sekte?«, fragte auch Lars mit weit geöffneten Augen.

»Das ist doch Unsinn«, verteidigte ihn Martina.

»Und zwar eine Sekte, bei der es um freie Liebe geht, um hemmungslosen, entschuldigen Sie, Sex.«

Schlaicher haute mit der Faust auf den Tisch, was den Saft im Krug dermaßen in Bewegung brachte, dass etwas davon über den Wurstteller schwappte. »Das reicht jetzt, Schlageter«, rief er, aber der Tumult um den Tisch wurde dadurch nur größer. Während Martina ihn mit einem Blick bedachte, der Anklage und Frage zugleich war, feuerten sein Vater und der Kommissar weitere Fragen ab. Lars und Sarah warfen auch noch Fragen ein, und irgendjemandem zu antworten war nicht mehr möglich. Schlaicher tat das Einzige, von dem er sicher sein konnte, dass es den ungebetenen Gast vertrieb. Er löste das Halsband von Dr.

Watson, der nach dem Schlag auf den Tisch hellwach geworden war.

»He, lassen Sie das!«, quiekte Schlageter, als er sah, was Schlaicher vorhatte, und sprang auf, wobei er den Tisch mit seinem Bauch anhob und sich nun auch der Rest des Saftes entleerte, weil der Krug umfiel. Drei Becher erlitten das gleiche Schicksal, die Brötchen rollten auf den Boden. Aber der Kommissar scherte sich nicht darum, sondern lief, von dem Basset gemächlich und nur bedingt neugierig verfolgt, zur Haustür, wo er unter »Sie werden schon sehen, was Sie davon haben, Schlaicher«-Rufen Jacke und Stoffhut krallte und dann die Tür hinter sich zuknallte.

»Du bist uns eine Erklärung schuldig, mein Sohn«, sagte Schlaicher senior in die plötzliche Stille hinein.

»Eigentlich gibt es nichts zu erklären«, sagte Schlaicher, setzte jedoch sofort nach: »Aber ich erzähle euch, was passiert ist. Lars und Sarah, ihr müsst jetzt allerdings zur Schule.«

»Nein, Papa, so schnell wirst du uns nicht los. Wir haben noch eine Viertelstunde und wollen das jetzt nicht verpassen!«

»Kommen Sie, Herr Schlaicher, wir sind auch neugierig«, sagte Sarah und lächelte ihn freundlich an. Trotz seiner Wut sah er für einen Moment ihre Mutter durch dieses Lächeln. Er lächelte zurück und wurde ruhiger.

»Dann lasst mich jetzt erzählen, aber ohne Unterbrechungen!«, sagte er und begann mit dem Diebstahl des Bildes, erzählte von seinem Leichenfund und dem Besuch bei den Mondkindern Marias. Die barbusige Tochter des Toten ließ er vorerst aus. Stattdessen erzählte er von Schlageters Verdacht, dass die Mondkinder Wittmann getötet haben könnten, weil der seine Tochter aus der Sekte hatte raushaben wollen.

»Hast du die denn auch kennengelernt, als du da warst?«, fragte Lars, und Schlaicher spürte, wie ihm das Blut in den Kopf schoss, obwohl er sich ja nichts vorzuwerfen hatte.

Also erzählte er, wie Anna Wittmann ihn, ohne dass er gewusst hatte, in ihr die Tochter des Toten vor sich zu haben, durch den Hof geführt hatte.

»Das Problem ist Folgendes«, dozierte er, »diese Sekte, Marias Mondkinder, hat eine ziemlich verquere Sicht der Dinge. Sie glauben daran, dass Maria die wichtige Göttin ist, die Gottes Sohn geboren hat, oder so. Auf jeden Fall geht es bei ihnen um freie Liebe.«

»Wie hast du das herausgefunden?«, fragte Martina kühl.

»Also, sie hat es mir erzählt und hat dann im Haus, also, sie hat sich ausgezogen.«

»Aber so etwas kannst du doch nicht hier vor den Kindern erzählen!«, tobte Schlaicher senior sofort los.

Lars und Sarah jedoch kicherten händchenhaltend vor sich hin, während Martina aufrecht und mit zusammengezogenen Augenbrauen auf eine Fortsetzung von Schlaichers Geschichte lauerte.

»Moment, also sie hat sich nur obenrum ausgezogen, und ich habe nichts gemacht. Ich wollte auch gar nicht. Ich habe ihr nur gesagt, sie soll sich gefälligst wieder anziehen, und zwar schnell, aber noch während sie so halbnackt vor mir stand, kam Schlageter rein. Und da hab ich dann erfahren, dass sie die Tochter des Toten ist.«

»Und die hat sich einfach so ausgezogen?«, fragte Lars, was ihm einen Knuff von seiner Freundin einbrachte.

Aber Martina fand die Frage offenbar mehr als legitim. Sie wiederholte sie, brachte aber noch einen weiteren Aspekt ein: »Sie wusste aber noch nicht, dass ihr Vater tot war, oder?«

»Nein, ganz sicher nicht. Das blaue Auge von Schlageter stammt von ihr. Sie ist richtiggehend ausgetickt, als er es ihr gesagt hat, hat um sich gehauen und getreten.«

»Vielleicht hat die Sekte ja tatsächlich etwas mit dem Tod dieses Wippmann zu tun«, sagte Schlaichers Vater nachdenklich.

»Wittmann«, korrigierte Schlaicher. »Anna aber sicherlich nicht. Dafür war ihre Reaktion zu echt. Das Einzige, was mir Sorgen macht, ist, dass auf diesem Hof genauso ein Pritschenwagen steht wie der, den eine Zeugin an der Lenk-Plastik gesehen hat.«

»Dann haben sie es ohne das Wissen des Mädchens gemacht«, sagte Martina. »Oder sie ist eine sehr gute Schauspielerin und hat die Trauer um ihren Vater nur vorgetäuscht. Oder diese Sekte hat doch nichts mit dem Mord zu tun.«

»Klar, das könnte alles sein«, bestätigte Schlaicher.

»Und du? Du hast wirklich nichts damit zu tun?«, fragte sein Vater.

Schlaicher schüttelte den Kopf. »Ich hänge da nur mit drin, weil Wolfgang Hug mir das Bild restaurieren soll. Wenn er jetzt ständig mit Schlageter zu tun hat, dann kommt er nicht dazu, und ich fürchte, dass Dietsche mir dann die Hölle heißmacht.«

»Was habt ihr denn vertraglich geregelt?«

Martina gluckste, und Schlaicher schaute streng zu ihr hinüber, was sie verstummen ließ. »Ich habe nur einen ziemlich losen Vertrag, den Dietsche ausgearbeitet hat. Und ich habe unterschrieben, dass ich bei Beschädigungen vollständig für den entstandenen Schaden aufzukommen habe. Sonst hätte ich den Auftrag nicht bekommen.«

»Mein Junge, du musst noch viel lernen.«

Kurz darauf machten sich Lars und seine Freundin auf den Weg zur Schule. Martina besprach noch ein paar Diebstahlstricks mit ihrem allerdings recht abgelenkten Chef. Heute wollte sie der Freiburger Buchhandlung ein paar Pakete voller Bücher bei der Anlieferung entwenden und hatte außerdem noch vor, sich in dem kleinen zur Buchhandlung gehörenden Café durchzufuttern und zu -trinken, ohne zu bezahlen.

Schlaicher senior wollte den Tag mit seinem Sohn verbringen, was dem gar nicht passte. Aber da er heute keine offiziellen Termine hatte, sondern nur ein paar kleinere Besorgungen in seinem Terminkalender standen, deretwegen er den ganzen Tag außer Haus sein würde, konnte er es seinem Vater nicht abschlagen, ihn zu begleiten. Vor allem nicht, da er heute Abend zum Essen mit Anke Grainer verabredet war und, wenn alles so lief, wie er sich das vorstellte, in der Nacht nicht nach Hause kommen würde. Er konnte seinen Vater ja nicht den ganzen Tag und die ganze Nacht allein lassen. Auch wenn ihm das eigentlich das Liebste gewesen wäre.

Nicht mehr lange, dachte Schlaicher, nur noch ein paar Tage musste er es mit seinem Vater aushalten, dann hatte er sicherlich wieder ein halbes Jahr Ruhe vor dem alten Herrn. Lars und Sarah würden auf dem Rückweg von Offenbach den Zug nehmen.

»Also, was haben wir jetzt vor?«, fragte sein Vater, und Schlaicher musste kurz überlegen, um die beste Reihenfolge für seine anstehenden Besuche und Besorgungen hinzubekommen.

»Als Erstes fahren wir nach Lörrach. Ich muss Dietsche klarmachen, dass er sein Bild später zurückbekommt. Bevor er noch die Polizei einschaltet. Mit der habe ich genug Ärger im Moment.«

Kaspar Dietsche war gerade groß genug, um auf der Ebenholztheke seiner Galerie die Ellbogen aufstützen zu können. Neben ein paar Kilos zu viel trug er eine wollene, sehr teuer wirkende Weste über einem beigen Hemd, wahrscheinlich aus Leinen oder Hanf. Den runden Kopf bedeckte krauses graues Haar, das er mit Hilfe eines Gummis vergeblich zu einem Zopf zu bändigen versuchte.

»Ich wollte gerade die Polizei anrufen!«, polterte Dietsche los, kaum hatten die beiden Schlaichers die Galerie in der Lörracher Innenstadt betreten. Schlaicher ging davon aus, dass sich auch im von hier aus nicht einsehbaren Hinterzimmer niemand befand, sonst würde Dietsche niemals so ungehalten mit ihm reden.

»Morgen, Herr Dietsche«, entgegnete Schlaicher so freundlich und natürlich wie möglich. »Ich dachte, Mario sei da.«

»Der hat Urlaub. Wo ist das Bild?«

»Das ist mein Vater, Albert Maria Schlaicher«, sagte Schlaicher statt einer Antwort auf diese Frage, und tatsächlich schien Dietsche den Mann neben Schlaicher erst jetzt zu bemerken. Er musterte für einen kurzen Augenblick die Schuhe, den Anzug, die Krawatte und kam dann um seinen Tresen herum.

»Ich bitte Sie, meinen wohl etwas harschen Tonfall zu entschuldigen«, sagte er zu Schlaichers Vater, während er ihm die Hand gab. Zu Schlaicher sagte er schärfer: »Ich bin mir sicher, wir können das Missverständnis gleich aufklären. Ich will ja nur mein Bild zurück.«

»Ah ja, äh, das Bild«, begann Schlaicher, und Dietsches Augen funkelten wütend.

»Haben Sie es jetzt dabei, oder muss ich doch andere Geschütze auffahren?«

»Herr Dietsche, es tut mir außerordentlich leid, aber ich habe das Bild nicht dabei«, sagte Schlaicher.

Dietsche stampfte mit seinen in grauen Leinenhosen steckenden Beinchen auf den Boden wie Rumpelstilzchen. »Das ist Diebstahl!«, rief er, schien aber selbst nicht zu wissen, was er nun tun sollte.

»Aber ich bitte Sie«, mischte sich jetzt Schlaichers Vater ein. Für Schlaicher war der Gang zu Dietsche ohnehin bereits einer nach Canossa gewesen. Ihm blieb eigentlich nichts anderes übrig, als ihm zu sagen, dass sich das Bild bei einem Restaurator befand. Aber seinen Vater bei diesem Gang dabeizuhaben, war doppelt schwer. Zwar hatte Schlaicher versucht, ihn dazu zu überreden, draußen zu warten, aber gegen einen Albert Maria Schlaicher kam ein Rainer Maria Schlaicher nicht an.

Dietsche schaute zu dem alten Herrn, der sich in dem cremeweiß getünchten Raum mit den alten Bildern umsah.

»Was ist mit meinem Bild?«, insistierte Dietsche.

»Es ist ein wirklich wundervolles Gemälde«, sagte Schlaichers Vater. »Tatsächlich überlege ich mir, es für mein Büro zu kaufen«, fügte er beiläufig hinzu.

Schlaicher verschluckte sich und hustete mehrmals.

»Deshalb haben wir es auch noch nicht dabei«, fuhr sein Vater fort, ohne sich im Geringsten wie ein Lügner anzuhören, ohne rot zu werden und ohne auf den Hustenanfall seines Sohnes zu achten.

Für Dietsche war das offenbar zu viel. Auf der einen Seite war er fuchsteufelswild und wütend auf Schlaicher, auf der anderen Seite war da ein potenzieller Kunde, der zumindest der äußeren Erscheinung und dem weltmännischen Gebaren nach solvent genug war, seiner Galerie ein gewaltiges Umsatzplus zu verschaffen. Sein runder Kopf ruckte vom einen zum anderen, vom hustenden Sohn zum Bilder begutachtenden Vater, der jetzt mit Kennerblick das seit fast einem Jahr unverkäufliche Bild eines Schweizer Porträtmalers aus dem siebzehnten Jahrhundert betrachtete.

»Vielleicht«, brachte Dietsche endlich hervor, »vielleicht trinken wir erst einmal einen Kaffee, dann können wir über alles reden.«

Während der Galerist an seiner chromblitzenden, sehr laut mahlenden Kaffeemaschine drei Tassen mit Espresso und einer fingerdicken Crema füllte, spazierte Schlaicher senior durch die kleine Galerie und betrachtete die Bilder, meist Werke alter, aber – zum Teil zu Unrecht, zum Teil aber auch zu Recht – unbekannter Meister. Die Gemälde waren eingefasst in größtenteils aufwendig gearbeitete, kunstvoll verzierte Rahmen, ähnlich dem des Bildes, das Schlaicher gestohlen hatte. Schlaicher selbst stand im Zwischengang zum hinteren Bereich und schaute abwechselnd zu seinem Vater und dem gestresst wirkenden Galeriebesitzer. Der trug jetzt die drei Tassen sowie einen Chrombehälter für Milch und einen weiteren für Zucker zu einer Chippendale-Sitzgruppe. Der dunkle runde Holztisch war mit helleren Intarsien verziert.

Schlaicher half ihm, die Tassen auf dem Tisch zu positionieren.

»Wenn irgendetwas mit dem Bild nicht in Ordnung ist«, fauchte Dietsche, »dann gnade Ihnen der Allmächtige!«

Schlaicher stellte die letzte Tasse ab und antwortete in normaler Lautstärke: »Machen Sie sich keine Sorgen. Es kommt alles zum Besten.«

»Ich hoffe es«, zischte der kleine Mann. »Ich hoffe es.«

Dann ging er in den Hinterraum, in dem Schlaichers Vater sich mittlerweile weitere Bilder anschaute. Kaum dass er Schlaicher den Rücken gekehrt hatte, schien sich Dietsches Stimmung zu ändern.

»Das ist ein Hasemann«, erklärte er zu dem Bild einer Gesellschaft, die es sich in Schwarzwaldtracht in einer Wirtschaft sichtlich gut gehen ließ. »Ein Maler aus dem Schwarzwald. Beachten Sie bitte den Rahmen. So etwas findet man heutzutage nirgends mehr.«

Schlaicher ging ihm nach und hörte ein Knurren seines Vaters, der sich von dem Hasemann ab- und einem kleinen Bild zuwandte, das eine Kirchenruine in einem verschneiten Wald zeigte.

»Ein Schüler eines Schülers von meinem Namenspatron Caspar David Friedrich«, sagte Dietsche. »Aber nahezu wertlos im Vergleich zu dem Bild, für das es nur als Platzhalter dient.« Damit drehte er den runden Kopf und schaute grimmig zu Schlaicher, der verantwortlich dafür war, dass an dieser Stelle statt eines Delthorsts ein unbedeutender Sterneck hing.

»Da haben Sie wohl recht«, antwortete Schlaicher senior, der nun das Bild einer intensiven Prüfung unterzog.

Schlaicher wusste, dass sein Vater noch nie nur die Spur von Interesse an bildender Kunst gehabt hatte. Schlaichers Mutter hatte früher selbst gemalt, und Schlaicher konnte sich daran erinnern, wie sein Vater das Hobby seiner Frau stets mit einem herablassenden »Ganz hübsch« quittiert hatte. Für ihn waren die Gesichter auf den Geldscheinen die einzigen Porträts gewesen, die sich zu sammeln lohnten. Und jetzt, seit Einführung des Euro, waren es eben Bilder von Brücken. Zu einigermaßen imponierendem Kunstverständnis hatte es Albert Maria Schlaicher nur bei klassischer Musik und bei der Oper gebracht. Wobei er als großer Feind des Regietheaters die letztere Leidenschaft mehr und mehr zugunsten der Schallplatte und später der CD verdrängt hatte.

»Ich muss auch sagen, dass mir persönlich das andere Bild viel besser gefällt«, sagte er jetzt.

»Ja, der Delthorst ist ein Meisterwerk«, scharwenzelte Dietsche um den alten Herrn. »Ich würde es Ihnen ja gern in diesem speziellen Licht hier zeigen«, sagte er und wandte sich dann an seinen jüngeren Besucher: »Warum haben Sie das Bild nicht mitgebracht?«

Schnell eine Antwort finden. Eigentlich wollte er ja die Wahrheit sagen, aber sein Vater schien einen Plan zu haben, und vielleicht würde ihm der genau die Zeit bringen, die es dauerte, das Bild zu restaurieren.

»Ich habe meinem Sohn dazu geraten, das Bild bei dieser vorherrschenden Luftfeuchtigkeit draußen nicht zu transportieren.«

»Er hat es mir sogar verboten«, ergänzte Schlaicher schnell.

»Immerhin möchte ich sicher sein, das Bild, auf das ich vielleicht den Rest meines Lebens schauen werde, in bestem Zustand erwerben zu können.«

Dietsches Augen wurden immer kugeliger und wanderten von Vater zu Sohn, wieder zurück und dann durch das Fenster, das Schlaicher für seinen Diebstahl genutzt hatte, nach draußen. Es regnete nicht, es schneite nicht, aber es waren Wolken am Himmel.

»Dass ich daran nicht selbst gedacht habe. Natürlich, der Delthorst sollte so gut wie möglich geschützt sein. Wir wollen ihn ja nicht restaurieren lassen müssen. Eine gute Wahl, Herr Schlaicher.«

»Nun, endgültig gewählt habe ich noch nicht. Ich wollte mir zuerst einmal anschauen, was Sie sonst noch dahaben, aber Ihre anderen Sachen überzeugen mich nicht. Ich mag, äh, was man, nun, auf dem Bild sehen kann.«

Schlaicher half seinem Vater sofort aus, der das Bild ja gar nicht kannte: »Das Porträt der jungen jüdischen Frau ist aber auch wirklich wunderschön.«

»Genau«, bestätigte sein Vater.

»Genau«, sagte Dietsche und bat sie dann zum Kaffee.

»Wie viel?«, stöhnte Schlaicher senior, als sie am Tisch saßen, und griff sich mit einer Hand ans Herz. Er atmete schwer ein und aus, aber Dietsche ließ sich davon nicht beeindrucken.

»Achtundfünfzigtausend Euro«, wiederholte er den Preis.

»Das kann nicht Ihr Ernst sein.«

»Doch, das ist es. Und ich mache Ihnen dabei, wie gesagt, schon einen Sonderpreis.«

Schlaichers Vater nahm die Hand vom Herzen und atmete wieder normal. Er trank den letzten Schluck aus seiner Tasse und schien im Kopf etwas durchzurechnen.

»Ich glaube, mein Vater muss sich das bei der Summe noch einmal genau überlegen«, setzte Schlaicher an, aber sein Vater winkte heftig ab.

»Rainer, jetzt fang nicht an, mich bevormunden zu wollen!«

»Entschuldigung, Papa.«

»Aber ich bitte Sie, nehmen Sie sich ruhig die Zeit, die Sie brauchen. Weiter entgegenkommen kann ich Ihnen allerdings nicht«, sagte Dietsche und schaute dann zu Schlaicher. »Außerdem hätte ich das Bild lieber bei mir, während Ihr Vater sich das überlegt. Ich kann Ihnen auch Verpackungsmaterial mitgeben, damit es auf keinen Fall beschädigt wird.«

»Na, jetzt lassen Sie mal die Kirche im Dorf«, witzelte Schlaicher senior. »Ich will das Bild morgen noch auf mich wirken lassen, und am Freitag bekommen Sie es dann zurück.«

Dietsche knurrte ein bestätigendes, wenn auch unfreiwilliges »Na gut«.

Als sie aus der Galerie Dietsche heraustraten und an dem Chinesen vorbeigingen, mit dessen Abfällen Schlaicher vorgestern Bekanntschaft gemacht hatte, fingen beide Schlaichers gleichzeitig an zu reden und stoppten dann gleichzeitig wieder. Sie lachten. Schlaicher wusste nicht, wann er zum letzten Mal gemeinsam mit seinem Vater gelacht hatte, und zwar nicht weil es die Höflichkeit gebot, sondern aus dem Gefühl, gemeinsam etwas Komisches zu erleben und glücklich zu sein. Offenbar ging seinem Vater das Gleiche durch den Kopf.

»Das war großartig«, sagte er endlich.

»Ich hätte nie gedacht, dass du so gut lügen kannst«, lobte Schlaicher.

»Meinst du, sonst hätte ich mein Geschäft noch?«

Sie gingen in Richtung der Fußgängerzone, wo der Frontera im Parkhaus des Migros wartete. Es war kalt. Schlaicher zog den Reißverschluss seiner Jacke etwas höher. Als sie gerade die Grabenstraße überqueren wollten, hielt ein Wagen direkt vor ihnen. Das Fenster des dunklen Mercedes glitt lautlos hinunter, und das grinsende Gesicht Hellbachs schaute ihnen entgegen. Neben ihm, auf dem Fahrersitz, saß Schlageter mit einer Miene, die so frostig wie das heutige Wetter war.

»Ah, die Herren Kommissare«, sagte Schlaicher. »Wohin sind Sie denn unterwegs?«

»Zu Ermittlungen«, begann Hellbach mit seiner immer wieder überwältigenden Brummstimme, aber Schlageter ging sofort dazwischen: »Kommen Sie mir nicht so, Schlaicher. Wenn Sie meinen, mich mit Ihrer Bestie an meinen Ermittlungen hindern zu können, dann sage ich nur: Anzeige wegen Widerstands gegen die Staatsgewalt und versuchter Körperverletzung!«

Hellbachs Grinsen wurde noch breiter.

»Jetzt machen Sie mal halblang!«, polterte Schlaicher senior zurück, aber Schlaicher hielt seinen Vater davon ab, sich weiter zu echauffieren.

»Herr Schlageter. Sie müssen mir doch zugestehen, dass Sie ohne gerichtlichen Bescheid in meiner Wohnung waren«, argumentierte er stattdessen ganz sachlich.

»Das tut nichts zur Sache«, antwortete der Kommissar schon kleinlauter.

»Und Sie wissen, dass ich meinen Hund Dr. Watson lediglich in meiner eigenen Wohnung habe frei herumlaufen lassen. Außerdem ist er keine Bestie, sondern der friedlichste Hund der Welt. Ich bin mir sicher, dass jeder Richter das genauso sehen würde.«

»Lassen wir das. Erklären Sie mir lieber, wieso Sie mir schon wieder über den Weg laufen.« Schlageter beugte sich halb über Hellbach hinweg.

»Ich glaube, Sie sind es eher, der mir ständig über den Weg läuft«, sagte Schlaicher, was sein Vater mit einem geknurrten »Genau« bestätigte. Hellbach, der etwas eingeklemmt zwischen den beiden Streitenden saß, hatte eine graubraune Mappe auf dem Schoß. Schlaicher konnte ein Aktenzeichen und die Beschriftung »Mordfall Wittmann« lesen.

»Hellbach, weg mit den Akten«, bellte Schlageter, als er Schlaichers Blick bemerkte, und der Dürre zog die dünne Mappe an seinen Körper, als wolle Schlaicher sie ihm stehlen.

»Was habe ich denn jetzt schon wieder gemacht?«, fragte Schlaicher betont unschuldig.

»Genau das will ich von Ihnen wissen. Was machen Sie hier in Lörrach?«

»Wie Sie wissen, bin ich selbständig und habe auch Klienten in Lörrach. Ich wüsste auch nicht, wieso ich nicht hier sein sollte.«

»Weil Sie immer da sind, wo Sie nicht sein sollten«, meinte Schlageter.

Hinter Schlageter war ein 7,5-Tonner zum Stehen gekommen, der an dem Mercedes nicht vorbeifahren konnte. Er hupte einmal, und Schlageter drohte mit der Faust nach hinten, obwohl das der höher sitzende Fahrer sicherlich nicht sehen konnte. Dann wandte er sich wieder an Schlaicher: »Ich selbst möchte ja nicht daran glauben, dass Sie mit dem Mord etwas zu tun haben, aber meine professionelle Herangehensweise an einen Mordfall lässt mir keine andere Wahl, als Sie auf der Liste der Verdächtigen zu führen.«

Hellbach nickte dazu, und der Lkw hinter Schlageters Wagen

hupte erneut. Schlaicher sah, dass der junge Fahrer bereits fluchte und wild gestikulierte. »Pohlmann Spedition«, stand in dunkelroten geschwungenen Lettern auf der weißen Außenwand.

»Ich glaube, Sie müssen weiterfahren«, sagte er zu Schlageter. »Wo geht's denn hin?«

»Ah, daher weht der Wind. Sehen Sie, schon wieder machen Sie sich verdächtig. Aber wir können es Ihnen ruhig sagen. Wir fahren zur Gerichtsmedizin nach Freiburg.«

Hellbach fügte eifrig hinzu: »Die Kollegen haben nämlich herausgefunden, dass die Täter Wittmann nach seinem Tod noch gebrandmarkt haben, und zwar ...«

»Hellbach! Sind Sie wahnsinnig?«, unterbrach ihn Schlageter so heftig kopfschüttelnd, dass sein Doppelkinn ins Wabern geriet.

Schlaicher nahm aus den Augenwinkeln wahr, dass der wütende Lkw-Fahrer aus seinem Führerhaus sprang und zur Fahrertür des Mercedes stürmte.

»Aber Sie haben doch gesagt ...«, begann Hellbach trotz der tiefen Stimme mit einem weinerlichen Klang.

»Sie sind selten blöd«, sagte Schlageter. In diesem Moment riss der Lkw-Fahrer die Tür auf. Ein junger rotblonder Kerl, dessen Gesicht blass vor Wut war.

»Was saisch du zu mir? Ich blöd? Du Hurebogg!« Damit haute er dem im Wagen sitzenden Schlageter seine Faust ins Gesicht und traf das noch heile Auge. »Un jetzt fahr zue un halt de Verkehr nit uff, du Dräcksack.«

Der Mann stapfte, immer noch fluchend, zurück zu seinem Lastwagen, aber er sollte die Tür nicht erreichen. Schlageter und Hellbach hatten sich innerhalb kürzester Zeit abgeschnallt und waren aus dem Wagen herausgesprungen, wie es Schlaicher dem dicken Kommissar nicht zugetraut hätte. Als der Lasterfahrer die Türen hörte, drehte er sich um. Dann sah er Hellbachs Dienstwaffe, die der schlaksige Mann demonstrativ in den Händen hielt. Der Fahrer streckte die Hände in die Höhe.

»Was isch denn jetzt los? Ich mein ...« Ihm gingen die Worte aus.

Schlageter packte ihn an seinem ausgebleichten Sweatshirt und schüttelte ihn ein paarmal vor und zurück. Dabei sagte er kein

Wort, ungewöhnlich genug für den Kommissar. Dann endlich bekam er etwas heraus: »Verhaften!«, schrie er, und die Leute, die sich mittlerweile zusammengefunden hatten, um die für Lörrach mehr als aufsehenerregende Szene zu beobachten, zuckten kollektiv zusammen.

SIEBEN

»Ganz schön viel los hier«, sagte Schlaichers Vater, womit er nicht die am Vormittag nur schwach besuchte Fußgängerzone meinte. »Das ist ja mehr Tohuwabohu als in Frankfurt im Bahnhofsviertel.«

»Nur dass es hier keinen sauer Gespritzten gibt«, antwortete Schlaicher.

Schlaicher senior lächelte. Dann wurde er wieder ernst. »Meinst du, dass dieser Hug das Bild wieder hinbekommt? So wie ich deine Finanzen überblicke, kannst du dir keine achtundfünfzigtausend Euro für das Bild leisten.«

»Ich weiß es nicht. Vor allem weiß ich nicht, wie sehr Schlageter ihn in Beschlag nimmt. Wenn der nämlich einmal auf einer Fährte ist, dann beißt er sich fest.«

»Etwas zu fest, für meinen Geschmack. Und du kannst bei der Sekte nicht anrufen und fragen, wie lange Hug brauchen wird?«

Schlaicher schüttelte den Kopf. Sie kamen an einem großen Betonwürfel vorbei, der den Anfang des Alten Marktplatzes markierte. »Die haben kein Telefon.«

»Dann müssen wir eben gleich noch dort vorbeifahren«, sagte Schlaichers Vater ein paar Schritte später.

»Papa, ich denke nicht, dass du da mitkommen solltest ...«

»Ach, stell dich nicht so an. Soll ich stattdessen bei dir zu Hause sitzen und darauf warten, ob vielleicht noch einmal jemand reinschaut?«

»Es tut mir leid, dass ich dich nicht die ganze Zeit betreuen kann«, sagte Schlaicher etwas schärfer als beabsichtigt.

»Deshalb betreue ich mich jetzt selbst und komme mit dir mit. Auf zu deiner Kommune.«

Schlaicher sparte es sich, darauf hinzuweisen, dass es nicht *seine* Kommune war. Sie waren an den Aufzügen gegenüber dem Kino angekommen und stellten sich mit zwei älteren Damen in die Kabine. Die Frauen drückten die Etage der Schweizer Supermarktkette Migros, die beiden Männer fuhren schweigend bis in die Parketage.

Nachdem sie wieder in dem lädierten und noch immer schmutzigen Frontera saßen, was Schlaichers Vater ein paar erneute bissige Kommentare abrang, und über die steile Auffahrt des Parkhauses ans Tageslicht gekommen waren, bog Schlaicher rechts in die Bahnhofsstraße ab. Dann ging es links in die Basler Straße.

»Wenn wir hier weiterfahren würden, wären wir in zwei Minuten in der Schweiz«, sagte Schlaicher beiläufig.

»Was wollen wir denn jetzt da?«, fragte sein Vater ungehalten.

»Gar nichts, Papa, wir biegen vorher ab. Warum bist du denn so gereizt?«

»Gereizt? Ich wüsste nicht, wieso ich gereizt sein sollte.«

Schlaicher bog wie versprochen ab, um auf die Wiesentalstraße zu kommen. Als er das Schild sah, das zum Innocel, dem Gebäude der Wirtschaftsförderung, zeigte, das direkt unterhalb der Kriminalpolizei beheimatet war, kam ihm eine Idee. Lörrach hatte mit seiner Wirtschaftsförderung Erfolg gehabt und eine Menge junger Unternehmen anlocken können. Er selbst hatte, bevor er aus Frankfurt hierhergezogen war, Kontakt zur ebenfalls Innocel heißenden Betreiberfirma gehabt, die sich um die meist recht kleinen Firmen kümmerte. In einem lang gezogenen ehemaligen Stoffdruckereigebäude der KBC mit je einem großen stilisierten Ei an den Stirnseiten waren die jungen Firmen untergebracht. Auf dem umliegenden Gelände hatten sich mittlerweile auch einige größere Unternehmen niedergelassen. Schlaicher hatte sich damals die Räume mit den massiven, weiß getünchten Wänden, dem orange-braunen Fußboden und den Originalsäulen des Gebäudes, die die Architekten stehen gelassen hatten, zeigen lassen. Mit Hilfe von Trennwänden konnten Büros unterschiedlicher Größe eingerichtet werden, die Computeranlagen befanden sich hinter alten metallenen Rolltoren. Schließlich war es die Ausrichtung der Wirtschaftsförderung gewesen, die Schlaichers Plänen, hier zu einer günstigen Miete unterzukommen, einen Strich durch die Rechnung gemacht hatte. Eine junge Frau hatte ihm damals erklärt, dass man sich auf »Biotech- und Lifescience- Unternehmen« konzentriert habe, also Forschung und Dienstleistung rund um die chemische und die Pharmaindustrie, von der es in der Region, vor allem aber in Basel, eine Menge gab und die auch dafür verantwortlich war, dass die Wohnungen hier so teuer waren wie in Frankfurt. Mittlerweile war er ganz froh, dass er sein Büro zu Hause hatte, denn die Mieten hier waren gestaffelt und wurden immer noch höher. Sicherlich hätte er seiner Firma hier einen professionelleren Anstrich geben können, aber Martina hätte er sich wohl nicht als Assistentin leisten können.

»Was machen wir hier?«, fragte sein Vater wieder in seinem knurrigen Ton, den Schlaicher schon als Kind gefürchtet hatte.

»Gestern habe ich bei Schlageter den Partner von Ulrich Wittmann gesehen. Ich wüsste gern mehr über den Toten. Wenn Schlageter seinen Verdacht gegen die Mondkinder weiter bestätigt sieht, dann nimmt er vielleicht Hug noch fest, bevor der mit dem Bild fertig ist. Oder er verbeißt sich in die Idee, dass ich etwas mit der Sache zu tun hätte. Ich will also kurz rein und fragen, was für ein Mensch Wittmann so war und wie er zu seiner Tochter stand.«

»Er wird nicht glücklich darüber gewesen sein, dass sein Kind auf Abwegen gewandelt ist«, sagte der Alte.

»Was willst du mir damit schon wieder sagen?«, fauchte Schlaicher zurück, als er am Innocel-Gebäude vorbeifuhr und an der ehemaligen KBC-Kantine einen Parkplatz ansteuerte.

»Wärst du etwa froh, wenn Lars irgendwelchen Unsinn machen würde?«

»Nein, aber das hast du doch eben auch auf mich bezogen, oder?« Schlaicher drehte den Zündschlüssel, und der Motor erstarb.

»Unsinn«, sagte sein Vater.

»Ich denke, jetzt gehe ich besser allein.«

»Nichts da, langsam fängt die Sache an, mir Spaß zu machen.« Schlaicher senior stieg aus und marschierte auf den Eingang zu.

Schlaicher folgte seinem Vater. Ein Unternehmen im Erdgeschoss hatte Stellenausschreibungen im Fenster hängen; gesucht wurde Personal, das Chinesisch, Tschechisch oder Bulgarisch sprach. Schlaicher fragte sich, ob die Firma wohl fündig werden würde in so einer kleinen Stadt wie Lörrach. Am Haupteingang fragte sein Vater:

»Wie heißt der Laden?«

Ein gewaltiges Klingelbrett zeigte Unmengen von trendig klingenden Namen an. Die meisten waren englisch oder aus mehreren Begriffen zusammengesetzt.

»Ich habe den Namen vergessen«, sagte Schlaicher, »aber wenn ich ihn sehe, dann weiß ich es wieder.«

Damit vertiefte er sich in die Firmennamen und fand, dass die meisten ziemlich ähnlich klangen. Aber dann sah er »lifetest pharmaceutical agency GmbH« und drückte auf den kleinen runden Klingelknopf.

Es summte kurz danach, und Schlaicher senior drückte die Metalltür mit den großen Glaseinsätzen auf. Links gab es eine der Menge der Klingeln entsprechende Anzahl von Briefkästen, vor ihnen führten eine Treppe und ein gläserner Aufzug nach oben. Die Tür rechts war mit »Innocel« überschrieben und stand offen. Schlaicher ging in den Raum, der in einen langen Gang weiterführte.

»Guten Tag«, sagte er zu der an einem großen Empfangstresen sitzenden Frau. »Schlaicher. Ich wollte zur Firma ›lifetest‹.«

»Erster Stock, dann rechts und die erste Tür nach der Teeküche links.«

Schlaicher bedankte sich. Sie wählten die Treppe, weil ein Hubwagen voller Kabelstränge und kleiner Pappkartons den Fahrstuhl so ausgefüllt hatte, dass der Mann, der den Wagen bediente, ihnen auf der Treppe entgegenkam.

»Hier muss es sein«, sagte Schlaicher und klopfte. Ohne eine Reaktion abzuwarten, öffnete er die weiße Tür und schaute in den dahinterliegenden Raum.

»Guten Tag. Was kann ich für Sie tun?« Die Frau, die gerade die Pflanzen auf der Fensterbank goss, stellte die Gießkanne ab und kam zur Tür. Schlaichers Vater drückte sich hinter seinem Sohn ebenfalls durch und sagte: »Schlaicher.«

»Schlaicher«, sagte Schlaicher gleichzeitig und setzte nach: »Ich würde gern den Geschäftsführer sprechen.«

»Haben Sie einen Termin?«, fragte die Frau, die mit ihrem schwarzen Kostüm offenbar ihre Trauer über den Tod eines ihrer Chefs zeigte.

»Nein, es handelt sich aber auch nur um eine kleine private Angelegenheit, die höchstens fünf Minuten dauern dürfte«, antwortete Schlaicher. Sein Vater war derweil an den Schreibtisch der Frau getreten und stützte sich darauf.

»Entschuldigung. Darf ich mich kurz setzen?«, keuchte er.

Schlaicher staunte wieder nur, wie gut sein Vater schauspielern konnte. Die Frau jedenfalls kam schnell zu ihm und bot ihm einen Stuhl an. Schlaicher kam ebenfalls dazu und fragte: »Papa, geht es dir gut?«

Albert Maria atmete laut und ein bisschen rasselnd. »Ich muss mich nur kurz setzen. Die Aufregung und die Treppen«, keuchte er, holte dann sein Asthmaspray heraus und inhalierte eine Wolke der Medizin.

In Schlaicher machte sich das Gefühl breit, dass sein Vater nicht nur simulierte. »Kann ich irgendwas für dich tun?«, fragte er besorgt.

»Soll ich ein Glas Wasser holen?«, fragte die Frau, die laut dem Namensschild auf ihrem Schreibtisch Irene Weniger-Sollstein hieß.

»Nein«, hauchte Schlaicher senior in Richtung seines Sohnes, »Ja, bitte« in die der Frau. Die verschwand schnell durch die Tür zum Flur. Kaum war die Tür zu, sagte er: »Es wird schon wieder« und kniff ein Auge zu.

Also doch simuliert? Dafür atmete er wirklich schwer und sah auch etwas fahl aus.

Keine Minute später riss Frau Weniger-Sollstein die Tür wieder auf und kam mit einem Glas Wasser hereingerauscht, von dem sie die Hälfte verschüttet hatte.

»Kein Grund zur Eile. Ich sterbe noch nicht«, sagte Schlaicher senior und lächelte verkniffen.

Er trank ein paar Schlucke und stellte das Glas dann auf dem aufgeräumten Schreibtisch ab. Dahinter stand ein offener Metallschrank voller Aktenordner, links davon gedieh ein Ficus benjamini äußerst prächtig.

»Bitte entschuldigen Sie die Umstände. Das ist mir sehr unangenehm.«

Frau Weniger-Sollstein schüttelte den Kopf. »Es gibt keinen Grund, sich zu entschuldigen.« Zu Schlaicher sagte sie: »Ich mache mit meinem Vater gerade das Gleiche durch. Auch Asthma. Schon die kleinste Anstrengung kann einen Anfall bedeuten.«

»Ihr Vater muss doch viel jünger sein als ich!« Schlaicher senior spielte den Überraschten.

»Sie wollen mir wohl schmeicheln, was? Nein, mein Vater ist wahrscheinlich genauso alt wie Sie. Dreiundsiebzig.«

»Jetzt ärgern Sie mich aber!«, lachte Schlaicher senior. »Ich bin erst einundsiebzig! In meinem Alter möchte man nicht noch älter geschätzt werden. Vor allem nicht von den jungen Mädchen.«

Schlaicher spürte, wie ihm die Situation langsam peinlich wurde. Stand er hier tatsächlich neben seinem Vater, der mit einer dreißig Jahre jüngeren Sekretärin herumschäkerte, nachdem er gerade noch einen Asthmaanfall vorgetäuscht oder, viel schlimmer, vielleicht sogar wirklich gehabt hatte?

»Könnte ich denn jetzt zu Herrn Uersli?«

»Da muss ich zuerst nachfragen. Warten Sie bitte einen Moment. Worum ging es?«

Bevor Schlaicher reagieren konnte, sagte sein Vater mit Grabesstimme: »Es geht um den armen toten Herrn Wippmann.«

»Wittmann«, sagte Schlaicher schnell, aber Frau Weniger-Sollstein schien den Fehler seines Vaters nicht bemerkt zu haben. Ihre Augen wurden feucht, und sie zauberte ein Taschentuch hervor, in das sie sich einmal leicht schnäuzte. Dann sagte sie: »Eine furchtbare Geschichte.«

Die beiden Schlaichers nickten.

Das Büro von »lifetest« war groß und hell. Drei Rundbogenfenster ließen das kalte Winterlicht eindringen, und mehrere Strahler mit gelblichem Licht gaben dem Raum ein bisschen Wärme zurück. Vier Schreibtische standen wie zufällig verteilt, die beiden vorderen waren leer, an den hinteren saßen ein Mann und eine

Frau, beide leger, aber chic gekleidet, und tippten eifrig auf ihrer Tastatur herum.

Uersli trug einen schwarzen Anzug mit rostfarbenem Hemd und einer dunklen Krawatte. Ein müdes Lächeln begrüßte sie, gemeinsam mit einem fragenden und dann erkennenden Blick.

»Wir haben uns gestern bei der Polizei gesehen«, sagte er und reichte erst Schlaicher, dann dessen Vater die Hand. »Robert Uersli. Ich muss Ihnen gleich sagen, dass ich nicht viel Zeit habe. Es ist unglaublich, was man in so einem Moment alles erledigen muss. Was kann ich für Sie tun?«

»Wir wollten Ihnen zuerst unser herzliches Beileid aussprechen«, begann Schlaicher.

»Aber deswegen sind Sie nicht gekommen. Arbeiten Sie bei der Polizei?«

»Nein, ich arbeite als Privatdetektiv«, log Schlaicher spontan. Die Frau und der Mann an den Schreibtischen schauten auf. Im Gesicht seines Vaters entdeckte er einen Ausdruck des Erstaunens.

»In wessen Auftrag?«, fragte Uersli.

Darauf hatte sich Schlaicher nicht vorbereitet. »Mein Mandant wird von der Polizei verdächtigt, am Mord an Ihrem Partner beteiligt zu sein.« Was hätte er sagen sollen? Tatsächlich versuchte er ja auch, Hug und sich selbst zu entlasten. Komplett gelogen hatte er also nicht, auch wenn Hug ihm keinen Auftrag gegeben hatte.

»Und, ist er beteiligt, Ihr Mandant?«, fragte Uersli.

»Selbstverständlich nicht«, antwortete Schlaicher. »Können wir uns vielleicht irgendwo in Ruhe unterhalten?« Die beiden Mitarbeiter schauten wieder in ihre Richtung.

»Ich wüsste nichts, was ich Ihnen sagen sollte«, meinte Uersli kühl.

»Vielleicht können Sie mir einfach erzählen, was für ein Mensch Ihr Partner war und wie Sie den Konflikt mit seiner Tochter erlebt haben.«

»Ulrich war ein guter Geschäftsmann und ein echter Freund«, sagte Uersli. »Die Sache mit seiner Tochter hat ihm sehr zugesetzt. Sie ermitteln im Auftrag dieser Sekte, oder?«

»Wie kommen Sie darauf?«

»Sie haben doch gesagt, dass Sie für jemanden arbeiten, der verdächtigt wird. Soweit ich mitbekommen habe, kommen dann nur diese Mondkinder Marias in Frage. Immerhin haben die Ulrich sogar schon einmal bedroht.«

»Bedroht? Inwiefern?«

»Eigentlich habe ich keinen Grund, Ihnen das zu sagen, aber wenn es der Aufklärung dient ... Ulrich wollte seine Tochter mehrmals da rausholen. Einmal haben diese Sektenbrüder ihm wohl gesagt, er solle sich zum Teufel scheren, sonst würden sie das übernehmen.«

»Hat er Ihnen das erzählt?«, fragte Schlaicher.

»Ja, was meinen Sie denn? Außerdem habe ich das alles schon der Polizei gesagt.« Uersli wirkte genervt. »Wenn Sie noch Fragen haben, können Sie ja da nachhören. Im Übrigen werde ich Kommissar Schlageter darüber informieren, dass Sie hier waren«, endete er harsch.

»Ach, Sie haben mit Biomedal-asthmatikum-Spray zu tun?«, fragte Schlaichers Vater, der sich die an den Wänden hängenden Poster angeschaut hatte.

»Bitte? Ja, wir haben für den Hersteller die Tests organisiert«, sagte Uersli etwas ruhiger.

»Ich bin auf dieses Mittel angewiesen. Da kann ich mich bei Ihnen ja bedanken. Sie haben mein Leben lebenswerter gemacht. Fragen Sie mal Ihre hübsche Dame im Vorzimmer. Gerade eben noch hat es mir das Leben gerettet.«

Schlaicher staunte über seinen Vater. Der alte Mann ging freudestrahlend auf Uersli zu und reichte ihm die Hand, die der überrascht annahm.

»Na ja, wir koordinieren nur die Tests«, sagte er aufgetauter. »Bedanken müssen Sie sich beim Hersteller. Bei Biomedal in Freiburg. Genauer: bei deren Forschungsabteilung.«

»Wie machen Sie das mit den Tests? Mit Tieren?«

»Nein, wir sind für die Medikamententests an Menschen verantwortlich.«

»Damit verdienen Sie sicherlich sehr gut«, bemerkte Schlaichers Vater.

Uersli wirkte verwirrt. Er kratzte sich an der Nase. Nach ein paar Sekunden sagte er: »Jetzt muss ich Sie doch auffordern, mein Unternehmen zu verlassen. Das geht eindeutig zu weit.«

Albert Maria Schlaicher lächelte jovial. »Wieso zu weit? Das ist doch nur eine Feststellung. Oder stimmt sie vielleicht nicht?«

Jetzt wurde Uersli laut: »Gehen Sie jetzt!« Er riss die Tür zum Vorzimmer auf. »Unverschämtheit!«

»Bitte entschuldigen Sie das Verhalten meines Vaters«, versuchte Schlaicher die Wogen zu glätten, aber Uersli ging nicht auf ihn ein. Nachdem er die Tür etwas zu laut hinter ihnen geschlossen und Schlaichers Vater der geschockt dreinblickenden Sekretärin noch einmal zugelächelt hatte, verließen sie die Firma »lifetest«.

»Mit dem ist etwas nicht in Ordnung, mein Junge«, sagte Schlaicher senior draußen.

»Papa, was ist los mit dir? Was sollte diese Bemerkung?«, zischte Schlaicher.

»Mit dem ist etwas nicht in Ordnung«, wiederholte sein Vater. Dann verließen sie das Gebäude.

»Der Laden läuft nicht rund, sage ich dir.«

»Wie kommst du denn darauf?« Schlaicher war verzweifelt. Sein Vater schien langsam tatsächlich seltsam im Kopf zu werden.

»Seine Reaktion auf meine Bemerkung zeigt doch, dass er in Schwierigkeiten steckt.« Schlaicher senior wirkte selbstzufrieden.

»Hättest du etwa anders reagiert auf so etwas?«, wollte Schlaicher wissen.

Sein Vater schaute ihn an wie einen kleinen Schuljungen, der nicht einmal eins und eins zusammenrechnen kann. »Wenn mich jemand fragt, wie der Laden läuft, jage ich ihn nicht zum Teufel, sondern sage natürlich, dass alles zufriedenstellend ist.« Dann lachte er. »Außer es kommt jemand vom Finanzamt. Dem weine ich was vor!«

»Entweder ist an deiner Logik nichts dran, oder sie ist mir zu hoch«, sagte Schlaicher kopfschüttelnd.

»Was meinst du, bei wie vielen Unternehmen etwas mit den Büchern nicht stimmt? Meinst du, ich hätte keine schwarze Kasse?«

»Du?«

»Natürlich. Ich und jede andere Firma, die ich kenne, auch.«

»Und was soll dann bei Uersli besonders sein?«

»Ach, mein Junge, du bist heute wirklich schwer von Begriff«, klagte Schlaicher senior.

Schlaicher war losgefahren und wieder am Innocel und dem großen Edeka-Markt vorbei auf die Wiesentalstraße gestoßen. Er hielt sich rechts in Richtung Maulburg. Der Laster vor ihm hatte die gleiche Aufschrift wie der, dessen Fahrer für das zweite blaue Auge Kommissar Schlageters verantwortlich war. Er bog nur ein paar hundert Meter weiter rechts ab, wo er sich zu vier weiteren kleineren Lkw von der Spedition Pohlmann hinzugesellte.

»Hast du nicht bemerkt, wie er geschaut hat? Er hätte uns ja auch *irgendetwas* sagen können. Stattdessen wirft er uns raus.«

»Papa, ich denke, du solltest dich in Zukunft aus meinen Angelegenheiten heraushalten«, sagte Schlaicher.

»Apropos Angelegenheiten«, sagte sein Vater fast beiläufig. »Wieso hast du ihm erzählt, du seist Detektiv?«

Schlaicher stöhnte nur und schwieg.

»Eine nette Frau, diese Sekretärin. Sie hat mich ein bisschen an deine Mutter erinnert …«

»Papa!«, unterbrach ihn Schlaicher empört.

»Was denn? Deine Mutter war eine sehr schöne Frau. Vielleicht werde ich bald zu ihr gehen.«

»Was soll das denn schon wieder heißen?«

»Ich werde auch nicht jünger. Noch fühle ich mich ganz gut, aber es kann schnell gehen mit dem Abbau. Was meinst du, wie viele von meinen Freunden schon tot sind?«

»Hattest du wirklich einen Anfall da drin?«

»Nun, sagen wir, ich fühlte mich ein bisschen matt. Ein richtiger Anfall war das noch nicht. Aber das ist die einzige Möglichkeit, wie ein alter Mann wie ich die Aufmerksamkeit einer jungen hübschen Frau auf sich ziehen kann. Leider.«

»Du überraschst mich schon wieder. Ich wusste nicht, dass du so ein Schwerenöter bist.«

»Ich glaube, mein Junge, du weißt vieles nicht von mir. Ich bin froh, bei dir zu sein.«

Schlaicher war über dieses Eingeständnis seines Vaters verwunderter als über sein bisheriges Verhalten. »Ich bin auch froh, Papa«, sagte er, und in diesem Moment empfand er das wirklich so.

Dieses Gefühl sollte sich im weiteren Verlauf der Fahrt aber wieder relativieren. Regen stürzte aus dem Himmel. Da immer noch keine neuen Scheibenwischer montiert waren, wurde die Sicht rasch schlechter, und Schlaicher fuhr nur noch Schritttempo. Sofort begann sein Vater wieder, ihm Vorhaltungen über den katastrophalen Zustand seines Autos zu machen. Schlaicher schwieg die gesamte Fahrt über zu allen Anschuldigungen, Ratschlägen und Verbesserungsvorschlägen und war sehr froh, als der Regen kurz vor Maulburg wieder nachließ und er den Frontera vor seinem Haus abstellen konnte.

»Solli, Rainer«, rief Trefzer über die Straße. Er stand wieder einmal vor seiner Scheune und winkte ihn heran, während er sich gerade von einem greisenhaft alten Mann verabschiedete, der seine beiden vollgepackten Plastiktüten kaum tragen konnte.

»Da sollen wir rüber?«, knurrte Schlaicher senior, und Schlaicher dachte nur: Kannst ja hier warten, als er über die Straße ging, ohne weiter auf seinen Vater zu achten. Doch der kam nach.

»Ich glaub, ich haa öbbis für dich!«, sagte Trefzer zur Begrüßung. Schlaicher winkte sofort heftig ab, folgte dem Nachbarn aber doch in seine zum Verkaufsraum umgebaute Scheune.

»Und, git's scho öbbis Neus? Ich ha de Herr Kommissär hüt frieh us dinem Huus abhaue g'seh. Der isch jo ganz schön g'lade gsii.« Trefzer kramte in einer der etwa dreißig weißen Plastiktüten, die an die Tischbeine der drei ehemaligen Amststubentische gelehnt waren. Heraus zog er einen Plastikbeutel voller Schokoladentäfelchen, den er auf den Tisch vor sich legte, wo er zwischen beleuchteten Globussen und einem Haufen kleiner Kinderrucksäcke fast verschwand.

Schlaichers Vater drehte einen der Kunststoffglobusse um dessen Polachse und stoppte ihn mit einem Finger.

»Es gibt eine ganze Menge Neues«, antwortete Schlaicher. »Aber ich habe keine Ahnung, wie das zusammenpassen soll. Der Tote heißt Ulrich Wittmann.«

»Jo, i weiß scho. Ich ha jo d'Zitig g'lese«, sagte Trefzer.

Schlaicher wurde in dem Moment klar, dass er noch keinen Blick in seine Badische Zeitung geworfen hatte. Das große Frühstück und der unangekündigte Besuch des Kommissars hatten ihn davon abgehalten.

»Was steht denn drin?«

Trefzer ging einen Tisch weiter und kramte unter den dort gelagerten Magnettherapie-Matratzenschonern, die, das hatte Schlaicher schon am eigenen Leib erfahren, keinen spürbaren Effekt hatten, eine zerknautschte Badische Zeitung hervor.

Von hinten kam schallendes Gelächter. Albert Maria zeigte auf eine Stelle der Erdkugel und sagte: »Hier ist ja noch die DDR drauf. Wie alt sind die Dinger denn?«

»Du Schüürebürzler«, sagte Trefzer, was keiner der beiden Schlaichers verstand, sich aber nach einem badischen Schimpfwort anhörte, »das do sin reine Dekorationsstücke mit historischem Sammlerwert. Un vieli Länder hen jo gar nit geänderet. Nur vierzeh Euro. Für dich.«

»Damit verdienen Sie sicherlich sehr gut.« Schlaichers Vater versuchte, seine Bemerkung genauso klingen zu lassen wie bei Uersli. Dabei schaute er seinen Sohn an und gab ihm Zeichen, auf die Antwort aufzupassen.

»Mir sin z'friede«, sagte Trefzer.

»Siehst du«, rief Schlaichers Vater triumphierend auf.

Während Trefzer von Schlaicher senior wissen wollte, was er denn meinte, und nach der Erklärung versuchte, einen der Erdbälle zu verkaufen, las Schlaicher auf der Schopfheim-Seite den Aufmacher, geschrieben von Stefan Pallok, der auch bei dem Mordfall vor drei Monaten bereits die Berichterstattung übernommen hatte und von Schlaicher für die endgültige Ermittlung des Täters eingespannt worden war. Das große Bild zeigte eine abgehängte Plastik und darunter mehrere Polizeiwagen und einige Schaulustige. Schlaicher konnte sogar die alte Frau Teninger erkennen, die mit ihm über den Pritschenwagen gesprochen hatte.

»Grausamer Fund entsetzt Schopfheim«, lautete die Überschrift. »Unbekannte hängen Leiche an die Lenk-Plastik. Die Kriminalpolizei ermittelt, bisher aber noch ohne Spur«, stand darunter in der Unterzeile.

Pallok berichtete, dass eigentlich noch gar nichts bekannt sei, außer dass ein Lörracher Geschäftsmann namens Ulrich Wittmann tot an dem Denkmal gefunden worden sei. Das Kriminalkommissariat Lörrach gab offensichtlich keine Kommentare zum Stand der Ermittlungen ab, was Spekulationen Vorschub geleistet hatte. Pallok befasste sich über eine ganze Spalte mit den sich in immer grausameren Details ergehenden Gerüchten und brachte als einziges Zitat Schlageters: »Der Tote war nicht zerstückelt.«

Ein zweiter Bericht befasste sich mit dem Denkmal, und eine Spalte unten links hatte er mit einem Kommentar gefüllt, den Schlaicher las, während Trefzer und sein Vater immer noch verhandelten.

Polizeiliche Funkstille

Es ist grauenvoll, was gestern früh in unserer friedlichen Stadt passiert ist. Ulrich Wittmann, ein Unternehmer aus Lörrach, wurde tot am Tragebalken der Lenk-Plastik gefunden. Ganz Schopfheim – ja ganz Südbaden ist schockiert und fragt sich: Wie konnten der oder die Täter ihr Opfer dort aufhängen, ohne dass es jemandem auffiel? Offensichtlich weiß nicht einmal die Polizei eine Antwort darauf und leistet auch mit ihrer Informationspolitik schlechte Arbeit. Anstatt die Presse zu informieren und damit ins Boot zu holen, nimmt sie Gerüchte in Kauf, wie sie sich gestern lauffeuerartig durch unser Städtchen verbreiteten. Die halbe Stadt war letztlich davon überzeugt, das Opfer sei grauenvoll zerstückelt gewesen. Immerhin das hat der zuständige Kriminalbeamte aufgeklärt. Aber weitere Aufklärung tut not. Der oder die Schuldigen müssen schnellstmöglich gefasst und bestraft werden. Und die Polizei sollte lieber gleich die Öffentlichkeit einbeziehen.

»Wenn du die Schoggi nit ha willsch, no han i do no öbbis ganz Feins«, sagte Trefzer zu Schlaichers Vater. Er holte eine würfelförmige Schachtel hervor und öffnete sie auf der oberen Seite. »Das sind Basler Whiskypralinés, en Art B-Ware und drum b'sunders günschdig. Se, probier emol.«

Schlaicher senior wartete ab, bis Trefzer sich eine der trüffelbestäubten braunen Würfelchen in den Mund gesteckt hatte, bevor er selbst probierte. Trefzer gab sofort verzückte Hmmm-Geräusche von sich. Zu Schlaichers Überraschung fiel sein Vater gleich mit ein.

»Komm, mein Junge, versuch auch eine«, sagte er mit vollem Mund, aber Trefzer machte die Packung gleich wieder zu und sagte: »Tuet mir leid, aber ich ha nit eso viel dodevo. Ich cha jedem Kund nur eine ge zum Probiere.«

»Kein Problem«, sagte Schlaicher. »Ich hätte jetzt sowieso keine Praline gewollt. Außerdem muss ich los. Ich hab noch etwas zu erledigen.«

»Muesch du no go klaue?«

»Nein«, antwortete Schlaichers Vater anstatt seines Sohnes. »Wir fahren noch auf diesen Hotzenwald.«

»Wir?«, fragte Schlaicher, aber sein Vater beachtete den Einwurf gar nicht. »Rainer Maria hat mir erzählt, dass dort ein Künstler lebt, der Marienstatuen schnitzt. Das wäre doch auch was für Ihren Laden, oder?« Schlaicher senior schien mittlerweile richtig begeistert von Trefzers kleinem Handel zu sein.

Der überlegte kurz und sagte dann: »Das hört sich guet a. Do chumm i au mit.«

Bevor Schlaicher protestieren konnte, sagte sein Vater: »Ja, das ist eine gute Idee. Rainer Maria, gib dem Herrn Trefzer doch noch acht Euro für eine Schachtel von den Pralinen. Ich habe kein Kleingeld dabei.«

Irgendwann hatte Schlaicher seinen Vater, Trefzer und Dr. Watson im Wagen. Den Hund wollte er nicht noch länger allein lassen. Es begann, leicht zu regnen. Trefzer saß hinten bei Dr. Watson; der Basset hatte seinen Kopf auf den Schoß des Rentners gelegt, was dem sichtlich gefiel. Er streichelte sein Fell, und Dr. Watson grunzte ab und zu vor Wonne. Schlaichers Vater saß vorne und mäkelte dauernd an Schlaichers Wagen herum, was wieder das alte Verhältnis zwischen ihnen herstellte: Der Vater war unzufrieden und der Sohn auch.

Schlaicher fuhr dieselbe Strecke wie gestern. Wieder führte der Weg ihn durch Wehr, und wieder ging es den Berg hinauf auf den Hotzenwald in Richtung Bergalingen. Als sie den kleinen Bauernhof sahen, sagte Trefzer: »Ou, das isch e echte alte Hotzehof.«

Schlaicher parkte den Wagen auf demselben Platz wie am vorigen Tag. Dr. Watson hielt sich, obwohl er nicht angeleint war, in der Nähe von Erwin Trefzer, und Schlaicher ging allen voran auf den Hof zu und strebte gleich in Richtung der Scheune, wo er Wolfgang Hug bei der Arbeit an dem Bild vorzufinden hoffte.

»Hallo? Herr Hug?«

Keine Antwort. Schlaicher öffnete die Tür, aber in der Scheune war es dunkel. Er ging trotzdem hinein, gab seinem Vater und Trefzer allerdings ein Zeichen, draußen zu warten. Links neben der Tür war ein alter Drehlichtschalter. Als das Licht den kleinen Raum durchflutete und den Marienstatuen Leben einhauchte, war Schlaicher schon an der Werkbank und schaute nach dem Bild. Es war nicht da. Stattdessen lag dort ein Holzblock, der, sehr grob bearbeitet, eine weibliche Figur anzunehmen schien. Frische Späne bedeckten die Werkbank und den Boden drum herum. Schlaicher schaute sich weiter um, öffnete die drei Schubladen der Werkbank, und als er auch dort nicht fündig wurde, begann er, nervös zu werden. Vielleicht, versuchte er sich zu beruhigen, hat Hug das Bild nur mit ins Haus genommen. Gleichzeitig sah er aber vor seinem inneren Auge, wie Hug und Immanuel, der Kopf der Sekte, das Bild an jemanden verscherbelten, um von dem Erlös ein paar Monate in unbeschwerter Lust leben zu können.

Schlaicher wollte die Scheune schon wieder verlassen, als er doch noch einmal umdrehte. Er ging zur hinteren Tür, die in den Nebenbereich führte. Er wollte doch noch einmal einen Blick auf den Pritschenwagen werfen. Die Tür war offen. Als sich seine Augen an das Halbdunkel gewöhnt hatten, sah er, dass der Wagen nicht mehr dastand. Langsam verstärkte sich sein ungutes Gefühl. Hatte Schlageter vielleicht doch recht mit seinem Verdacht? Hatten die Mondkinder Wittmann ermordet und dann mit ihm ein

Exempel statuiert? Immerhin hing er da wie Fritz Teufel, der Mitbegründer der Kommune eins. Das hier war doch auch eine Kommune. Und, Hellbach hatte das fallen lassen, die Leiche war gebrandmarkt worden. Hatten die Mondkinder, wahrscheinlich ohne dass die junge Anna etwas davon geahnt hatte, ihrem Vater ihr Zeichen aufgebrannt? Er hatte doch auch diesen Anhänger getragen, die Mondscheibe mit dem Kreuz darin. Hatten sie jetzt den Pritschenwagen verschwinden lassen?

»Rainer Maria?«, hörte er seinen Vater aufgeregt aus der Werkstatt.

Schlaicher ging zurück und sah ihn in der Tür stehen. Wolfgang Hug kam gerade herein und schaute unwirsch drein. Sein Hosenstall stand weit offen, und ein Zipfel seines karierten Hemdes hing durch den Schlitz heraus.

»Was machsch denn do in minere Schüüre?«, fragte er.

»Ich habe nur mal geschaut«, antwortete Schlaicher und setzte gleich nach: »Wo ist denn mein Bild?«

»Ich ha denggt, es wär gar nit dins?«

»Wo ist es?«

Trefzer schob sich jetzt auch in die Scheune und schaute sich neugierig um.

»Das Bild isch im Huus«, antwortete Hug, mittlerweile wieder etwas freundlicher. »'s isch viel z'wertvoll, zum's eifach so do ummeliege z'loo. Mer sieht jo, wie schnell sich G'schmeiß do ischlieche cha.«

»Sag emol, verkaufsch die Figure au?«, fragte Trefzer.

Hug drehte sich zu ihm und nickte. »Jo, wenn öbber eini ha will, no verkauf i sie au. Was isch, willsch eini?«

Trefzer stellte die Figur zurück, die er in der Hand gehalten hatte: »'s chunnt ganz druff a, was du mir für e Priis mache chasch. Ich dät dir au gli e paar abneh. Was willsch defür?«

»Zweihundert Euro für eini Figur.«

»Das isch z'viel, guete Maa«, antwortete Trefzer erregt und hakte gleich nach: »Hundert, und dezue will i zeh Prozent Mengerabatt.«

»Hallo?«, brachte sich Schlaicher wieder in das Gespräch ein. Hug wandte sich zu ihm und schaute ihn fragend an.

»Wann wird das Bild denn fertig sein?«

»Wenn nüt dezwüschechunnt, no isch es morn so wit. Du chasch froh si, dass i no alte Liimbinder g'ha ha. Wenn ich dä au no het anriehre miesse, no wär's zwei Wuche gange.«

Schlaicher *war* froh, dass der Ex-Restaurator seinen Leimbinder noch gehabt und nicht hatte anrühren müssen. Er konnte Dietsche förmlich an die Decke gehen sehen bei der Vorstellung, wie er ihm erklärte, das Bild sei noch ein paar Wochen weg.

Hug und Trefzer vertieften sich weiter in die Verhandlungen um die Marienstatue. Trefzer wollte die Figuren schließlich nicht kaufen, sondern mit einer gehörigen Provision in seinem Scheunenladen ausstellen und an den Mann bringen. Als er vorschlug, Hug könne vielleicht noch ein paar andere Heilige schnitzen, schaute der eigenartige Klosterbewohner immer kritischer.

»Jetzt han i e saugueti Idee!«, rief Trefzer irgendwann aus. »Du schnitzesch mir de Papst. Also, de alte und de neue, de Benededdo. Das wird e unglaublichs G'schäft.«

»Dr Papst cha mir g'stohle bliebe!«, tobte jetzt Hug. »Beide chönne das! Die sind doch schuld draa, dass mir Mensche die Maria so ussem Aug verlore hän!«

Trefzer wunderte sich nur kurz und begann dann, wie Schlaicher fand, finanziell einleuchtende Gründe fürs Herstellen von Papststatuen vorzubringen, die Hug aber allesamt abschmetterte. Der Restaurator sprach gegen Kirche, Konsum und Kommerz, und der Händler war der Meinung, dass man alles drei für sich nutzen solle. Obwohl sie immer lauter wurden, schienen sie doch miteinander auszukommen. Schlaicher jedoch bekam immer weniger mit, denn längst machten sie sich nicht mehr die Mühe, dem alemannischen Dialekt wenigstens noch eine winzige hochdeutsche Färbung zu geben. Sie sprachen so schnell und mit so vielen Rachenkrächzern und Vokabeln, deren Bedeutung Schlaicher nicht einmal geschrieben hätte erahnen können, dass er sich bald zu seinem Vater gesellte, der bereits vor der Tür stand und mit Dr. Watson wartete. Der Himmel hatte beschlossen, es nicht weiterregnen zu lassen. Es kam sogar ein bisschen Sonne durch, die den Hof und das Gelände in sanftes, warmes Licht tauchte, das sich aber in den Pfützen grell spiegelte.

»Ich hatte schon Angst, die Mondkinder hätten das Bild verkauft«, sagte Schlaicher beiläufig.

»Du hast dir doch eine Quittung über das Bild geben lassen oder einen Vertrag unterschrieben, oder etwa nicht?«

Schlaicher schwieg, worauf der Alte nur den Kopf schüttelte. Aber er blieb nicht lange in seiner mäkelnden Stimmung, sondern sagte kurz darauf: »Es ist schön hier, was?«

Schlaicher schaute sich um. Das alte Bauernhaus hatte manche Schönheitsreparaturen nötig, der Hof war zwar mit Steinen gepflastert, aber Erde und Dreck hatten längst ein paar Inseln darauf entstehen lassen, auf denen matte Grasbüschel wuchsen. Eigentlich war alles ein bisschen heruntergekommen, und Schlaicher fragte: »Was meinst du damit?«

»Es ist schön hier«, wiederholte sein Vater nur. Bevor er mehr sagen konnte, öffnete sich die Tür des Haupthauses. Immanuel, der Anführer der Gemeinschaft, kam heraus, gekleidet in einen lilafarbenen groben Umhang, an den Füßen lederne Mokassins.

»Schon wieder Besucher«, sagte er und kam auf sie zu. »Seit du hierhergekommen bist, haben wir kaum noch eine ruhige Minute. Wir waren gerade im Gebet, als wir euch hörten. Bruder Wolfgang wollte nachschauen, wer uns stört. Ist er in der Scheune?«

Er wartete nicht auf eine Antwort, sondern öffnete die Tür und sah Hug und Trefzer, die mehrere Marienfiguren auf der Werkbank aufgebaut hatten und immer noch feilschten.

»Friede«, grüßte Immanuel kurz und sagte dann zu Schlaicher: »Ich sehe, Wolfgang ist beschäftigt. Was wollt ihr hier?«

»Ich bin wegen meines Bildes da.«

»Ah«, sagte Immanuel unbeteiligt und fragte dann Schlaicher senior: »Und du bist?«

»Schlaicher«, sagte der, »angenehm. Ich bin der Vater.«

»Dann hoffe ich, dass wir mit dir weniger Ärger bekommen, als wir es gerade mit einem anderen Vater hatten und leider immer noch haben.«

»Sie meinen Ulrich Wittmann«, sagte Schlaicher. Immanuel nickte und zuckte kurz mit den Schultern.

»Wieso hatten Sie Ärger mit ihm?«

»Kannst du dir das nicht denken? Komm, lasst uns reingehen. Da können wir uns besser unterhalten. Ich habe auch noch ein paar Fragen an dich.«

»Kann mein Hund mit reinkommen?«, fragte Schlaicher.

»Jedes Wesen Gottes ist uns willkommen«, antwortete Immanuel leise.

Schlaicher bemerkte auch heute die ruhige, fast stoische Art des Gurus, nur dass sie nichts Entspanntes, Freudiges hatte wie noch gestern, bevor Schlageter mit seiner Hiobsbotschaft gekommen war. Immanuel schien vielmehr gebeugter zu gehen, und in seiner Stimme schwang Traurigkeit mit. Die beiden Schlaichers folgten ihm ins Haus, und Schlaicher fühlte sich etwas unwohl, als er bemerkte, dass er und sein Vater in das Zimmer geführt wurden, wo gestern noch Anna Wittmann mit ihm hatte »beten« wollen. Es roch ein wenig nach Schweiß, aber alles war aufgeräumt und schien sauber.

Er setzte sich auf denselben Platz wie gestern. Dr. Watson legte sich neben ihn auf den Boden und schlief sofort ein. Sein Vater nahm den Sitz rechts von ihm. Immanuel bat sie, kurz zu warten. Er wolle Bescheid geben, dass Gäste im Haus seien.

Schlaichers Vater beugte sich zu seinem Sohn: »Das ist ja furchtbar hier!«

»Egal, was passiert, lass mich jetzt reden, und bring bitte niemanden gegen mich auf. Ich muss dieses Bild zurückbekommen.«

Zu Schlaichers Erstaunen nickte sein Vater brav.

Als Immanuel zurückkam, brachte er Judith mit, die Frau, mit der Schlaicher ihn am Vortag in flagranti erwischt hatte. Sie trug ein braunes Gewand, das ihre üppigen Rundungen großzügig verdeckte. Sie war barfuß und hielt ein Tablett mit mehreren Tonbechern voll dampfenden Tees in den Händen. Dr. Watson schnarchte friedlich. Zumindest der Basset schien sich hier wohlzufühlen, dachte Schlaicher.

Judith schaute sie traurig an und setzte sich dann neben Immanuel. Vielleicht war sie eine Art Erstfrau, dachte Schlaicher.

Schlaicher senior nippte an seiner tönernen Tasse. Schlaicher hielt seine nur, während er Judith zuschaute, wie sie ein Gebet murmelte, bevor sie den ersten Schluck nahm.

»Also, was wollt ihr hier? Nicht dass wir nicht gern Gäste haben, aber unter diesen Umständen …«

»Ich komme, wie schon gesagt, wegen des Bildes, das Herr Hug für mich restauriert«, sagte Schlaicher.

»Was hast du mit den Polizisten zu tun?«, fragte jetzt Judith mit einer vollen, tiefen Stimme; sanft, aber bestimmt zugleich.

Schlaicher hörte aus dieser einen Frage heraus, dass sie in der Gemeinschaft sicherlich eine Menge zu sagen hatte.

»Ich kenne den Kommissar nur«, antwortete er und fügte hinzu: »Er denkt, dass Sie und ich, also, dass wir gemeinsam etwas mit dem Mord zu tun haben könnten.«

Immanuel bekreuzigte sich, Judith tat es ihm nach, beide vollführten im Anschluss daran die kreisförmige Geste.

»Wir sind Christen. Wir töten niemanden«, sagte Immanuel.

»Ihr wärt nicht die ersten Christen, die jemanden umgebracht haben«, meinte Schlaicher.

Immanuel blieb ganz ruhig und antwortete nach einem Schluck Tee: »Du hast recht. Aber wir leben das Christentum. Das echte, ursprüngliche Christentum und seine archaischen, erdmütterlichen Wurzeln. Kannst du dir vorstellen, was es für uns bedeutet, den Verwandten eines unserer Mitglieder ermordet zu wissen und selbst verdächtigt zu werden?«

»Ich weiß, dass Schlageter, also der Kommissar, einem das Leben zur Hölle machen kann, wenn er sich einmal in einen Verdacht verbissen hat, so falsch er auch sein mag«, sagte Schlaicher.

Immanuel nickte, und Schlaicher fügte hinzu: »Wenn er denn überhaupt falsch ist?«, worauf Immanuel sein Nicken einstellte.

»Wieso, hast du denn etwas mit dem Mord am Vater unserer Schwester Anna zu tun?«, fragte Judith zweifelnd.

»Nein, ich nicht. Aber es scheint einige Hinweise darauf zu geben, dass Sie vielleicht nicht so unschuldig sind, wie Sie es alle glauben machen wollen.«

Immanuel sah mit einem Mal sehr feindselig aus. Schlaicher wusste nicht, woran genau das lag, denn eigentlich hatte er sich nicht geregt. Er saß noch immer ein Bein über das andere geschlagen da und hielt seinen Tee mit beiden Händen umfasst. Aber etwas in seinen Augen, diesen großen, fast schwarzen Augen, hatte sich verändert. Schlaicher wartete ab, ob das, was er gesagt hatte, Wirkung zeigen würde.

»Was willst du damit sagen? Es ist doch klar, dass uns jemand den Mord in die Schuhe schieben möchte.«

»Und wer kann das sein?«

Immanuel lachte. »Jeder? Alle? Irgendwer? Ich weiß es nicht.«

»Sie haben viele Feinde?«

»Feinde haben wir gar keine. Aber es gibt viele Leute, denen wir ein Dorn im Auge sind. Manchen sogar ein ganzer Dornbusch. Die Menschen sind von der Institution Kirche dermaßen beeinflusst, dass sie die Wahrheit nicht erkennen können. Sie denken, was anders ist, kann nur falsch sein. Sie glauben, dass das, was die Priester ihnen erzählen, Gottes Wunsch sei, und erkennen nicht, dass auch der Mond sie beeinflusst und dass die Erdenmutter auch die ihre ist. Aber wir wissen, dass das Leben anders geführt werden muss. Und davor haben die Menschen Angst. Und Angst führt zu Hass statt zu Liebe. Stell dir vor, alle Menschen würden ihre Lust leben und erleben. Stell dir vor, es gäbe keine Frustration mehr, Kriege wären vergessene Kapitel der Zeit, die wir in Dunkelheit lebten, weil wir uns zu weit vom wahren Glauben entfernt hatten. Aber stattdessen wollen viele nur den Hass, das Geld und die Gewalt, sei es körperliche oder die der Macht über andere.« Immanuel war laut geworden, und Judith schlug das eigenförmliche Kreuz der Sekte.

»Das ist ja schön und gut, aber gibt es denn konkrete Leute, die sich gegen Sie stellen?«, fragte Schlaicher, der langsam genug von den kruden Ausführungen des offenbar einzig wahren Kirchenführers hatte.

»Es fängt im Nahen an und endet im Weiten«, begann Immanuel kryptisch, bevor Judith sagte: »Viele Bergalinger wollen uns loswerden. Sie haben Sorge, dass wir ihre Kinder beeinflussen könnten. Und die Kirchen, egal ob katholisch oder protestantisch, würden uns am liebsten zerschmettert wissen, zerstreut in alle Winde. Denen geht es schlecht, uns geht es gut.«

Schlaicher sah es kommen, bevor es passierte. Sein Vater konnte sich beim besten Willen nicht mehr zurückhalten. Er stellte seinen Tee hart auf dem kleinen Tischchen ab und sagte: »Das ist doch alles Unsinn. Warum sollten denn die Bürger dieses Dorfes diesen Wippmann umbringen? Nur um Ihnen zu schaden? Oder warum sollten irgendwelche Pfarrer einen Unschuldigen ermorden? Es fällt mir ja schon schwer, das nur auszusprechen.«

»Wittmann, Papa, nicht Wippmann. Aber mein Vater hat recht«, bestätigte Schlaicher. »Wenn es nur darum gegangen wäre, Sie zu belasten, dann hätte man ja die Leiche hier in der Nähe deponieren können, vielleicht vergraben. Warum hat man das nicht gemacht? Aber zuerst sollten Sie vielleicht einmal erzählen, was Sie mit Wittmann zu tun hatten. Sie haben von Ärger gesprochen.«

Immanuel sagte: »Ja, Ärger hatten wir ziemlichen mit ihm. Wegen Anna. Sie ist neben den Kindern die Jüngste in unserer Gemeinde. Ihr Vater wollte sie mehrfach gegen ihren Willen aus unserer Gemeinschaft wegholen. Dabei hat er nicht erkannt, dass Schwester Anna auf ihrem Weg die Wahrheit erblickt hat und ...«

Schlaicher unterbrach ihn: »Wie hat er versucht, sie von hier wegzuholen?«

»Er war anfangs öfter da und hat lange mit ihr gesprochen. Einmal hat er sie geohrfeigt, und Bruder Wolfgang hat ihn hinausgeworfen. Aber er hat ihm nichts getan. Wir verabscheuen Gewalt.« Immanuel stellte seine leere Tasse ab.

»Aber er soll bedroht worden sein«, fügte Schlaicher an, was er von Uersli erfahren hatte.

»Wolfgang hat ihn hinausgeworfen. Punkt.«

»Hat Hug ihm gesagt, er solle sich zum Teufel scheren?«, bohrte Schlaicher nach.

»Davon weiß ich nichts. Aber selbst wenn, würde das überhaupt nichts bedeuten. Bruder Wolfgang sagt so etwas schon einmal. Er ist da recht impulsiv«, sagte Immanuel.

»Ich meine ja nur, weil die Leiche am Platz von Fritz Teufel an das Denkmal gehängt wurde«, überlegte Schlaicher laut.

Immanuel ging nicht weiter darauf ein. »Er hat auch mit mir zweimal gesprochen. Er hat mir sogar Geld angeboten, wenn wir Anna freigeben, wie er es genannt hat. Dabei ist sie hier so frei wie ein Vogel, und wie der Herr und die Erdenmutter mit Hilfe des

Mondes die Vögel ernähren, so ernährt er auch sie. Körperlich und geistig.«

»Was hat er Ihnen angeboten?«, fragte Schlaicher und rechnete nicht mit einer konkreten Summe. Aber Immanuel überraschte ihn: »Einmal bot er uns zehntausend Euro, das nächste Mal waren es fünfundzwanzigtausend Euro.«

»Und Sie sind nicht darauf eingegangen?«, hakte Schlaicher nach.

»Natürlich nicht. Ein Mensch ist doch keine Ware, die man kaufen kann. Ein Mensch ist ein Wesen Gottes, ein ...«

»Aber so, wie Ihr Hof aussieht, könnten Sie das Geld gut gebrauchen«, ging Schlaicher dazwischen.

»Ach, natürlich könnten wir das, aber Geld ist eben nicht alles. Alles ist Gott.«

»Wo ist denn das arme Mädchen jetzt?«, fragte Schlaicher senior.

»Sie ist oben im Frauenzimmer«, antwortete Judith.

»Dürfte ich kurz zu ihr? Ich würde ihr gern mein Beileid aussprechen«, sagte Schlaichers Vater.

Judith schaute Immanuel fragend an. Der nickte leicht, und Judith führte Schlaicher senior aus dem Zimmer. Schlaicher blieb; er wollte noch mehr von Immanuel wissen.

»Wo ist Ihr Pritschenwagen?«, fragte er direkt und sah forschend in die tiefen Augen des Gurus.

»Bruder Karlfrieder ist damit unterwegs. Wir verdienen unser Geld damit, dass jeder nach seinen Fähigkeiten arbeitet. Bruder Karlfrieder war in seinem früheren Leben Schreiner und brachte diesen alten Wagen mit in unsere Gemeinschaft. Er hilft bei jemandem im Dorf aus.«

Die Antwort war spontan, ohne Überlegung gekommen. Schlaicher fragte trotzdem nach: »Sie wissen, dass Zeugen gesehen haben, wie mehrere Männer mit einem solchen Wagen die Leiche auf das Denkmal gehängt haben?«

Immanuel war blass geworden. »Das habe ich nicht gewusst. Davon hat der Polizist nichts gesagt.«

»Das wundert mich. Hat die Polizei denn den Hof nicht durchsucht?«

»Dieser Kommissar mag uns ja verdächtigen, aber da wir nichts verbrochen haben, kann er ja wohl schwer unseren Hof durchsuchen.«

»Er hat Sie nicht einmal nach einem Pritschenwagen gefragt?«

Immanuel schüttelte den Kopf. Erst jetzt erinnerte sich Schlaicher daran, dass Berta Teninger von dem Pritschenwagen gesprochen hatte, als Schlageter nicht dabei gewesen war. Hatte sie das dem Kommissar nicht gesagt? Konnte es sein, dass Schlaicher in diesem Punkt mehr wusste als Schlageter?

»War es das, was du von mir wissen wolltest? Du verdächtigst uns auch, Mörder zu sein?«

Schlaicher schüttelte den Kopf. »Entscheidend ist allerdings nicht, was ich denke, sondern was Kommissar Schlageter denkt und dann ermittelt. Trotzdem habe ich noch eine Frage: Wann hatte Ulrich Wittmann zum letzten mal Kontakt mit seiner Tochter?«

Immanuel überlegte kurz und sagte: »Vor ungefähr einer Woche. Er schien sich damit abgefunden zu haben, dass Anna bei uns glücklich ist. Ich allerdings glaube, dass sein plötzliches Verständnis eher ein neuer Versuch war, sie von uns zu entfernen. Anna war bei ihm und ist sehr glücklich zurückgekommen. Sie erzählte, er habe gesagt, sie solle leben, wie sie es für richtig hält, und er wolle sie nicht verlieren.«

In dem Moment öffnete sich die Tür, was Dr. Watson kurz aufschauen ließ, und Schlaicher senior kam mit Judith, einer verweint wirkenden Anna und dem Mann zurück, der sie gestern so gut beruhigen konnte. Drei Kinder zwischen vier und sechs Jahren schauten kurz durch die Tür, aber Judith schickte sie liebevoll und doch bestimmt ins Kinderzimmer.

Anna sah nicht gut aus, ganz anders als noch gestern. Sie hatte dunkle Ringe unter den Augen, und die kleine Nase war rot vom Schnäuzen. Ihre Haare waren durcheinander, und sie wirkte zusammengesunken. Der Mann, der sich als Bruder Johannes vorstellte, strich ihr mit der Hand über den Rücken.

»Sie hat dir etwas zu sagen«, sagte Schlaicher senior.

Schlaicher stand auf und schaute sie mit großen Augen an. Kam jetzt die überraschende Auflösung? Hatte die Tochter den Vater umgebracht? Immanuel blieb ganz ruhig, wenn er auch ebenso neugierig zu Anna schaute wie Schlaicher und nun alle anderen im Raum.

»Ich glaube, ich weiß, wer Papa umgebracht hat«, sagte sie. Im Raum war es totenstill. Schlaicher konnte das Atmen Immanuels neben sich hören und das Streichen der Hand des Mannes über Annas schwarzes Leinenkleid.

»Ihr Vater hat mich darauf gebracht«, sagte sie jetzt. »Es muss Uersli gewesen sein.« Damit begann sie wieder zu schluchzen.

Immanuel fragte: »Wer ist Uersli?« Judith zuckte mit den Schultern, ebenso Bruder Johannes.

Schlaicher senior gab ihnen die Erklärung: »Uersli ist der ... war der Geschäftspartner von Herrn Wippmann.«

»Wittmann«, sagte Schlaicher und wollte mehr wissen von der jungen Frau, aber Anna hatte sich mittlerweile an Johannes geklammert und weinte sein Flachshemd nass.

Es dauerte eine Minute, bis sie sich so weit wieder gefangen hatte, dass sie sich, immer noch schwer atmend von dem Heulkrampf, zu ihnen setzte.

»Wie kommen Sie auf diesen Verdacht?«, fragte Schlaicher.

»Als ich Papa letzten Freitag besucht habe, hat er mir gesagt, dass er noch bei seinem Partner vorbeischauen muss. Ich hatte das ganz vergessen, aber danach habe ich nichts mehr von ihm gehört.« Sie begann wieder zu weinen, sprach aber schluchzend weiter: »Wenn dein Vater mir nicht lauter Fragen zu Uersli gestellt hätte, wäre ich da nie draufgekommen.«

Super, dachte Schlaicher. Sein eigener Vater legte der Tochter des Toten einen Verdacht in den Mund. Er hätte ihn doch nicht allein nach oben gehen lassen sollen. Auf der anderen Seite, wenn Wittmann nach dem Treffen mit seiner Tochter wirklich zu Uersli gegangen war, dann hatte der die Polizei belogen. Hatte er nicht gesagt, Wittmann sei zuerst bei ihm gewesen und habe sich dann mit seiner Tochter treffen wollen? Doch, Schlaicher erinnerte sich, das im Revier erlauscht zu haben.

»Wann waren Sie denn bei ihm, und wann wollte er zu Uersli?«, fragte er.

»Ich war so gegen sieben bei ihm. Er war noch nicht da, aber ich habe ja einen Schlüssel. Wir hatten ein wirklich gutes Gespräch, und ich bin froh, dass wir uns zum Abschied umarmt haben.« Damit weinte sie wieder und lief aus dem Raum. Bruder Johannes schaute zu Judith. Sie nickte, und er folgte ihr.

»Haben Sie hier einen Spezialisten zum Brandmarken von Kühen?«, fragte Schlaicher in die Runde.

Den hatte die Sekte laut Immanuel nicht. Schlaicher hatte ihm nicht gesagt, wieso er das wissen wollte. Hug und Trefzer waren hereingekommen, und Hug hatte Schlaicher das Bild gezeigt und ihm erklärt, wo er was und warum machen müsse. Aber Schlaicher hatte keinen Kopf dafür gehabt. Er war mittlerweile davon überzeugt, dass Schlageters Verdacht gegen die Sekte falsch war. Den Kommissar davon zu überzeugen dürfte allerdings schwerer sein, als einem Basset Pfötchen geben beizubringen. Wenn Schlageter noch von dem Pritschenwagen erfahren würde, konnte sich Schlaicher gut vorstellen, dass der Kommissar seine Ermittlungen einzig und allein auf Hug und seine Sektenfreunde konzentrieren würde. Er beschloss, dass er herausfinden musste, ob Uersli vielleicht wirklich etwas mit dem zu frühen Tod seines Partners zu tun gehabt hatte. Wenn ja, würde er Schlageter eine neue Spur präsentieren können, die ihn hoffentlich lange genug beschäftigte, bis das Bild repariert war. Und vielleicht würde sie ja wirklich zu einem Ergebnis führen. Auch wenn die Aussage nur auf einem aus der Luft gegriffenen Verdacht seines Vaters beruhte, war zumindest eins klar: Robert Uersli hatte Kommissar Schlageter belogen.

Als sie wieder nach Maulburg kamen, war es bereits drei Uhr nachmittags. Trefzer ging zu seiner Scheune, unter dem Arm die ersten Marienstatuen, die er von Hug gekauft hatte. Er schien sehr zufrieden mit seinem Verhandlungserfolg zu sein. Schlaicher senior sah müde aus. Er hatte bereits auf der Fahrt zwei-, dreimal gegähnt und Schlaicher mit seinen bissigen Kommentaren verschont. Schlaicher war heilfroh darüber. Er wollte sich jetzt ein bisschen ausruhen und dann auf sein Treffen mit Anke Grainer vorbereiten: duschen, rasieren, ein bisschen Parfum. Und ein paar Kondome einpacken. Für den Fall, dass heute Nacht das passierte, was er erwartete.

Was Schlaicher allerdings nicht erwartet hatte, war, dass oben in der Wohnung neben Lars und Sarah auch Martina saß, die ihn mit einem breiten Lächeln empfing.

»Hallo, Chef!«, sagte sie.

»Du bist schon fertig?«, fragte Schlaicher, während sein Vater im Badezimmer verschwand.

»Alles fertig. Es lief leichter, als ich gedacht hatte. Bei mir daheim stapeln sich jetzt die Bücher. Ich glaube, du solltest doch langsam mal über einen Lagerraum nachdenken. Wenn das so weitergeht, dann kann ich mich zu Hause bald nur noch auf dem Bett bewegen.« Sie lachte.

»Und deswegen kommst du so oft hierher?«

Martinas Lächeln verschwand schlagartig, und auch Sarah funkelte zu ihm herüber.

»Entschuldigung, das habe ich nicht so gemeint.«

»Es hat aber so geklungen«, murmelte Martina und stand auf.

»Jetzt bleib schon sitzen«, bat Schlaicher schnell. »Ich hab dich gern hier, das weißt du doch.«

»Ach, ist das so?« Martina drehte sich um, ging aber nicht weiter zur Tür. Dr. Watson stand auch auf und setzte sich an ihre Seite.

»Ich habe zwei furchtbare Tage hinter mir, du darfst jetzt nicht jedes Wort auf die Goldwaage legen«, sagte Schlaicher in versöhnlichem Ton. Martinas ernste Miene hellte sich ein wenig auf, und Schlaicher schöpfte Hoffnung, dass er die Scharte wieder auswetzen konnte. Nur noch ein bisschen nett sein, dachte er. »Weißt du, das ist, wie wenn ihr Frauen eure Tage habt«, setzte er nach.

»Oh Mann, Rainer«, stöhnte Lars laut auf. Martinas wütender Blick war einem überraschten gewichen. Dann sagte sie: »Eigentlich wollte ich dich heute zum Essen einladen. Aber ich werde bestimmt jemanden finden, der nicht so unverschämt ist.« Damit lief sie zur Tür. Dr. Watson trottete ihr hinterher, fand die Tür aber bereits zugeschlagen vor. Er legte sich hin.

»Hab ich was Falsches gesagt?«, fragte Schlaicher.

»Das weiß ja sogar ich«, antwortete Lars.

»Komm, wir gehen in dein Zimmer«, sagte Sarah. Beide standen auf und ließen Schlaicher allein in der Küche zurück.

»Was war denn los? Ist deine Sekretärin schon gegangen?« Sein Vater kam hinzu.

»Ich glaube, sie hat ihre Tage«, sagte Schlaicher nur.

Schlaicher senior lachte auf.

»Ich hoffe nur, du hast ihr das nicht gesagt. Deine Mutter hatte wegen so einer Bemerkung von mir mal beinahe gekündigt. Als sie noch nicht meine Frau war, versteht sich.«

ACHT

Wütend verließ Schlaicher das Haus. Auf dem Weg zurück aus dem Hotzenwald war ihm noch eine Idee gekommen, die vielleicht helfen konnte, Hug zu entlasten. Er musste die alte Teninger aus Schopfheim besuchen und herausfinden, was sie Schlageter gesagt hatte – und was nicht. Wenn sie ihm den Pritschenwagen verschwiegen hatte, dann hatte sie vielleicht auch noch mehr für sich behalten, was interessant sein konnte.

Schlaicher stellte den Wagen auf dem Marktplatz ab, wo noch mehr als die Hälfte der Parkplätze frei waren. Obwohl die Innenstadt von Schopfheim sehr schön war und viele unterschiedliche Geschäfte alles anboten, was man sich wünschen konnte, hatte es das Städtchen noch nicht geschafft, über die Woche wirklich viele Besucher anzuziehen. Wahrscheinlich war die Lörracher Fußgängerzone mit ihren Kaufhäusern eine zu große, weil recht nahe Konkurrenz.

Schlaicher wandte sich in Richtung des Denkmals. Als er dort ankam, öffnete sich die Tür eines in der Nähe befindlichen Computerspiele-Geschäfts. Schlaicher erkannte die beiden Jungs, die herauskamen, sofort. Und sie erkannten ihn auch. Obwohl Schlaicher nur schaute, lief der kleinere der beiden gleich los. Ein untrüglicheres Zeichen, dass sie gestohlen hatten, konnte es nicht geben. Der Größere sagte: »Scheiße« und rannte dem anderen hinterher in Richtung Wiese. Als er loslief, fiel ihm die lose aufgesetzte Baseball-Mütze vom Kopf. Er schaute sich nach ein paar Metern um, ob Schlaicher ihnen folgte, und obwohl Schlaicher sich nicht in Bewegung gesetzt hatte, liefen sie weiter, bis sie außer Sicht waren. Die Jungs würden bald ein richtig großes Problem bekommen, dachte Schlaicher. So wie sie die Sache angingen, war es nur eine Frage der Zeit, bis jemand sie erwischte.

Er hob die Mütze auf und nahm sie mit. Dann ging er zu dem Haus gegenüber dem Denkmal, zu dem Frau Teninger bei ihrer aufgeregten Aussage vor Schlageter immer wieder gezeigt hatte.

Tatsächlich. »Teninger«, stand mit alter Schreibmaschinenschrift auf einer der Klingeln. Die beiden »n«s standen ein wenig höher als der Rest des Namens.

Schlaicher drückte auf die Klingel und wartete. Nichts geschah. Er wartete zwanzig Sekunden und drückte die Klingel dann erneut.

»Jo?«, kam eine Stimme aus der Türsprechanlage.

»Grüß Gott, Frau Teninger. Schlaicher mein Name. Ich wollte mich mit Ihnen unterhalten.«

»Um was goht's?«, fragte sie, aber schon hörte Schlaicher das Summen, das anzeigte, das sie den Öffnen-Knopf gedrückt hatte.

»Ich sag es Ihnen gleich«, sagte Schlaicher noch und ging rein.

Die Tür im Erdgeschoss trug einen anderen Namen, also machte sich Schlaicher auf, die dunkle Holztreppe hochzusteigen. Im zweiten Stock war die Tür offen. »Berta Teninger«, stand auf einem Schild aus Salzteig. Schlaicher hörte eine Männerstimme von drinnen, dann die von Teninger: »Sie mien jetz go. Ich sag gar nüt meh.«

Schlaicher schloss die Tür und ging durch einen kleinen Flur mit einer viel zu großen Eichenkommode und einer Garderobe aus dem gleichen Holz. Er musste sich fast durchzwängen bis zu der Glastür, die nach rechts in die Stube führte.

»Der Herr Pallok!«, rief Schlaicher aus, und der junge Journalist schaute überrascht zu ihm.

»Sie chenn ich«, sagte Berta Teninger, deren fülliger Leib in eine dunkle Hose und ein purpurfarbenes, mit Strasssteinchen besetztes Oberteil gewandet war. »Sie sin nit der Tintesprützer vom Markgräfler Dagblatt, oder?«

»Nein, der ist so etwas wie ein Privatdetektiv«, sagte Stefan Pallok und wandte sich dann an Schlaicher: »Was wollen Sie denn von der Frau Teninger?«

»Sie sollten sich schämen, eine alte Frau für Ihre Geschichten zu belästigen«, hielt Schlaicher dagegen.

»Schlageter lässt ja nichts raus. Er hat der Pressestelle einen kompletten Maulkorb verpasst. Niemand sagt was. Aber ich muss doch was schreiben. Das sind wir unseren Lesern schuldig. Stimmt's, Frau Teninger?«

»Sicher. I will doch lese, wer der Mörder gsii isch. So direkt vor minem Fenschder. Sie chönne mir glaube, ich ha nümme chönne ischloofe selli Nacht. Ich cha jo sowieso eso schlecht ischloofe. Aber mit eme Mörder vor der Huustür, wie soll das dann no funktioniere? Ich bruuch doch au mi Rueih.«

»Und, was gibt es Neues?«, fragte Pallok in Schlaichers Richtung.

»Sie sind der Reporter«, antwortete Schlaicher.

»Genau, deshalb stelle ich die Fragen.«

»Aber ob Sie Antworten bekommen, ist damit noch lange nicht garantiert.«

»Sie haben also Antworten auf meine Fragen, Herr Schlaicher?

»Nicht dass ich wüsste.«

»Wölle Sie e Chaffi?«, fragte Berta Teninger dazwischen.

»Ich nehme gern noch einen«, sagte Pallok, aber Schlaicher wollte den Journalisten nicht dabeihaben bei seinem Gespräch.

»Ich glaube, Frau Teninger wollte, dass Sie ihre Wohnung verlassen«, sagte er, und die dicke alte Dame nickte.

»Jo, er isch scho ne halbi Stund do und frogt mi die ganzi Zit us. Und wenn i öbbis verzell, dann isch er ungattig.«

Schlaicher schaute zu Pallok, der die Augen verdrehte. Er konnte sich denken, warum. Berta Teningers ausschweifende Art machte es schwer, ein Gespräch über ein bestimmtes Thema zielgerichtet zu führen. »Sie haben es gehört. Die Dame möchte von Ihnen nicht mehr belästigt werden.« Damit schob er Pallok zur Tür.

»Hören Sie mal, ich bin kein Boulevard-Journalist, sondern wollte nur ein paar Infos zu dem Mord.«

Sie waren an der Tür. »Ich will mich noch mal mit Ihnen unterhalten. Vielleicht können wir uns ja gegenseitig helfen. Wieso sind Sie eigentlich an der Geschichte dran?«

Schlaicher öffnete die Tür und schob Pallok raus. »Ich kenne denjenigen, der die Leiche gefunden hat«, sagte er, und Pallok bekam große Augen. »Wie heißt er?«, fragte er, aber Schlaicher drückte die Tür ins Schloss.

Sofort klingelte es. Zweimal, dann mehrfach hintereinander. Schlaicher ließ es klingeln.

»Ich muess Ihne danke. Das isch eso ne unverschämde Schnuuderi. Ah, jetzt het er am End genueg vom Lütte. Ich hätt en nit solle aalütte. Aber ich ha denggt, das wär viellicht öbbis für d'Zittig. Ich lies die jo au immer. Aber i ha au der Konkurrenz B'scheid g'sait. Die mien au no choo.«

Es würde also noch jemand von der Zeitung kommen. Zumindest so viel hatte Schlaicher mitbekommen. »Deswegen haben Sie sich so chic gemacht«, sagte er lächelnd.

»Nai, dodedur bin i erscht uff d'Idee choo. Ich bi hüt emorge no bim Zimmermaa gsii, das isch mi Frisör. I sag Ihne, dä macht Frisuure, das isch e Traum.«

Schlaicher konnte keinen großen Unterschied zu vorgestern früh erkennen, aber die Frisur saß.

»Wenn ich binem bi, no hämmer immer öbbis zum Verzelle, das chönne Sie mir glaube.«

Schlaicher empfand Mitleid mit dem armen Friseur, der sicherlich die ganze Zeit unter Dauerbeschallung stand bei seiner Kundin Teninger.

»Un i ha nem g'sait, was vorgescht passiert isch, un no het er g'frogt, ob i das au dr Zittig g'sait hätt, und ich ha mir denggt, das siig en Idee. Ich ha no dere Zittig aag'lütte un denggt, dass i niemer benachteilige sott, un wenn i scho die neui Frisuur haa, no chönnt au gli no e zweite Fotograf choo. Wer weiß, am End wir i jo no entdeckt.« Sie lachte und marschierte dann in Richtung Küche.

»Ich mach Ihne grad en Chaffi, i chönnt jo au no eine vertrage, wil i jo nit ischloofe haa chönne wege dem Mörder. Wer weiß, viellicht will er als Nächschtes en alti Frau ums Lebe bringe? Wemme eso allei isch wien ich, no muess mer Obacht geh.«

»Ich glaube, Sie müssen sich keine Sorgen machen, Frau Teninger«, sagte Schlaicher, der sie nur bruchstückhaft verstand.

»Sage Sie doch Berta, so sage mir alli Lüt. Do chunnt d'Berta, sage sie, wenn sie mi sehn, un i ha mi au no nie recht an de Name vo miim Maa selig gewöhne chönne, obwohl i en mittlerwiile sit über fuffzig Johr chenn. Min Maidliname isch Asal. I chaa nene jo mol expliziere, was mi Vadder g'sait hett, wo ni dörtmols mi Ludwig ha hüroote wölle. Teninger, hett er g'sait, das isch doch kei aaschtändige Name.«

»Ich finde ihn schön, aber ich sage gern Berta zu Ihnen«, kämpfte sich Schlaicher dazwischen, der keine weiteren Geschichten über den längst verstorbenen Vater Berta Teningers hören wollte. Wenn er sie einfach erzählen lassen würde, hätte sie sicherlich keine großen Schwierigkeiten, ihm neben ihrer und der Lebensgeschichte ihres Mannes auch die aller Ahnen beider zu erzählen. Aber Schlaicher hatte ja noch ein Date, von dem er sich angenehmere und vor allem auch anregendere Konversation erwartete. Und noch ein bisschen mehr. Wenn er sich noch umziehen und pünktlich sein wollte, dann musste er sich etwas ranhalten.

»Ich verstehe Alemannisch leider noch nicht so gut. Können Sie mir langsam erzählen, was Sie genau gesehen haben, als Sie vorgestern Nacht wach wurden?«, forderte er sie auf, während die Kaffeemaschine brodelnde Geräusche von sich zu geben begann.

Berta Teninger setzte sich auf die Eckbank aus Eiche, wie überhaupt jedes Möbel in der Wohnung aus Eiche gemacht zu sein schien, und dachte kurz nach.

»Dann muss ich langsam schwätze, äh, rede, weil Hochdütsch kann ich nicht so gut rede. Also, ich bin wach geworde, und ich haa vo usse öbbis g'hört, ach so, ich habe draußen was gehört.« Sie sprach tatsächlich sehr langsam und schien bei jedem Wort nachdenken zu müssen. Schlaicher nickte. Offenbar war der Fehler der Polizei und auch des Journalisten gewesen, sie in ihrem Dialekt reden zu lassen. Jetzt, da sie über jedes Wort nachdachte, war sie gar nicht mehr so ausschweifend, sondern kam vielmehr genau auf den Punkt.

»Da waren vier Männer, die habe an dem Denkmal gewerkelt.«

»Was haben die Männer genau gemacht, als Sie runtergeschaut haben?«

»Einer stand an der Straße und hat nur zugelugt. Die andere drei habe an der Figur rumg'fuhrwerkt. Also an dem Dote. Wenn ich's mir so recht überleg, dann hab ich mich g'wunderet über die Figur. Aber ich hab ja gedacht, die sin von der Stadt.«

»Wegen des Pritschenwagens.«

»Jo, die habe so einen Laschder gehabt, und da hatte se ihr

Werkzüüg und d'Figur uffegeworfen, und ich haa scho gedacht, dass vielleicht, also so wie die usgesehen hen ... Ach, es fällt mir nicht leicht, Hochdütsch zu schwätze.«

»Ich weiß. Aber ich danke Ihnen sehr, dass Sie es tun. Was hatten die Männer denn für Kleidung an?«, fragte Schlaicher weiter.

»Also, ich hab ja nur kurz geschaut. Es ware so Arbeitssache. Nit gelbe Westen, wie die von der Stadt sie habe.«

»Haben die nicht orangefarbene Westen?«, fragte Schlaicher und stellte die Tasse mit dem viel zu dünnen Kaffee, den er trotzdem mit einem »Hmmm« lobte, ab.

Berta Teninger überlegte kurz und sagte: »Das weiß i nicht. Dadermit kenn ich mich nit so aus.«

»Wann haben Sie denn die Männer gesehen?«

»Also, ich hab natürlich auf die Uhr geschaut, weil ich fand's ja so seltsam, dass die z'Nacht schaffe. Es ist Viertel vor drei gsii, also gewese. Ich hab g'sait, also gesagt, dass das aber spät ist, wo die schaffe. Da hat der eine geschaut und gesagt, dass ich mir keine Sorge mache soll. Sie dääte das mache, damit morge alles wieder in Ordnung isch. Und die andere habe nit zu mir geschaut.«

»Wie sah der Mann aus?«, fragte Schlaicher jetzt sehr gespannt.

»Ach, das hab ich nit gesehen, es ist ja nit so hell gsii.«

»War er groß oder klein, hatte er einen Bart, war er dick oder dünn?«

»Ich kanns Ihne nit sage. Ich glaub, er war nit so groß, aber klein war er au nit. Vielleicht so middel.«

»Dick?«

»Ne, der isch so normal gsii. Und ich glaub, e Bart hat er g'habt, so e Schnurrbart, wie der Ludwig ihn auch früher gehabt hat, aber ich hab ihm g'sait, er soll den doch abmache, weil der hat gekratzt, das chönne sie sich nit vorstelle. Ich ha g'sait, Ludwig, han i g'sait, de Bart oder ich. Do simmer erscht zwei Monet zämme gsii, dr Ludwig und ich. Un do hett er g'sait, ich miesst mir cheini Sorge mache, hett er g'sait, er dät en für mi abrasiere.«

»Wie alt würden Sie ihn schätzen?«

»De Ludwig? Nein, Sie meinen sicher den anderen Mann. Ich dät sage, so zwischen drißig und sechzig.«

Das schränkte den Kreis der Verdächtigen nicht wirklich ein, dachte Schlaicher.

»Und die anderen Männer? War an denen etwas Besonderes?«

»Nein, die habe sich jo nit zeigt, die sind dann alle mit dem Rücken zu mir gestanden. Nur einer, der hatte noch e Kapuz auf.«

Auch das half Schlaicher nicht großartig weiter. Aber da die alte Dame nun einmal so mitteilsam war, ohne zu viel abzuschweifen, wollte er noch mehr wissen über ihre Beobachtungen.

»Wie lange haben Sie denn zugeschaut?«

»Der Mann hat gesagt, ich soll mich schloofe lege. Ich hab ja gedacht, er wär von de Stadt, und hab deshalb das Fenschder wieder zugemacht und die Gardine und bi wieder ins Bett.«

»Und sonst ist Ihnen nichts aufgefallen?«, hakte Schlaicher nach.

»Nein, nüt. Ich bin dann jo auch ins Bett.«

»Hat der Mann alemannisch geredet?«

»Nein, er hat hochdütsch g'schproche, so wie ich jetzt grad.«

Hochdeutsch also. Dann konnte es natürlich Immanuel oder einer seiner Jünger gewesen sein. Wolfgang Hug schied wohl aus, der sprach nur alemannisch, obwohl ... »So wie ich«, hatte sie doch gesagt ...

»War das so ein Hochdeutsch, wie ich es spreche, oder so, wie ein Alemanne es spricht?«, fragte er.

»Nai, nit so, wie wenn Sie schwätze. Das war schon e Alemanne, nur hat er hochdütsch g'schwätzt, so wie ich jetzt halt.«

Das war natürlich etwas ganz anderes. Es klingelte an der Tür, und Berta Teninger schaute auf die Uhr, die in der Küche hing.

»Ah, das isch der Reporter vom Markgräfler. Warte Sie, ich muess em g'schwind uffmache.«

»Nur noch eine Frage«, sagte Schlaicher schnell. »Mit wem haben Sie sonst noch darüber gesprochen?«

»Mit dem Kommissär, mit dem andere, dem dünne Kommissär, mit meinem Frisör und den Fründinne, woni do habe. Und mit e paar Nachbarn und jetzt noch mit dem Reporter. Und mit dem do«, sagte sie und ging nach dem zweiten Läuten.

Schlaicher stand auch auf und ließ den Rest des Kaffees ungetrunken in der Tasse. Er folgte Berta Teninger zur Wohnungstür.

»Aber Sie haben der Polizei nichts von dem Pritschenwagen gesagt, oder?«, fragte er an der Tür.

»Nai, ich glaub, das han i ganz vergesse. Mer isch jo eso uffg'regt.«

»Das verstehe ich«, sagte Schlaicher leise. »Ich spreche sowieso nachher noch mit dem Kommissar. Ich kann ihm das dann ja sagen.«

»Also das wär aber arg fründlich vo Ihne«, sagte Berta Teninger und winkte Schlaicher nach.

Auf halber Höhe der Treppe traf er einen sehr jungen Mann, vielleicht zweiundzwanzig oder dreiundzwanzig. Er trug ausgelatschte Sportschuhe, eine zu weite Jeans und eine dicke Winterjacke. Über seiner Schulter hing eine schwer aussehende Tasche.

»Ah, Sie sind vom Markgräfler«, sagte Schlaicher und streckte ihm die Rechte entgegen.

»Jo, ich bi der Volundäär«, sagte er auf Alemannisch, und Schlaicher war sich sicher, dass er nicht viel Verwertbares von Berta Teninger erfahren würde. Dafür viele Geschichten über ihr Leben. »Un Sie?«

»Von der Konkurrenz«, sagte Schlaicher nur.

»Aha, no sind ihr z'zweit do. De Pallok han i au scho g'seh. Sie sind e Freie?«

»Ja genau«, sagte Schlaicher, »ein Freier. Bis dann.«

Als er unten ankam, war er schon gewarnt. Im Außenbereich des Cafés Tesnaz saß Stefan Pallok vor einem Milchkaffee und beobachtete die Haustür. Schlaicher wandte sich in Richtung seines Wagens, aber Pallok rannte hinter ihm her.

»He, so können Sie mich nicht abfertigen«, rief er.

Schlaicher blieb stehen und wandte sich zu ihm um. »Was meinen Sie?«

»Sagen Sie mir, wer es ist?«

»Wer was ist?«

»Wer die Leiche gefunden hat, natürlich.«

»Ich sage nichts.«

»Bitte, Herr Schlaicher. Ich muss doch morgen etwas Neues bringen. Wenn wir ein Interview mit dem Mann hätten, dann wäre das ein Knüller. Wir können ja auch einen Deal machen …«

»Was wäre das für ein Deal?«, fragte Schlaicher.

Pallok überlegte kurz. »Sie sagen mir, wer die Leiche gefunden hat, und ich gebe Ihnen gleich durch, wenn sich etwas Neues ergibt.«

»Wie, wenn sich was Neues ergibt?«

»Na ja, wenn die Polizei etwas bekannt gibt oder wir irgendwas rausfinden.«

»Ich darf es nicht sagen«, wich Schlaicher aus. »Ich habe mein Ehrenwort gegeben.«

»Sie sind doch nicht Helmut Kohl! Kommen Sie, füttern Sie mich wenigstens ein bisschen an. Wenn Sie den Namen schon nicht sagen wollen, dann erzählen Sie mir wenigstens, was der Mann Ihnen erzählt hat.«

Schlaicher nahm hinter Pallok einen Fußgänger wahr, der anders aussah als die einkaufenden Schopfheimer. Er erkannte ihn gleich wieder: Es war der Penner, den er in der vorletzten Nacht gesehen hatte. Den hatte er vollkommen vergessen. Vielleicht hatte er mehr gesehen als Berta Teninger. Er stapfte mit seinen Plastiktüten in Richtung Bahnhof.

»Ich kann Ihnen nichts sagen.« Damit ging Schlaicher weiter zu seinem Wagen. Pallok folgte ihm und forderte immer noch wenigstens ein paar kleine Informationen. Er bettelte fast.

»Was ist denn mit Ihrem Wagen passiert?«, fragte Pallok. Schlaicher bereute jetzt, ihm nicht eben einfach eine erfundene Geschichte erzählt zu haben. Hoffentlich kam er aus der Sache noch gut raus. Morgen seinen Namen in der Zeitung zu finden war das Letzte, was er brauchte. Außerdem wollte er den Penner noch erwischen …

»Ich hab einen Unfall gehabt«, sagte er schnell. Pallok schaute sich zweifelnd des zerdellte Dach an. »Okay, ich sage Ihnen was. Aber Sie dürfen meinen Namen nicht nennen und auch nicht den des Mannes, wenn er es nicht möchte.«

Pallok schien den Wagen vergessen zu haben. Er hing an Schlaichers Lippen und nickte eifrig. »Ja, ja, ich verspreche Ihnen, dass ich Ihren Namen komplett rauslasse. Aber wenn er mir etwas sagt, darf ich es verwenden. Wer ist es?«

Schlaicher hatte sich leider niemanden zurechtgelegt. Darum

nannte er die erste Person, die ihm einfiel: »Er heißt Uersli und ist der Partner des Toten. Aber ich glaube nicht, dass er Ihnen etwas sagen wird. Im Gegenteil: Er wird alles bestreiten.«

»Das wollen wir mal sehen. Ich muss mich beeilen, sonst schaffe ich das nicht mehr bis Redaktionsschluss!« Damit wollte Pallok schon losrennen, aber Schlaicher hielt ihn auf: »Warten Sie. Sie werden niemandem und nirgendwo meinen Namen nennen. Nicht in der Zeitung, nicht der Polizei und auch nicht Uersli gegenüber.«

»Ja, versprochen«, quengelte Pallok.

»Und es bleibt bei dem Deal: Wenn sich was Neues ergibt, rufen Sie mich sofort an!«

Pallok nickte und verschwand, so schnell er konnte, in Richtung Redaktion. Schlaicher hechtete in seinen Wagen und fuhr los. Sein Ziel war der Bahnhof.

Der Penner war schon da, als Schlaicher seinen Wagen parkte. Er schlurfte in Richtung des Bahnsteigs. Schlaicher folgte ihm schnell, aber die Eile war unnötig. Als Schlaicher ebenfalls am Bahnsteig ankam, sah er den Penner in einem der überdachten Wartehäuschen sitzen. Schlaicher ging zu ihm.

Aus einer der Tüten kramte der Penner gerade eine Flasche Sangria. Er setzte sie an und nahm einen tiefen Schluck. Als er Schlaicher sah, stellte er die Flasche zurück in den Beutel.

»Hallo«, sagte Schlaicher und setzte sich neben ihn. Eine Wolke unfassbaren Gestanks waberte rund um den Penner und legte sich auch um Schlaicher. Er zwang sich, trotz der Mischung aus Urin, Alkohol und Schlimmerem ruhig sitzen zu bleiben.

»Tag«, brummelte der Mann durch seinen dichten Bart, der es Schlaicher schwer machte, sein Alter zu schätzen. »Zwischen dreißig und sechzig«, hätte Berta Teninger vielleicht gesagt.

»Mein Name ist Rainer Maria Schlaicher«, sagte er und lächelte dem wirren Vollbartgesicht zu. Schlaicher erkannte unter dem uralten Parka, den der Mann auch vorgestern getragen hatte, mehrere Schichten vor Dreck steif gewordener Wollpullover. Die Jeanshose war noch nie hochwertig gewesen, aber mittlerweile sah sie aus, als habe jemand sie längst schon weggeworfen und sie sei trotzdem noch zwei Jahre getragen worden. Vielleicht war es sogar wirklich so.

Der Mann schaute Schlaicher kurz von oben bis unten an und brummte wieder nur.

»Ich möchte mich gern mit Ihnen unterhalten«, versuchte es Schlaicher direkter.

»Isch bin nischt eine Mann für die perverse Spiele, die du dir vielleischt vorstellst«, sagte der Penner mit kratziger Stimme und starkem französischen Akzent.

»Bitte?«, fragte Schlaicher schockiert.

»Lass misch in Ruhe.«

Schlaicher wollte sich keine perversen Spiele mit diesem Kerl vorstellen. Er fand den Mord pervers genug. Er wollte sich lieber sein Tête-à-Tête heute Abend mit Anke Grainer vorstellen, aber dieser Gestank, der aus jeder Pore des Penners zu dringen schien, verschleierte selbst das Bild der schönen Frau in seinem Kopf.

»Es geht um vorgestern Nacht.«

»Isch habe nischts gesehen.« Der Mann kramte in seinem Plastikbeutel und holte wieder die bauchige Sangriaflasche heraus.

»Ich habe Sie aber gesehen«, sagte Schlaicher. »Sie waren in einem Hauseingang und sind dann schnell weggegangen, als Sie mich bemerkt haben.«

Die Flasche war wohl leer, denn der Penner steckte sie nicht zurück in seinen Beutel, sondern stellte sie neben die Sitzbank auf den Boden. Er sagte nichts.

»Ich will Ihnen nichts«, meinte Schlaicher nun. »Ich möchte nur wissen, ob Ihnen vielleicht vorher etwas aufgefallen ist.«

»Wie viel zahlst du?«

»Ich gebe Ihnen einhundert Euro, wenn Sie mir alles erzählen«, sagte Schlaicher nach kurzem Überlegen. Er hatte gedacht, damit eine Wirkung zu erzielen, aber mit dem, was nun passierte, hatte er nicht gerechnet. Der Penner stand auf und packte seine Plastiktüten.

»Isch muss gehen«, knurrte er. Schlaicher stand auch auf und stellte sich ihm in den Weg. So nahe war der Gestank fast umwerfend. Im wahrsten Sinne des Wortes. Ihm wurde schwindelig.

»Bitte, Sie müssen mir erzählen, was Sie gesehen haben«, sagte Schlaicher.

»Gar nischts muss isch. Die Einzige, was isch muss, ist mir suchen eine Platz, wo isch kann in Ruhe sein.«

»Wie viel wollen Sie?«, fragte Schlaicher. »Zweihundert?«

»Wenn es so wischtisch ist für disch, dann du kannst mir bezahlen mehr. Fünfhundert.«

»Zweihundertfünfzig. Mein letztes Wort«, sagte Schlaicher.

»Dann wir nischt kommen in die Geschäft, *mon général.*«

»Ich weiß ja nicht mal, ob das, was Sie gesehen haben, mir so viel wert ist. Manchen wir es so: Sie erzählen mir, was Sie wissen, und ich gebe Ihnen dreihundert. Aber das ist mein absolut letztes Angebot.«

Der Penner lachte blechern und hielt Schlaicher seine in einen zerlöcherten Wollhandschuh gehüllte Rechte hin. Trotz des Drecks griff Schlaicher zu. Der Mann drückte Schlaichers Hand fest, so fest, dass Schlaicher aufstöhnte. Der Penner hielt diesen Griff und sagte: »Wenn du misch willst verarschen, dann isch werde dir zerquetschen deine Händschen!« Dabei lächelte er.

Schlaicher sagte schnell: »Lassen Sie los. Ich will Sie nicht verarschen.«

Der Mann ließ los, und Schlaicher rieb sich seine schmerzende Hand. Sie fühlte sich an, als habe er sie in einen Schraubstock geklemmt gehabt. »Scheiße«, fluchte er. »Verdammt, was sollte das?«

»Weißt du, wie das Leben ist auf die Straß? Du weißt es nischt. Isch will dreihundert Öro in bar, und wir uns nischt kennen. *D'accord, mon général?*«

»Einverstanden. Aber so viel Geld habe ich nicht dabei.«

»Isch muss gehen«, sagte der Penner wieder und stand auf.

»Moment, ich hole es«, sagte Schlaicher und hoffte, dass das, was der Penner ihm zu sagen hatte, das Geld auch wert sein würde. Von der Steuer absetzen würde er es nämlich nicht können.

»Dann beeil disch. Es gleisch wird regnen.«

Als Schlaicher aus der Volksbank trat, die direkt gegenüber dem Bahnhofsgebäude stand, schüttete es wie aus Kübeln; zwischen die eiskalten Regentropfen mischte sich Graupel. Schlaicher lief über die nasse Straße unter das Vordach des Bahnhofs. Zum Glück trug er seine Weberjacke, die er als Andenken an seinen ersten Mordfall behalten hatte, sein Kopf und die Hosen aber wurden pitschnass. Er wartete ein paar Sekunden, doch der Regen wurde stärker, die Graupelkörner dicker, also rannte Schlaicher, so schnell er konnte, über den leer gefegten Bahnsteig auf den hintersten Unterstand zu. Während die vorderen von mehreren Leuten genutzt wurden, war der hintere nur von dem Penner besetzt. Der lachte laut, als Schlaicher triefend ankam.

»Isch habe dir gesagt, du musst disch beeilen. Hast du das Geld?«

Der Regen wirkte wie ein Vorhang. Leider hielt er den Gestank des Bärtigen drinnen. Schlaicher wankte kurz.

»Ja«, sagte er und holte zwei Hunderter und zwei Fünfzig-Euro-Scheine aus der Jackentasche.

Der Penner griff gierig danach, aber Schlaicher zog die Hand schnell zurück. »Hundert jetzt und den Rest, wenn Sie mir alles erzählt haben.«

Wieder erscholl das brummige, kratzige Lachen. Der Penner streckte die Hand aus und ließ Schlaicher einen Schein hineinlegen. Seine Finger griffen blitzartig zu, und die Hand verschwand zusammen mit dem Schein in der Tasche des dreckigen Parkas. Dann setzte er sich.

Schlaicher, noch immer etwas außer Atem, setzte sich neben ihn.

»Also. Was haben Sie gesehen?«

»Gar nischts«, sagte er. Als er Schlaichers entsetztes Gesicht sah, lachte er. »Wer bist du? *Gendarm?*«

»Nein, kein *Gendarm.* Ich bin eine Art Privatdetektiv«, sagte Schlaicher schnell.

»*Oh, là, là*«, machte der Penner, und Schlaicher wurde es langsam zu bunt.

»Also, was haben Sie gesehen?«, fragte er schärfer.

Der Penner griff in eine andere Plastiktüte und kramte eine halb volle Flasche Schnaps hervor. Er öffnete sie und nahm einen Schluck.

»Wie unhöflisch von mir«, sagte er dann und hielt Schlaicher die Flasche hin.

»Ich trinke nichts«, sagte der.

»Isch aber«, kam vor dem zweiten Schluck zwischen dem gewaltigen Vollbart hervor. »Isch habe auch getrunken in die Nacht, die du meinst«, sagte er endlich.

Er steckte die Flasche umständlich zurück.

»Isch habe gefroren in die Nacht. Meine Platz war nischt warm genug, also isch habe gedacht, die Beste ist, wenn isch misch bewege. Isch nischt wollte zu erfrieren, verstehst du, *mon général*?«

»Klar. Sie sind also durch die Stadt gelaufen ...«, versuchte Schlaicher ihn zu mehr Informationen anzutreiben.

»*Oui.* Keine schöne Stadt für eine Mann, der lebt auf die Straß. Mansche Menschen sind gut, aber die meisten nischt sind gut. Von die Geld isch werde zurückfahren nach Paris. Isch heiße Jacques.«

»Gegen halb drei waren mehrere Männer an dem Denkmal.«

»*Oui.* Sie haben angebunden eine tote Mann.«

»Du weißt das?«

»Isch habe es gesehen, *mon général.*«

»Warum bist du nicht zur Polizei?«

Der Penner beantwortete die Frage nur mit einem Kopfschütteln, das hauptsächlich aus einem Haareschütteln bestand.

»Zuerst isch habe gedacht, es sind Männer von die Stadt. Isch misch habe versteckt, verstehst du?«

Schlaicher nickte.

»Also isch misch habe versteckt. Die Auseingang, wo du misch hast gesehen weggehen, war nischt warm, aber dunkel. Und isch habe gesehen, was die Männer haben gemacht.«

»Wie viele haben Sie gesehen?«, fragte Schlaicher.

»Vier Männer. Einer von die war eine Schwarze.«

»Bitte was?«

»Eine von die Männer hat gehabt schwarze Haut. Er war jung. Die andere waren mit weiße Haut.«

Das war neu. »Welcher von den vieren war schwarz?«

»Der Mann, der hat gestanden an die Straß und hat geschaut.

Aber er war sehr nervös, hat viel geschaut zu die Männer, die haben den Toten aufgehängt. Er hat misch nischt gesehen. Als Clochard du kannst sein unsischtbar. *C'est magnifique, non?*«

»Wie sahen die anderen aus?«

»Eine Mann war die Chef. Er hat gesagt die anderen, was zu machen. Er war ungefähr fünfzisch Jahr alt und hatte eine *Moustache.*«

»Einen Schnurrbart ...«, überlegte Schlaicher. Ihm war noch niemand mit Schnurrbart untergekommen. Hug hatte einen Ziegenbart. Er fiel also aus.

»*Oui, mon général.* Dann ist aufgegangen eine Fenster, und eine Frau hat gesprochen mit die Männer.«

»Ja, ich weiß.«

»Wenn du schon weißt, die Geschäft ist aber nischt billiger.«

»Erzählen Sie erst mal weiter.«

Die folgenden Beobachtungen des Penners deckten sich fast genau mit den Angaben von Berta Teninger.

»Als die Frau war wieder in die Zimmer, die Chef hat Ärger gemacht. Die beide anderen haben gemacht schneller.«

»Haben Sie das Nummernschild des Wagens gesehen?«

»*Non.* War zu weit weg.«

Schlaicher fluchte still vor sich hin. Das wäre es gewesen. Mit dem Nummernschild hätte er zu Schlageter gehen können, und sicherlich hätte der schnell den Mörder gehabt. Wobei es sich vermutlich als gestohlenes Kennzeichen herausgestellt hätte.

»Und dann?«

»Als sie waren fertisch, die Männer sind gestiegen ein und gefahren weg, *mon général.* Gib mir die Geld.«

Der Penner hielt Schlaicher erneut die Hand unter die Nase. Seine Augen waren rot unterlaufen und funkelten angriffslustig. Schlaicher hatte zwar nicht viel erfahren, und es tat ihm sehr leid um das Geld, aber er griff in die Jackentasche und beförderte die restlichen Scheine in die Hand des Franzosen.

»Sie sollten sich einmal waschen«, sagte Schlaicher und bereute es im selben Moment. Aber dem Clochard schien das nichts auszumachen. Er lachte laut und sagte: »Es ist eine Vergnügen zu machen Geschäfte mit disch.«

»Woher haben Sie so einen festen Händedruck?«

Der Franzose war überrascht über diese Frage. Er schaute zu Boden, und als sein Blick die Plastiktüte traf, kramte er hektisch die Schnapsflasche heraus. »Ich war in eine andere Leben in die Legion«, sagte er und trank von dem Hochprozentigen. »Es ist nischt leischt zu leben auf die Straß. Damit es ist leischter.«

»Mit dem Händedruck oder dem Schnaps?«, fragte Schlaicher.

»Um zu überleben, du brauchst beides«, murmelte der Penner, stand auf, packte seine Sachen und ging in den Regen hinaus. Schlaicher schaute ihm nach und wartete darauf, dass der Regen nachlassen würde. Das tat er aber nicht, dafür verschwand langsam der Gestank.

Als ein Zug in Richtung Basel einfuhr, stand Schlaicher auf und hastete zu seinem Wagen. Er sah kaum etwas, als er zurück nach Maulburg fuhr.

Anke Grainer trug ein dunkles, auf Taille geschnittenes Kostüm. Schwarze Strumpfhosen mit einem feinen Streifenmuster betonten ihre schlanken Beine, ebenso wie die hochhackigen Schuhe. Dazu trug sie einen kleinen Hut, und Schlaicher war froh, dass er sich mit seinem schwarzen Anzug und dem weißem Hemd auch für die elegante Variante entschieden hatte.

Anke Grainer bat ihn lächelnd hinein in eine tadellos aufgeräumte Wohnung, die zwar elegant eingerichtet war, jedoch nicht kühl, sondern gemütlich wirkte.

»Einen kleinen Moment noch, Herr Schlaicher, ich bin noch nicht ganz fertig. Setzen Sie sich doch.«

Schlaicher nahm auf einem riesigen kussmundroten Bretz-Sofa Platz. Die Sitzfläche war so tief, dass er sich nicht anlehnen konnte, ohne auch die Unterschenkel auf das Sofa zu legen. Anke Grainer verschwand durch eine Tür, und Schlaicher wippte ein bisschen auf dem Sofa herum. An der Wand gegenüber hing ein Flachbildfernseher mit mehreren Boxen an den Seiten; weitere Lautsprecher waren im Raum verteilt. Anke Grainer wurde ihm immer sympathischer. Sie hatte wohl ein fast maskulin wirkendes Bedürfnis nach dem perfekten Fernsehgenuss. Schlaicher konnte sich wundervoll vorstellen, wie er mit ihr auf dem gemütlichen

Sofa lag und ein spannender Film sie immer weiter in seine Arme trieb …

»So, ich bin fertig.« Sie kam herein und sah umwerfend aus. Ein grauer Mantel mit Fischgrätmuster, ebenfalls tailliert geschnitten, hatte ihr Outfit komplettiert.

Schlaicher stand auf und nahm ihre Hand, führte sie zu seinen Lippen und hauchte einen Kuss auf den Handrücken.

»Sie sehen bezaubernd aus«, sagte er, und sie lachte.

»Gentleman der alten Schule, wie?«

»Ich versuche nur, das Bild, was sie vorgestern von mir bekommen haben, gegen einen positiveren Eindruck zu tauschen.«

Jetzt lachte sie noch mehr. »Sie sollten mal sehen, wie es hier manchmal aussieht. Also, mit Ihrer Wohnung komme ich zwar nicht mit, aber wenn Sarah und Lars da waren und ich mal keine Lust zum Aufräumen hatte, dann sieht es hier auch nicht viel besser aus.«

»Ich danke Ihnen sehr, dass Sie mir noch eine Chance geben.«

»Na ja, immerhin war ich auch nicht ganz fair«, lächelte sie. »Wissen Sie was, wir vergessen das und fangen noch einmal neu an, ja?«

Schlaicher nickte, und sie verließen plaudernd die Wohnung. Erst als sie die Haustür öffneten, dachte Schlaicher an seinen Wagen.

»Ich muss noch eine Bitte loswerden.«

»Was denn?«

»Können wir mit Ihrem Wagen fahren?«

»Das ist schlecht. Sind Sie ohne Wagen gekommen? Meiner ist gerade zur Inspektion.«

Jetzt wurde es eng für Schlaicher. Natürlich hatte er vor der Abfahrt versucht, die Polster wenigstens notdürftig zu reinigen. Er hatte auch leere Bäckertüten, zwei Limonadenflaschen und den Müll aus dem Handschuhfach herausgeholt und eine gehörige Portion Raumspray ins Innere des Wagens gepumpt, aber am total zerdellten Dach und dem immer noch kaputten Scheibenwischer konnte er natürlich nichts ändern.

»Mein Wagendach wurde beschädigt. Es ist völlig verbeult.« Von dem Fund der Leiche wollte er lieber nichts erzählen. Das konnte die Stimmung deutlich abkühlen. Sie würde es noch früh genug erfahren.

»Kein Problem. Solange der Wagen fährt …«, sagte sie und ging mit Schlaicher vors Haus.

»Es sieht ja tatsächlich wieder einmal schlimmer aus, als ich es mir vorstellen konnte«, lachte sie, als sie den Frontera sah. Schlaicher war froh, dass sie es mit Humor nahm und einstieg, ohne weitere Fragen zu stellen.

»Ich sage Ihnen, wie Sie fahren sollen«, sagte sie freundlich, als sie im Wagen saßen. Das klang nach einer weiten Fahrt. Anke Grainer lotste ihn auf die B317, die sie in Richtung Zell fuhren. Dann sollte Schlaicher links in Richtung Gersbach abbiegen. Gersbach gehörte zu Schopfheim, lag aber etwa fünfzehn Kilometer entfernt und sechshundert Meter höher als das Wiesentalstädtchen. Die Strecke, die zuerst durch Kürnberg und dann in einen wildromantischen Wald führte, schien nur aus Kurven zu bestehen, und Schlaicher fuhr selten schneller als vierzig Stundenkilometer. Aber mit der wunderschönen Frau an seiner Seite und der Vorfreude auf einen hoffentlich perfekten Abend und eine hoffentlich genauso perfekte Nacht verging die halbe Stunde Fahrt wie im Flug. Nachdem sie auf der Höhe angekommen waren, fuhren sie hinab in das Dorf, vorbei an einem »Chäs-Chuchi« genannten Gebäude, einer Käserei, wo laut Anke Grainer aus der eigenen Milch köstlicher Käse gemacht wurde, den man sogar sonntags kaufen könne. Sie fuhren weiter, es ging leicht bergab, bis Anke Grainer ihn in eine Straße nach rechts dirigierte. Schon wieder eine Mühle, dachte Schlaicher, als sie auf dem Parkplatz anhielten. Nur diesmal nicht die Alte Stadtmühle, sondern die Mühle zu Gersbach.

Ein sehr gemütlicher Gastraum bot noch ein paar freie Plätze. Dominiert wurde er von einem großen Serviertisch, auf dem etwa hundert Schnapsflaschen standen, die meisten von einer buntgläsernen Ausschenkhilfe gekrönt. Schlaicher sah einheimische Schnäpse, aber auch Grappas aller Art. Eine etwas knurrige ältere Dame führte sie zu einem Tisch im hinteren Bereich. Sie trug eine schwarze Hose, ein weißes Hemd und darüber eine graue Weste aus etwas derberem Stoff. Der Raum war mit Teppich ausgelegt, und die Holztische, -bänke und -stühle strahlten badische Gemütlichkeit aus. Es duftete bereits hervorragend aus der Küche.

Trotzdem schweiften Schlaichers Gedanken ab, als er sich setzte. Er fragte sich, ob die Polizei wohl Fingerabdrücke am Denkmal gefunden hatte. Vielleicht von dem Schurrbärtigen oder einem seiner beiden Helfer. Dann dachte er wieder an den Pritschenwagen. Schlageter wusste also wirklich noch nichts davon. Zumindest nicht von Berta Teninger. Aber auch der Clochard hatte ihn gesehen. Vielleicht gab es ja noch mehr Zeugen, die das Fahrzeug gesehen hatten und Schlageter davon berichtet hatten.

Konnte es wirklich Zufall sein, dass bei Marias Mondkindern so ein Ding in Gebrauch war? Er konnte nur hoffen, dass Schlageter so schnell nichts davon erfuhr, sonst sähe es schlecht aus für die vier Männer der Sekte. Einen Schnurrbart hatte keiner von ihnen, aber den konnte man schließlich abrasieren. Außerdem konnte man sich so einen Schnurrbart ja auch aufkleben. Schlaicher benutzte selbst manchmal solche Dinger als Tarnung bei seinen Diebeszügen. Er hoffte nur, dass Hug an dem Bild weiterarbeiten konnte, bevor Schlageter ihn womöglich verhaftete …

»Sie hören mir ja gar nicht zu«, sagte Anke Grainer.

»Ich war gerade in Gedanken«, entschuldigte Schlaicher.

»Ich hoffe, es waren schöne«, sagte sie sanft.

Schlaicher schaute ihr tief in die Augen. »Wie könnte ich in Ihrer Gegenwart unschöne Gedanken haben?«

Das war zwar geschwindelt, aber es wirkte. Anke Greiner senkte den Blick, schaute dann wieder auf und schenkte ihm ein einmalig schönes Lächeln.

»Schön, Sie wiederzusehen«, sagte ein bärtiger Mann lachend, der sich Schlaicher als »der Patron« vorstellte. Anke Grainer schien öfter hier zu verkehren.

»Lassen Sie uns doch gleich schon einmal eine Flasche Wasser bringen, Herr Buchleither«, sagte sie und begann damit eine wahre Orgie des Bestellens, wie Schlaicher mit einem Gedanken an sein Portemonnaie zuerst besorgt und dann geschockt feststellte. Dann aber dachte er an die Steuerrückzahlung und lehnte sich entspannt zurück.

»Jetzt müssen Sie mir aber erzählen, was mit Ihrem Auto passiert ist«, forderte Anke Grainer ihn beim Essen auf.

»Na ja, es ist, sagen wir mal, etwas sehr Ungewöhnliches passiert …«, begann Schlaicher.

»Ja?«, sagte sie.

»Also, ich war gestern früh hier in Schopfheim und habe einen Mann an der Lenk-Plastik hängend gefunden.«

»Sie waren das? Alle reden davon. Das ist ja spannend!«

»Ich habe gedacht, ich könnte den Mann retten, und da ich keine Leiter hatte, bin ich auf mein Auto geklettert.«

Sie schaute ihn mit großen Augen an. Schlaicher fühlte sich bewundert und setzte noch einen drauf: »Ich habe alles Menschenmögliche getan, aber konnte ihn nicht mehr ins Leben zurückholen.«

»Und haben Ihr Auto dafür geopfert. Ist so etwas versichert?«

»Ich weiß es noch nicht«, antwortete er. »Da aber auch die Rettungskräfte mein Auto als Leiter benutzt haben, gehe ich davon aus, dass die Reparatur bezahlt wird.«

»Sie Armer, Sie müssen ja noch richtig geschockt sein.«

»Es war schon hart«, sagte Schlaicher und sprach dann deutlich leiser weiter. »Der Mann war völlig mit Farbe bemalt und hatte eine Wunde am Hinterkopf. Aber zu merken, dass ich ihm nicht mehr helfen konnte, war das Schlimmste.«

Anke Grainer schüttelte langsam den Kopf. »Es ist furchtbar, wozu Menschen fähig sind. Und es ist schrecklich, sich vorzustellen, dass so etwas hier bei uns passieren kann. Man mag ja gar nicht mehr allein auf die Straße gehen. Erst diese rechten Schmierereien und jetzt noch ein Mord.«

»Lassen Sie uns lieber über etwas anderes reden«, versuchte Schlaicher, die Stimmung aufzuhellen. »Wie wäre es, wenn wir das Sie endlich lassen und uns duzen?«

Jetzt lächelte sie ihr umwerfend bezauberndes Lächeln, bei dem kleine Grübchen um ihre Mundwinkel entstanden, und sagte dann: »Warum nicht? Ich bin Anke.«

»Rainer«, sagte Schlaicher.

Sie stießen mit dem Champagner mit Holundersirup an.

Das Essen war fantastisch. Anke hatte für beide ein Menü bestellt. Die Vorspeise war eine köstliche Kartoffelsuppe mit frisch geriebenem Meerrettich und gebratener Schwarzwurst, anschließend überbrückte ein feiner Feldsalat mit Dörrobst die Wartezeit bis zum Hauptgericht. Der Wein, den sie dazu tranken, passte perfekt. Das Gespräch lief flüssig und freundschaftlich, und immer wieder glaubte Schlaicher kleine Andeutungen darauf zu hören, dass Anke mehr von ihm wollte, als nur gemeinsam zu essen. Er genoss es sehr, dass sie ihn bewundernd über seinen Beruf ausfragte. Einen »selbständigen Stehler«, wie sich Schlaicher manchmal gern nannte, hatte sie noch nie kennengelernt, und Schlaicher wusste, dass die Mischung aus seriösem Unternehmer und verruchtem Profidieb Frauen gefallen konnte.

»Ich muss sagen, Lars hat einen wirklich sehr aufregenden Vater«, sagte sie, nachdem sie das kross gebackene Zanderfilet auf Gerstengraupenrisotto mit Trompetenpilzen probiert hatte.

»Vielen Dank für das Kompliment«, sagte Schlaicher. »Ich kann das für Sarahs Mutter nur erwidern.«

»Ich habe mir Sorgen gemacht, weißt du?«

»Worüber?«

»Meine Tochter ist erst sechzehn.«

»Die Kinder werden so verdammt schnell erwachsen, oder?«

Anke nickte. »Sarah und Lars hängen ja zusammen wie die Kletten. Und das auch, na ja, du weißt schon, körperlich.«

»Sie sind halt verliebt. Ist es uns denn früher anders gegangen?«

»Eigentlich nicht. Und genau deswegen mache ich mir ja Sorgen. Ich habe Sarah mit achtzehn bekommen. Ich war selbst noch ein Kind.«

»Ich habe jedenfalls mit Lars über Verhütung gesprochen.«

»Du kannst mit ihm über so etwas reden? Wenn ich Sarah darauf anspreche, dann ist ihr das nur peinlich.«

In dem Moment passierte etwas, was Schlaicher gern verhindert hätte. Die Tür öffnete sich, und er sah ein Paar eintreten, dessen weiblichen Part er kannte: Martina trug ihren eng taillierten Mantel, aus dem sie sich von dem Fatzke neben ihr helfen ließ. Der war einen Kopf größer als sie, sehr schlank, aber breit gebaut, und man sah seinem Mantel von Weitem an, dass er teuer gewesen sein musste.

Der ist doch mindestens fünf Jahre jünger als Martina, dachte Schlaicher. In dem Moment drehte sie sich um. Schlaicher blickte schnell auf seinen Teller und tat so, als habe er sie nicht gesehen. Als er wieder aufschaute und an Anke vorbei in ihre Richtung blickte, sah Martina gerade in eine andere Ecke des Raumes. Sie zog ihren Begleiter zielstrebig zu einem Tisch, der von Schlaichers und Ankes ziemlich weit weg stand. Hatte sie ihn gesehen? Schlaicher war peinlich berührt.

»Was ist denn?«, fragte Anke.

»Nichts, nichts«, sagte er lächelnd und hoffte, dass Martina ihm mit ihrem Auftauchen nicht die Tour vermasselte. Hatte sie also tatsächlich jemand anderen gefragt, mit ihr auszugehen. So ein Kerl passte doch gar nicht zu ihr. Ein richtiger Schnösel mit gegelten Haaren und unheimlich gut drauf. Er lachte laut durch den ganzen Raum. *»Excuse-moi«*, sagte er dann, noch immer lachend und laut genug, dass Schlaicher ihn als Schweizer identifizieren konnte.

»Kennst du den?«, fragte Anke jetzt.

Schlaicher schaute wieder zu ihr und antwortete: »Nein, ist aber ein unangenehmer Typ, oder?«

Die Gewürzwaffel auf Rahmeis, Quitten und Preiselbeeren wäre unter normalen Umständen sicherlich ein absoluter Hochgenuss gewesen, aber Schlaicher war der Appetit vergangen. Anke dagegen schmeckte das Dessert hervorragend.

Schlaicher lugte immer mal wieder zu Martina und hatte das Gefühl, dass auch sie zu ihm herschaute. Aber immer wenn er hinüberblickte, lächelte sie ihren Begleiter hingebungsvoll an.

Das Gespräch mit Anke wurde von Schluck zu Schluck lustiger. Einmal nahm sie sogar seine Hand. Ihre Berührung elektrisierte ihn, aber irgendwie konnte er hier nicht mehr richtig entspannen. Nach dem Espresso fragte er sie, ob sie nicht bezahlen sollten.

Anke schaute ihn leicht beschwipst an. »Klar, warum nicht. Ich habe sowieso noch etwas mit dir vor.«

Schlaicher spürte, wie er rot wurde.

»Ein kleiner Anschlag sozusagen. Wo wir uns doch so gut verstehen …«

Der Preis des Abends lag immerhin deutlich unter dem, was der Penner ihm abgeknöpft hatte. Schlaicher gab ein großzügiges Trinkgeld, schaute ein letztes Mal zu Martina, die auch gerade in seine Richtung blickte. Aber sie hatte ihn wohl nicht gesehen. Sie langte über den Tisch und streichelte dem jungen Schnösel über die gegelten Haare. Wie man sich in aller Öffentlichkeit nur dermaßen einem jungen Kerl an den Hals werfen konnte, dachte Schlaicher, und dann verließen sie das Restaurant.

NEUN

»Darf ich dich um etwas bitten?«, fragte Anke, während sie untergehakt zurück zum Auto gingen.

Schlaicher spürte, wie es vor Aufregung in seinem Bauch kribbelte. Er schaute zu ihr hinüber und tat ganz cool: »Klar, was kann ich für dich tun?«

Sie lächelte ihn schüchtern an und sah dadurch noch verführerischer aus.

»Ich wollte dich fragen, ob es zu viel verlangt ist, wenn du mich mitnehmen könntest.«

Bilder heftiger Umarmung, deftiger Lust und zärtlichen Beisammenseins tanzten vor Schlaichers geistigem Auge. Er hatte gar nicht bemerkt, dass er stehen geblieben war und sich ihr zugewandt hatte.

»Klar, ich nehme dich gern mit«, sagte er mit seiner tiefsten Stimme und bereitete sich innerlich darauf vor, sie gleich in den Arm zu nehmen und ihre zarten Lippen zu küssen, ihren Kopf zu halten und ihren weichen Körper an sich zu drücken.

»Ich würde nämlich noch gern nach Lörrach zu meinem Freund«, sagte sie.

Ja, dachte Schlaicher, aber noch bevor er seinen Kopf weiter dem ihren näherte, drangen ihre Worte in sein Bewusstsein.

»Äh, nach Lörrach, also, klar«, brachte er hervor.

»Ich gebe dir natürlich gern was für die Fahrt«, sagte sie, immer noch lächelnd.

»Äh, nicht nötig«, sagte er kurz, und sie gingen weiter.

»Aber wirklich nur, wenn es dir keine Umstände macht. Es ist ja nur, weil mein Auto in der Werkstatt ist und ich jetzt nicht mehr die Bahn nehmen will.«

»Nein, nein, kein Problem. Ich nehme dich gern mit.« Das Kribbeln in seinem Bauch stellte sich gerade als Ankündigung von Blähungen heraus. Schlaicher verspürte kräftiges Bauchweh.

Schlaicher nahm sich zusammen und ließ sich seine Enttäuschung nicht anmerken. Zumindest versuchte er das. Hatte er alles missverstanden? Das Gespräch im Auto verlief jedenfalls ruhiger als das im Restaurant. Ein paarmal gab es fast peinliche Pausen, bevor einer von ihnen wieder etwas Belangloses sagte und der andere eine meist kurze Antwort gab.

»Wo wohnt denn dein Freund?«, fragte Schlaicher schließlich.

»In Stetten. Ich kann dir sagen, wie du am besten fährst.«

Wieder eine Pause.

»Also erst mal nach Lörrach und dann auf der Wiesentalstraße bleiben.«

»Du musst mich dann in Stetten leiten, da kenne ich mich nicht so gut aus«, sagte Schlaicher.

Etwas später fragte Anke: »Du findest das doch eine Zumutung, mich noch dahin zu bringen, richtig?«

Natürlich, dachte Schlaicher. Er war davon ausgegangen, sie jetzt in seinen Armen zu halten, ihre Hände seinen Körper umschmeicheln zu spüren, stattdessen fuhr er sie, die ihm doch so eindeutige Avancen gemacht hatte, zu ihrem Liebhaber. Was war das, wenn nicht eine Zumutung?

»Nein, überhaupt nicht«, sagte er.

»Ich freue mich, dass wir uns so offen und gut über Sarah und Lars unterhalten haben«, sagte sie nach einer weiteren Pause.

»Ja, ich mich auch.«

»Ich denke, das geht in Ordnung mit den beiden«, meinte sie.

»Ja, denke ich auch.«

Trotzdem war Schlaicher erst einmal froh, als er Anke direkt hinter der Schranke in Stetten aus dem Wagen lassen konnte.

»Vielen Dank«, hauchte sie ihm einen Wangenkuss zu, dann verschwand sie und klingelte an einem gelb getünchten Reihenhaus. Schlaicher fuhr los.

So einen Reinfall hatte er schon lange nicht mehr erlebt. Als er weit genug weg war, fluchte er laut und deftig.

Er fuhr über die Wiesentalstraße zurück, und als er vor sich die Einfahrt zum Gelände des Textilunternehmens KBC sah, daneben den McDonald's, fragte er sich, ob Uersli vielleicht noch da war. Uersli, der Kommissar Schlageter vorenthalten hatte, dass er Wittmann nach dessen Tochter noch gesehen hatte …

Wahrscheinlich war er schon zu Hause, es war ja schon spät, aber wo er sowieso schon einmal hier war, konnte er doch auch einfach vorbeischauen. Vielleicht brannte ja noch Licht in seinem Büro. Was sonst konnte er an diesem so missglückten Abend noch Sinnvolles anstellen? Er bog ab und fuhr am Hieber-Markt vorbei, wo tagsüber Tausende Schweizer ihre Einkäufe erledigten, und sah dann auch schon das Innocel-Gebäude vor sich. Direkt daneben war ein Parkhaus, aber Schlaicher fuhr an der langen Unterkunft für junge Unternehmen vorbei und sah, dass in den oberen Etagen noch vereinzelte Lichter brannten. Viertel vor zehn, durchaus eine Zeit, zu der man als Selbstständiger noch über seinen Büchern brütete oder Briefe an Kunden verfasste, die am nächsten Tag unbedingt rausmussten. Auch im ersten Stock war es noch hell.

Am Innocel-Gebäude vorbei gab es nur eine Rundfahrt um ein paar Parkplätze, von denen mehrere frei waren. Er parkte rückwärts ein und ging an dem etwa hundert Meter langen Gebäude entlang bis zur Eingangstür. Was sollte er sagen, wenn Uersli tatsächlich da war und ihn reinließ? Sollte er vielleicht bluffen? »Ich weiß, dass Sie Wittmann als Letzter lebend gesehen haben?« Er fand die Klingel wieder, zweifelte aber daran, dass er sie drücken sollte. Hierherzukommen war eine Schnapsidee, fand er auf einmal. Plötzlich ging im Treppenhaus Licht an. Schlaicher zögerte noch eine Sekunde, dann drehte er um und ging schnell zu seinem Wagen zurück.

Schlaicher stieg in den Frontera und beobachtete durch den Rückspiegel die Tür. Niemand kam heraus. Doch, jetzt ging sie auf. Zwei Männer traten auf den breiten Fußgängerweg. Der eine trug die Uniform eines Security-Unternehmens, der andere einen Geschäftsanzug. Die beiden sprachen noch kurz, dann verschwand der Sicherheitsmann hinter der Stirnseite des Gebäudes, während der andere auf den Parkplatz und damit direkt auf Schlaicher zukam. Schlaicher bewegte sich nicht. Er schaute nur durch den Rückspiegel und wechselte ab und zu in den Seitenspiegel des Fronteras, der aber zu stark verkleinerte. Den Mann, der da mit schnellem Schritt quer über die Straße ging, kannte er. Es war Robert Uersli.

Die Gedanken rasten in seinem Kopf. Sollte er aussteigen und versuchen, mit ihm zu reden? Sollte er schnell wegfahren? Nein, dafür war es zu spät. Aber wie würde es aussehen, wenn ein Mann, den Uersli nur von der Polizei und einem sehr unangenehmen und unangekündigten Besuch in seinem Büro kannte, plötzlich aus seinem Wagen steigen und ihn noch einmal nach seinem toten Partner fragen würde? Oder wenn dieser Mann plötzlich mit seinem Wagen vor ihm wegfahren würde? Der Moment, in dem er hätte aussteigen können, war vorbei. Er konnte nur warten, bis Uersli wegfahren würde, und hoffen, nicht gesehen zu werden. Schräg hinter Schlaicher stand ein dunkler VW Touareg, die Luxusvariante seines alten Opel-Geländewagens. Als Uersli in die Nähe des Wagens kam, leuchteten die Blinker des Wagens kurz auf. Wie Schlaicher im Seitenspiegel sehen konnte, holte Uersli ein Handy aus seiner Jackentasche und wählte eine Nummer. Solange er nicht neben den Frontera kommen würde, könnte er Schlaicher wahrscheinlich nicht sehen, zumal Uersli jetzt mit dem Rücken zu ihm stand. Nur mit minimalsten Bewegungen drehte Schlaicher sein Fenster einen ganz kleinen Spalt auf, um vielleicht hören zu können, was Uersli sagte. Und tatsächlich, es funktionierte.

»... komme gleich vorbei«, sagte er ernst. Wahrscheinlich seine Frau, dachte Schlaicher.

»Nein, verdammt noch mal!«, kam dann, und Schlaicher tippte nicht mehr auf die Gemahlin.

»Wir müssen das jetzt klären! Ich bin in einer halben Stunde da.« Uersli legte auf, ohne eine Antwort abzuwarten, und stieg hastig in seinen Wagen. Nur eine Sekunde später schoss er vorwärts aus seiner Parklücke heraus. Er hatte Schlaicher nicht bemerkt.

Eigentlich war Schlaicher sofort klar, dass er in Teufels Küche kommen würde, wie seine immer nur in Sprichworten und Redensarten sprechende Großmutter früher immer gesagt hatte, wenn er irgendeine Arbeit nicht ordentlich erledigt hatte. Auch wegen seiner damaligen Vorliebe für Punkerklamotten hatte er diesen Spruch immer und immer wieder zu hören bekommen.

Ebenso als sie erfahren hatte, dass er mit einem noch schlimmer aussehenden Mädchen um die Häuser zog, Manuela, die später Lars' Mutter werden sollte, was die alte Dame aber nicht mehr erlebt hatte. Schlaicher verstand diese Redensart jetzt besser, und als er seinen Frontera anließ und vom Parkplatz fuhr, um dem schnell über die Marie-Curie-Straße wegfahrenden Uersli mit genügend Abstand zu folgen, hörte er auch schon Kommissar Schlageter wettern: »Wenn Sie nicht der Mörder sind, warum verfolgen Sie dann nachts den Partner des Toten?« Teufels Küche. Schlageter durfte einfach nichts davon erfahren. Und dafür war notwendig, dass Uersli ihn auf gar keinen Fall sah.

Warum genau er dem Unternehmer überhaupt folgte, wusste er selbst nicht. Es war mehr ein Spiel, ein kleiner Test, ob er mutig genug sein würde, aber eigentlich war ihm klar, dass er, wenn Uersli auf die Autobahn abbiegen würde, selbst einfach weiterfahren würde nach Maulburg. Aber als Uersli dann tatsächlich abfuhr, blinkte auch Schlaicher. Mit wem hatte er da eben telefoniert? Was gab es Eiliges, was heute noch unbedingt erledigt werden musste?

»Mit dem stimmt etwas nicht«, hatte sein Vater gesagt. Schlaicher hatte allmählich ein ähnliches Gefühl. Vielleicht war Anna Wittmanns Verdacht nicht ganz unbegründet. Das hoffte Schlaicher jetzt herauszufinden.

Uersli nahm die A98 in Richtung Basel. Eine halbe Stunde, hatte er gesagt. Eine halbe Stunde brauchte man sowohl nach Basel als auch nach Freiburg, je nachdem, wie schnell man fuhr. Uersli fuhr ziemlich genau zehn Stundenkilometer schneller als erlaubt. Als er einen Kleinwagen überholte, blieb Schlaicher erst noch ein wenig hinter diesem, bevor er auch herauszog. Am Autobahndreieck Weil am Rhein bog Uersli auf die A5 in Richtung Freiburg ab. Eine halbe Minute später tat es ihm Schlaicher nach.

Er hatte die ganze Zeit über ein komisches Gefühl. Lag es an den Wolken, die bis auf die Fahrbahn zu hängen schienen? Durch die Windschutzscheibe konnte er nur noch verschwommene Lichter wahrnehmen. Aber ihn störte noch etwas anderes. Ihn störte, dass sein Treffen mit Anke Grainer so schiefgelaufen war. Sie war eine schöne, eine erotische Frau. Die Einrichtung ihrer

Wohnung bewies Stil, sie war gebildet und lustig. Und vergeben. Ein Freund. Jetzt musste nur noch Martina diesen Schnösel als ihren neuen Freund präsentieren.

Schlaicher schlug mit der Faust aufs Lenkrad und konzentrierte sich wieder auf die unscharfen Lichter vor ihm. Jede Ausfahrt, an denen sie vorbeikamen, wollte er die Autobahn verlassen und diese unsinnige Aktion abblasen, aber je weiter sie kamen, desto unwahrscheinlicher fand Schlaicher es selbst, dass er die Verfolgung aufgeben würde. Sie waren schon fast eine Viertelstunde unterwegs, fuhren deutlich schneller als die vorgeschriebenen hundertzwanzig Stundenkilometer, und die Fahrbahnstreifen flogen nur so an ihm vorbei. Ab und zu gab es einen langsamen Lkw, den sie überholten, und Schlaicher achtete darauf, nie zu nah an den VW-Geländewagen heranzukommen. Wie war das, wenn er selbst ganz normal auf der Autobahn fuhr? Achtete er darauf, ob jemand längere Zeit hinter ihm blieb? Nachts vielleicht schon, weil das Licht blendete. Aber bei dem starken Regen?

Schlaicher ließ noch einmal etwas mit dem Gas nach und sah bald nur noch von fern die beiden roten Rücklichter des Wagens.

Als sie sich der Autobahnausfahrt Müllheim näherten, fuhr Uersli etwas langsamer. Schlaicher hielt sein Tempo und näherte sich bis zur Ausfahrt auf etwa fünfhundert Meter. Wie er es gedacht hatte, setzte der VW den Blinker und fuhr ab. Schlaicher folgte.

Hinter Müllheim war der Touareg recht weit vor Schlaicher, und als er um eine Kurve fuhr, sah er gerade noch, wie der Wagen nach rechts abbog. Schlaicher schaltete in den dritten Gang und blinkte ebenfalls nach rechts. Sie fuhren an der Cassiopeia-Therme vorbei, danach links weiter den Berg hoch, womit sie bereits wieder außerhalb Badenweilers waren. Zwei Kilometer fuhren sie durch den Wald, Schlaicher hielt sich etwas weiter zurück, bis sie in einen Ort namens Sehringen kamen, der aus weit auseinandergezogenen Häusern bestand, die sich an den Berg schmiegten. Uersli bog links ab, und Schlaicher konnte nun nicht mehr einfach so folgen. Wahrscheinlich war er schon auffällig genug gewesen. Also fuhr er weiter, bremste dann ab und setzte zurück.

Schlaicher drehte am Lichtregler, und vor ihm wurde es dunkel. Nur noch die schwache Beleuchtung der Häuser spendete mattes Licht, aber daran gewöhnten sich seine Augen schnell. Schlaicher bog in die kleine, bergaufwärts führende Straße ein, wo von Uersli nichts mehr zu sehen war. Er würde ihn ja wohl hier nicht verloren haben, dachte er, als er mit Schrittgeschwindigkeit an ein paar Häusern mit Scheunen vorbeifuhr. An einer Gabelung konnte er sich links halten und weiter den steilen Berg hochfahren oder geradeaus über eine Kuppe. Da er links keinen Wagen sah, wählte er den Weg über die Kuppe. Tatsächlich. Weiter vorne standen offenbar noch ein paar Häuser; Schlaicher sah die Rücklichter von Uerslis Wagen daran vorbeigleiten. Die Straße war hier nur noch ein Schotterweg, erst bei den Höfen lag wieder Asphalt. Die Risse in der Straße wurden größer, je weiter Schlaicher fuhr. Die Straße führte in den Wald. Vor ihm öffnete sich ein schwarzes Loch.

Mit der schmutzigen Scheibe und ohne Licht konnte er nicht weiterfahren. Ab und zu drang ein dünner Strahl Mondlicht durch die Wipfel, aber auch das genügte nicht, um mehr als nur zu ahnen, was vor ihm lag. Schlaicher stellte die Scheinwerfer auf Standlicht, was ihm unglaublich hell zu sein schien. Nur ein paar Meter vor sich sah er einen halb zugewachsenen Waldweg, den er ein Stück hineinfuhr. Er stoppte den Wagen und machte das Licht wieder aus. Einen Moment blieb er sitzen. Er wusste, dass er besser nach Hause fahren sollte. Andererseits hatte ihn sein Wahn jetzt schon so weit getrieben, dass er sich ständig fragen würde, was er verpasst hätte. Was wollte der Geschäftsführer eines Pharmaunternehmens, dessen Partner gerade getötet worden war, um diese Zeit mitten im Wald? Mit wem hatte er am Handy gestritten?

Schlaicher stieg aus dem Wagen. Gerade wollte er die Tür vorsichtig ins Schloss drücken, als ihm das Nachtsichtgerät einfiel, das er von seinem Nachbarn gekauft hatte. Er kletterte halb in den Frontera und holte die Schachtel aus dem Handschuhfach, dann knibbelte er die Packung auf und nahm das kleine Fernglas heraus. Schlaicher dankte Gott für seinen Nachbarn Erwin Treffer. Diesmal hatte er ihm endlich einmal etwas Brauchbares verkauft.

Als er die kleine Straße wieder erreicht hatte, hallte ihm jeder Schritt seiner schwarzen Lederschuhe laut in den Ohren. Es ging abwärts und dann wieder etwas bergauf. Je länger er unterwegs war, umso mehr konnte er von seinem Weg sehen. Trotz der Kälte und seines langsamen Schritts begann er zu schwitzen, wodurch sich der leichte Wind noch schneidender anfühlte.

»Was mache ich hier nur?«, flüsterte er vor sich hin und sah dann voraus eine etwas hellere Stelle. Nach ungefähr vierhundert Metern öffnete sich der Wald, und Schlaicher sah über sich einen nur leicht bewölkten Sternenhimmel. Vor sich, noch etwa hundert Meter entfernt, lag fast am Waldrand ein Hof, hinter dessen Fenstern warmes Licht brannte.

Schlaicher löste die Schutzkappe von dem Fernglas und hoffte, dass Trefzers Lobpreisungen des Geräts nicht übertrieben gewesen waren. Er schaute hindurch, aber alles sah genauso aus wie vorher: dunkel. Er nahm das Glas einen Moment von den Augen und setzte es dann wieder an. Vielleicht war es tatsächlich ein kleines bisschen heller. Aber von Nachtsicht zu sprechen war ja wohl wirklicher Betrug. Schlaicher würde sich Trefzer vorknöpfen.

Aus den Fenstern drang zwar Licht, aber Schlaicher konnte auch durch das Fernglas nichts hinter den Vorhängen sehen. Was er ausmachte, war eine Hecke, die relativ nah am Haus wuchs. Von dort aus könnte er vielleicht mehr sehen, gleichzeitig aber nicht gesehen werden.

Schlaicher verließ den Weg und stapfte sofort in eine matschige Pfütze. Er rutschte aus und fiel hart auf den Boden. Sein Mantel hatte die Wucht des Aufpralls zwar etwas gedämpft, dafür spürte er, dass er die nächste Zeit Schwierigkeiten haben würde, schmerzfrei zu sitzen. Als er wieder aufstand und das nutzlose Fernglas, das in den Matsch gefallen war, aufhob, spürte er schon die Prellung in seiner linken Pobacke. In Teufels Küche, rief er sich in Erinnerung, ging dann aber trotzdem, viel vorsichtiger, weiter auf das Haus zu. Wenn die Tür aufging, würde er sich in die matschige Wiese legen müssen. Dreckig war er ja sowieso schon. Aber es tat sich nichts, außer dass seine Schuhe mit jedem Schritt schwerer wurden, weil mehr und mehr Matsch daran klebte. Schließlich kam er zu der Hecke, die von Nahem viel größer und undurchdringlicher wirkte. Schlaicher schaute in Richtung des Hauses. Da stand Uerslis Geländewagen. Schlaicher wartete.

Ab und zu blickte er auf seine Uhr, aber die Zeit schien nur quälend langsam verstreichen zu wollen. Wieder einmal dachte er daran, einfach zu gehen, aber jetzt, so weit gekommen, wollte er nicht aufgeben. Kurz hatte er vor, an das Haus heranzuschleichen und sich das Klingelschild anzuschauen, aber er scheute das Risiko, dass genau dann die Tür aufgehen würde. Außerdem konnte man auf einem Bauernhof auch einen Hund erwarten. Käme er näher, würde der vielleicht anschlagen. Der Wind wehte zum Glück aus Richtung des Hofes. Falls draußen ein Hund war, würde er ihn in seinem jetzigen Versteck nicht so leicht wittern. Eine andere Sache machte Schlaicher jedoch viel mehr zu schaffen. Mit jeder Minute, die er am Rand der dornigen Hecke kauerte, spürte er die Kälte deutlicher durch seinen eher aus Design- denn aus Wärmedämmungsgründen ausgesuchten Mantel dringen. Unter der nassen schmutzigen Hose war es längst unangenehm kalt geworden. Der eisige Wind schien nun noch stärker zu werden. Gleichzeitig trieb er dickere Wolken über den Himmel. Mehr und mehr verschwanden die Sterne, und nach einer halben Stunde war eine dicke Wolkendecke aufgezogen. Während Schlaicher in der eisigen Nacht von einem Fuß auf den anderen wippte, um seine Füße wenigstens noch schmerzen zu spüren, übte das warme Licht, das aus den Fenstern des Bauernhofs drang, einen fast hypnotischen Reiz auf ihn aus. Schlaicher stellte sich vor, wie warm es drinnen war, an der »Chunnscht«, einem großen Kachelofen, auf dem man gemütlich sitzen konnte, in der Küche, wo vielleicht gerade ein heißer Tee gemacht wurde oder ein Kaffee. Wer mochte hier leben? Was hatten die Leute mit Uersli zu tun? Was hatte Uersli hier zu tun? Hatte er seinen Partner auf dem Gewissen? Vielleicht stand es tatsächlich nicht gut um die Firma, und Wittmann hatte aus dem Geschäft aussteigen wollen. Aber, dachte Schlaicher, deshalb würde man doch niemanden umbringen. Und vor allem nicht das Risiko eingehen, den Toten an so exponierter Stelle aufzuhängen.

Schlaichers Gedanken wanderten zum Denkmal. Wann waren die Hakenkreuzschmierereinen aufgetaucht? Er hatte in letzter Zeit zu viel zu tun gehabt, um jeden Tag die Badische Zeitung komplett durchzulesen, aber er erinnerte sich daran, dass Lars vor ein paar Tagen etwas darüber gesagt hatte. Das Hakenkreuz war auf den vom Tragebalken des Denkmals hängenden Hintern von Fritz Teufel gesprüht worden. Fritz Teufel, der Begründer der Kommune eins. Noch ein Teufel. Und da gab es noch die sechs Erwin Teufels. Ob der Teufel bei Marias Mondkindern eine Rolle spielte? Denn letztlich war Wittmann unter Teufel gekommen. Und Wittmanns Tochter lebte in einer Kommune. War das ein Zufall? Was hatte Uersli gesagt? Die Mondkinder hätten Wittmann aufgefordert, sich zum Teufel zu scheren, sonst würden sie das selbst übernehmen. So ähnlich hatte Schlaicher es noch im Ohr. Vielleicht waren es doch die Mondkinder gewesen. Zu viel sprach dafür, dass sie die Täter waren. Auch wenn Anna Wittmann Uersli beschuldigt hatte. Vielleicht um den Verdacht von ihren Sektenfreunden abzulenken?

Ein eisiger Tropfen traf Schlaicher am Kopf. Unwillkürlich schaute er nach oben. Alles war düster geworden. Als ein zweiter Tropfen nahe seinem rechten Auge einschlug, senkte er den Kopf wieder und zog mit seinen mittlerweile schmerzenden Fingern den Kragen des Mantels noch einmal höher. Der Regen wurde bald stärker. Zu Schlaichers Glück gab war es zwar keinen Wolkenbruch, trotzdem war sein Mantel nach fünf Minuten feucht, und die dicken Tropfen schlugen unangenehm gegen seine eiskalten Wangen. Dann endlich tat sich etwas. Die Tür ging auf, helles Licht beleuchtete den Platz vor der Tür. Schlaicher riss das Fernglas hoch, das immerhin vergrößerte, und richtete es auf den Mann, der aus der Tür kam. Er war nicht besonders groß, aber breit gebaut und trug eine Arbeitshose und einen dicken Pullover. Von seinem Gesicht sah Schlaicher nicht mehr, als dass er einen Schnurrbart trug. Ein Schnurrbart, wie ihn Berta Teninger und auch der französische Penner erwähnt hatten. Mit dem Mann verließ Uersli das Haus. Die beiden redeten etwas, was Schlaicher wegen der Entfernung beim besten Willen nicht hören konnte, dann lief Uersli zu seinem Wagen, ohne dass sie sich die Hand gegeben hätten. Der Mann blieb im Regen stehen und schaute Uersli nach, der den VW wendete und dann davonfuhr. Schlaicher duckte sich etwas tiefer in die Hecke, obwohl er sich sicher war, dass ihn niemand würde sehen können. Plötzlich trat ein zweiter Mann aus dem Haus, deutlich jünger wirkend als der erste, obwohl er ähnliche Kleidung trug. Er war etwas größer und hatte längeres Haar. Er nahm den ersten Mann am Arm und führte ihn ins Haus, wohin dieser ihm bereitwillig folgte. Dann schloss sich die Tür.

Klasse, dachte Schlaicher, und ein Satz aus Goethes »Faust« schoss ihm durch den Kopf. »Da steh ich nun, ich armer Tor, und bin so klug als wie zuvor.«

Obwohl Schlaicher bei jedem Schritt die Sorge gehabt hatte, dass entweder Uersli zurückkommen oder einer der Hofbewohner wegfahren würde, blieb es ruhig. Schlaicher ging schneller und freute sich nur noch darauf, in seinen trockenen Frontera zu steigen, nach Hause zu fahren, einen heißen Tee zu trinken und dann ins warme Bett zu klettern. Die Prellung am Hintern schmerzte, und seine Finger wollten sich kaum noch bewegen. Er spürte, dass die Regentropfen langsam leichter wurden und sich erste Schneeflocken daruntermischten. Noch ein paar Meter, dann fand er den kleinen Weg, in dem er den Frontera abgestellt hatte. Erst sah er den Wagen nicht und fürchtete schon, zu weit oder noch nicht weit genug gegangen zu sein, aber nach wenigen Schritten machte er die Umrisse des Wagens aus. Endlich drinnen, riss er sich den nassen Mantel vom Leib. Das Sakko und das Hemd darunter waren auch nass, aber er ließ beides an und startete sofort den Motor. Noch bevor er den Rückwärtsgang einlegte, stellte er die Heizung auf die höchste Stufe, ebenso wie die Lüftung. Schlaicher gab Gas und fuhr vorsichtig rückwärts auf die kleine Straße. Dann legte er den ersten Gang ein und machte sich auf den Weg nach Hause. Dabei fluchte er über sich selbst. Er hatte ein ziemlich großes Risiko auf sich genommen, ohne wirklich weitergekommen zu sein. Oder war er das etwa doch? War der Mann mit dem Schnurrbart derselbe, der den toten Wittmann aufgehängt hatte?

Die Heizung spürte er erst einsetzen, als er schon wieder in Badenweiler war. Der Schneeregen schien die gesamte Fahrt über stärker geworden zu sein. Wegen des abgerissenen Scheibenwischers konnte er die Straße vor sich nur ahnen und fuhr entsprechend langsam. Auf dem Weg zurück nach Maulburg schlief er zweimal beinahe ein.

»Du bist spät«, sagte sein Vater von oben, als Schlaicher nach Hause kam. »Warte, ich komme gleich runter.«

Dr. Watson lag zusammengerollt auf seinem Sessel und schaffte es nicht einmal, müde mit dem Schwanz zu wedeln. Was für eine lahme Begrüßung. Schlaicher wartete nicht, sondern ging in sein Zimmer, nahm trockene Sachen aus dem Schrank und zog die nassen Kleider aus. Die Schuhe hatte er schon vor der Tür ausgezogen. Sie waren immer noch voller Dreck. Es klopfte.

»Ja, ich bin sofort fertig. Jetzt warte doch mal!«, sagte er etwas zu laut.

Dann ging er raus, wo ihn sein Vater in einem hellblauen, viel zu weiten Schlafanzug erwartete.

»Papa, sei mir nicht böse, aber ich bin todmüde und will jetzt nur noch ins Bett«, sagte er.

»Die Pralinen deines Nachbarn waren sehr gut«, sagte Schlaicher senior, ohne auf Schlaicher einzugehen.

»Darüber können wir ja auch morgen noch reden.«

»Vielleicht nicht. Ich hatte die Schachtel kurz stehen gelassen und …«

»Ja?«

»Dr. Watson hat sie alle gefressen. Ich habe natürlich geschimpft, aber er war schon richtig betrunken von all dem Alkohol.«

Schlaicher war baff. »Der Hund ist betrunken?«

Dr. Watson bemerkte selbst im Schlaf, dass über ihn gesprochen wurde. Er rutschte wie ein Sack Mehl von seinem Sessel und stemmte sich mit aller verbliebenen Kraft auf die stummeligen Beine. Um den großen Schädel zu heben, war er aber wohl zu schwach. Er ging zwei Schritte auf sein Herrchen zu, wobei er gefährlich taumelte, bis er auf sein eigenes Ohr trat und dadurch endgültig zu Fall gebracht wurde. Er grunzte tief und rollte sich dann schwerfällig auf den Rücken, wobei er einen aufgeschwollenen Bauch präsentierte, als hätte er einen Fußball verschluckt.

»Zuerst ist er die ganze Zeit an uns hochgesprungen und dann irgendwann nur noch getorkelt. Und jetzt ... Du siehst es ja selbst«, sagte Schlaichers Vater leise.

Schlaicher ging zu dem Basset und fasste seinen Bauch an. Er war kugelrund und hart. Besorgt holte Schlaicher das Telefonbuch und suchte die Nummer der Lörracher Tierklinik heraus.

»Guten Abend, Schlaicher«, begann er, »schön, dass ich bei Ihnen noch jemanden erreiche.« Während Dr. Watson Geräusche zwischen Schnarchen und Grunzen von sich gab, erzählte er die Geschichte von den Pralinen und war darauf gefasst, sich gleich mit Dr. Watson in den Wagen setzen und wieder zurück nach Lörrach fahren zu müssen, aber die Tierärztin hatte einen anderen Rat.

»Und, was sollst du machen?«, fragte Schlaicher senior mittlerweile auch recht besorgt.

»Die Tierärztin hat gesagt, dass die Schokolade schuld an dem aufgeblähten Bauch sei. Sie meint, ich soll heute Nacht aufbleiben und Dr. Watson beobachten. Wenn er anfängt zu wimmern, dann soll ich schnell mit ihm rausgehen.«

In diesem Moment begann Dr. Watson zum ersten Mal in einer für ihn und sein Herrchen sehr langen Nacht zu wimmern.

Nach nur einer halben Stunde in seinem Bett klingelte der Wecker. Schlaicher fühlte sich nicht nur erschlagen und gerädert, sondern auch geteert und gefedert. Das Erste, was er spürte, war, dass seine Augen nicht aufgehen wollten. Es war mit Schmerz verbunden, die Lider auch nur ein kleines Stückchen auseinanderzubewegen, und Schlaicher wusste, dass er sofort wieder einschlafen würde, wenn er jetzt nicht gleich das Licht einschaltete. Er rollte übers Bett und nickte dabei fast wieder ein, aber mit letzter Willenskraft rollte er noch ein Stück weiter und tastete im Dunkeln nach dem Lichtschalter. Das grelle Licht schoss ihm mitten ins Gehirn, gleichzeitig schmerzte sein Hintern. Er war fünfmal mit seinem Basset Gassi gegangen heute Nacht. Erst gegen sechs Uhr war die Schwellung des Hundebauches zurückgegangen. Schlaicher war so fertig gewesen, dass er zuerst eine halbe Stunde auf dem Küchenstuhl geschlafen hatte, bevor er sich für die letzte halbe Stunde möglichen Schlafs in sein Zimmer geschleppt hatte.

Als der Wecker neun Minuten später zum zweiten Mal losging, war Schlaicher schon wieder eingeschlafen. Das Piepen erschien ihm unfassbar laut. Er hieb mit der Hand nach dem fiesen kleinen Apparat und versuchte, sich aufzusetzen. Auf dem Fußboden lag ein Zettel. Ja, er begann sich zu erinnern. Er hatte sich gestern den Fall um den toten Wittmann noch einmal durch den Kopf gehen lassen, hatte sich bei einer Flasche Rotwein zwischen den Spaziergängen durch die Schneeregen bringende Nacht eine Liste der Punkte gemacht, die er heute erledigen wollte. Hoffentlich waren seine Notizen ausführlich genug, dass er sie noch verstehen konnte, denn sein schmerzender Kopf wollte sich an Einzelheiten nicht erinnern.

Die ersten Schritte waren noch fast taumelnd. Mühsam bückte er sich zu dem Papier und hielt es sich vor die kaum geöffneten Augen. Aber er konnte noch nichts lesen. Es war einfach zu früh, er hatte zu wenig geschlafen und eigentlich gar keine Lust, sich heute um irgendetwas zu kümmern. Er ließ das Papier los, das flatternd zu Boden fiel. Schlaicher stolperte in Richtung Badezimmer. Nur eine Dusche konnte ihn jetzt retten. Schön heiß musste sie sein.

Zwar schien Schlaicher noch immer alles wie durch Watte wahrzunehmen, aber auch wenn seine Gedanken nur mit etwas Verzögerung funktionierten, funktionierten sie doch immerhin. Mit einem Handtuch um den nackten Leib lief er nach der wohl heißesten Dusche seines Lebens zurück in sein Zimmer. Hier war es eisig, wie er jetzt bemerkte, und für einen kurzen Moment überlegte er, ob er sich wenigstens für ein paar Sekunden, höchstens eine Minute noch einmal ins warme Bett legen sollte, entschied sich dann aber dagegen.

Schlaicher zog sich frische Sachen an und fühlte sich langsam besser. Nur sein Hintern tat noch immer weh. Wie er im Badezimmer gesehen hatte, hatte er sich einen handtellergroßen blauen Fleck geholt. Immerhin war er besser dran als Kommissar Schlageter. Der hatte zwei blaue Flecken. Zudem war der von Schlaicher für andere Leute unsichtbar.

An der Balkontür sah Schlaicher, dass der Schnee der Nacht liegen geblieben war. Es hatte sich noch etwas weiter abgekühlt. Der Dinkelberg, auf den er blickte, war mit einer weißen Schicht bedeckt. Auf dem Tisch stand das Frühstück, und Lars, Sarah und Schlaicher senior unterhielten sich bereits angeregt. Schlaicher setzte sich noch etwas verschlafen dazu und schenkte sich einen Kaffee ein.

»Hast du geschlafen, Rainer Maria?«, fragte sein Vater.

»Zu wenig«, sagte Schlaicher kurz und nahm einen dafür umso längeren Schluck von dem Kaffee, der wieder zu dünn aufgebrüht war. Er quittierte den Geschmack mit einem Schnauben, trank dann aber erneut.

»Warum bist du denn noch hier?«, fragte er seinen Sohn.

»Bei uns fallen heute die ersten beiden Stunden aus. Hab ich dir aber gestern schon gesagt«, antwortete Lars knapp.

Schlaicher wollte nach den Brötchen greifen, aber im Korb waren nur ein paar Scheiben nicht mehr ganz frischen Basler Brotes.

»Wo ist Martina?«, fragte er in die Runde.

»So, wie du dich ihr gegenüber gestern aufgeführt hast, ist das doch kein Wunder, dass sie nicht gekommen ist«, sagte Lars. Sarah schaute ihn dabei bestätigend an.

Schlaicher kratzte sich am Kopf und nahm sich dann eine Scheibe Brot, ohne zu antworten. Martina. Ihr Name stand auch auf seiner Liste für heute. Er hatte den Zettel in seinem Zimmer gelassen.

»Dr. Watson geht es wohl besser«, sagte sein Vater fragend.

»Blöder Hund«, sagte Schlaicher.

»Also ich finde es toll, dass Sie sich die ganze Nacht um ihn gekümmert haben«, sagte Sarah. Schlaicher sah wieder einen Moment lang die Ähnlichkeit mit ihrer Mutter. An Anke Grainer wollte er jetzt allerdings nicht denken.

»Lars, geh doch mal in mein Zimmer. Da liegt ein Blatt Papier auf dem Boden. Kannst du mir das bitte bringen?«

Lars stand langsam auf, kletterte so über Sarah, dass er sie berühren musste, und ging in Richtung des Schlafzimmers seines Vaters. Als er wiederkam, hatte Schlaicher gerade die zu harte Butter auf das trockene Brot geschmiert. Er ließ es liegen und nahm sich stattdessen den Zettel mit seinen Notizen der gestrigen Nacht vor.

Da standen in wirrer Schrift die Punkte, die er zu erledigen hatte. Sie waren mit Ziffern versehen, in welcher Reihenfolge sie anzugehen waren. Den ersten Punkt konnte er gleich abarbeiten.

»Lars, ich habe kürzlich zwei Jungs gesehen. HipHop-Klamotten und Baseballkappen, die sie aber nicht über den Kopf gezogen, sondern nur aufgelegt haben.«

Sarah verzog den Mund. »Das ist ja wohl die blödeste Mode, die es überhaupt gibt. Ich hab auch keine Ahnung, wieso die Jungs auf so etwas Doofes stehen.«

»Genau«, sagte Schlaicher. »Also, zwei solche Jungs, einer etwas größer, der andere einen guten Kopf kleiner. Ich weiß nicht, ob die auf eurer Schule sind, aber sie scheinen zumindest in Schopfheim auf die Schule zu gehen.«

»Keine Ahnung, wen du meinst. Was willst du von denen?«, fragte Lars.

»Ich glaube, die beiden sind Sprayer oder so was. Ich hab sie erwischt, wie sie im Baumarkt Farbdosen klauen wollten. Und gestern sind sie vor dem Denkmal in Schopfheim vor mir weggelaufen. Ich würde gern wissen, wer die beiden sind. Kannst du dich mal umhören?«

Sarah und Lars tauschten Blicke aus, die wohl nur sie verstanden.

»Nein, mach ich nicht«, sagte Lars, während Sarah gleichzeitig sagte: »Klar, machen wir.« Offensichtlich hatten sie sich doch nicht verstanden.

»Machen wir?«, fragte Lars nach, und Sarah nickte. Jetzt hatten sie sich verstanden.

»Danke euch«, sagte Schlaicher und suchte den zweiten Punkt auf seiner Liste. Da war er: »Martina anrufen und herausfinden, ob sie etwas mit diesem Schnösel hat.« Bevor er das machen würde, brauchte er ein Marmeladenbrot und mindestens noch eine Kanne Kaffee. Und etwas Ruhe.

Lars und Sarah gingen bald, Schlaichers Vater dagegen blieb in der Küche sitzen und gab sich erstaunlich redselig heute früh. Schlaicher hörte kaum hin, sondern wunderte sich, warum es ihn so ärgerte, dass Martina mit diesem viel zu jungen Kerl essen gegangen war. Es gab nur eine Möglichkeit, das herauszufinden. Er stand auf, während sein Vater mitten in einer Beschreibung neuer Maschinen aus seinem Unternehmen war, und ging in sein Zimmer.

»Hallo?« Eine Männerstimme. In Schlaicher regte sich bereits der erste Ärger.

»Morgen«, knurrte er. »Ich will Martina sprechen.«

»Moment«, kam durch den Hörer, dann ein »Martina«-Ruf und dann wieder die Männerstimme. »Sie braucht noch etwas im Bad. Kann sie Sie zurückrufen?«

»Mein Name ist Schlaicher. Sagen Sie ihr, ich erwarte ihren Rückruf.«

Schlaicher legte auf. Dass Martina so etwas machte, schockierte ihn. Eigentlich hatte sie doch mit ihm zum Essen gehen wollen. Stattdessen hatte sie sich einfach einen anderen Typen geschnappt und ihn dann auch gleich noch abgeschleppt. Schlaicher ging wieder zum Frühstückstisch, wo sein Vater gerade die Liste studierte, die Schlaicher während seiner Nachtwache für seinen mit sündhaft teurer Schokolade abgefüllten Hund geschrieben hatte.

»Junge, das ist nicht gut«, sagte er ernst.

»Was liest du denn in meinen Sachen rum?«, keifte Schlaicher und riss ihm das Blatt aus den Händen.

»Was du vorhast, kann dich ins Gefängnis bringen. Da soll ich mir keine Sorgen machen?«

»Mach dir einfach keine Sorgen«, sagte Schlaicher. »Ich komme schon klar.«

Schlaicher ging runter, um den dritten Punkt seines Tagesplans abhaken zu können. Er kramte das immer noch matschverdreckte Fernglas aus seinem Wagen und stapfte damit über die Straße zur Scheune von Erwin Trefzer. Aber die war heute früh noch abgeschlossen. Schlaicher war genau in der richtigen Stimmung, um diesmal nicht freundlich abzuwarten. Er ging zum Wohnhaus der Trefzers und drückte die rote Clownsnase aus Plastik, die als Klingel diente. Den Ton hörte er auch draußen noch gut. Es war der imitierte Glockenschlag des Big Ben, unsagbar langsam, und er dröhnte immer noch, als die Stimme von Trefzers Frau durch die im Mund des Clowns installierte Gegensprechanlage drang.

»Ich bin's, Rainer Maria. Ich will mit Erwin sprechen«, sagte er.

»Sag em, dass i gli chumm«, hörte Schlaicher dessen Stimme.

»Er chunnt gli«, sagte Frau Trefzer und hängte ein. Der Big Ben hörte gerade auf zu läuten.

Schlaicher wartete etwa eine Minute, bis er Trefzer die Treppe zur Tür herunterstapfen hörte.

»Solli, Rainer? Was isch?«

Schlaicher hielt ihm das als Nachtsichtgerät gepriesene Fernglas hin. »Ich gebe dir deinen Schrott zurück, und du gibst mir mein Geld zurück.«

»Was meinsch? Das isch jo ganz dräckig.« Trefzer nahm das Gerät nicht an, sondern verschränkte die Arme. »Und was meinsch mit Schrott? Die funktioniere einwandfrei.«

Schlaicher schloss die Augen und atmete tief ein. »Von wegen, die funktionieren. Das ist ein ganz normales, billiges Fernglas. Sonst nichts. Von Nachtsicht keine Spur!«

Trefzer schloss die Tür und schlurfte in Richtung seiner Scheune. Schlaicher stapfte wütend hinter ihm her. Diesmal würde er es schaffen. Das Ding war teuer genug gewesen. Trefzer musste ihm das Geld zurückgeben.

In der Scheune angekommen, blinkerte das Licht der Leuchtstoffröhren ein paar Sekunden, bevor die bunten Waren seines Nachbarn grell beleuchtet vor ihnen lagen. Trefzer wies auf einen alten, mit ausgeblichenem weinrotem Stoff bezogenen Metallstuhl und nahm selbst auf einem dreh- und kippbaren Ledersessel Platz.

»Rainer. Du chaasch mir doch vertraue. Ich verkauf dir kei Schießdräck«, sagte er. »Und wenn emol öbbis nit goht, no dusch ich dir's doch um. Worum hesch sone digge Hals?«

»Ich hätte das blöde Ding hier«, Schlaicher hielt es nochmals in die Luft, »gestern gebrauchen können. Aber da ist überhaupt keine Lichtverstärkung. Wenn überhaupt, dann so wenig, dass man sich nicht sicher ist, ob sie wirklich existiert oder man sie sich nur einbildet.«

»Mir mache e Prob uffs Exembel. Gib's emol her.«

Trefzer nahm das Gerät und fummelte an der Unterseite des Teils herum, das beide Okulare miteinander verband. Dann stand er auf und schaltete das Licht aus. Schlaicher saß im Dunkeln, nur wenige Lichtstrahlen drangen durch das kleine, mit Pappe zugeklebte Fenster. Offenbar genug Licht für Trefzer, um Schlaicher durch das Glas sehen zu können. »Ich weiß nit, was du hesch. Es goht tadellos.«

Trefzer schaltete das Licht wieder ein. Schlaicher stand sofort auf und ging zu seinem Nachbarn, der noch am Lichtschalter stand. »Do, lueg selber«, sagte der und reichte ihm das Gerät. Er drückte wieder auf den Lichtschalter, und als Schlaicher das Fernglas ansetzte, sah er sofort, dass das Sichtfeld in ein dunkles Grün getaucht war. Er konnte sogar die Stühle erkennen und die Umrisse der Flaschen, die auf einem der Tische standen.

Das Licht ging wieder an.

»Un, was hesch g'seh? Goht's?«

Schlaicher nickte langsam. »Dann muss das Ding einen Wackelkontakt haben oder so was. Gestern hat es jedenfalls nicht funktioniert.«

»Hesch du's am End nit ig'schalte g'haa?«

»Wie, angeschaltet?«

»Du muesch doch die Filter aggtiwiere«, sagte Trefzer, als wisse er, wovon er redete. »Du hesch es also nit ig'schalte«, schloss er aus Schlaichers verlegenem Schweigen.

»Siehsch jetz. Du darfsch nit so voreilig sii, wen du öbberem öbbis aahängge willsch«, lächelte Trefzer, und Schlaicher schämte sich noch mehr. »Do, lueg aane.«

Tatsächlich war an der Unterseite des Verbindungsstücks ein winziger Schiebeschalter, der jetzt auf »ON« stand.

Schlaicher drückte den Schalter auf »OFF« und schaute noch mal durch das Glas. Ja, jetzt sah es ganz normal aus. Wie hatte er das übersehen können?

»Hättest du mir das mal gesagt«, sagte Schlaicher.

»'s schtoht jo uffem Päckli«, sagte Trefzer. »Aber mach dir nüt drus. Ich nimm dir's nit chrumm.«

»Danke, Erwin. Es tut mir leid. Ich hab das gestern im Dunkeln nicht gesehen.«

»No hättsch ämmel au e Nachtsichtgerät dra bruucht, zums Nachtsichtgerät benutze, hä?« Er lachte und ging zu dem Tisch mit den Flaschen. Schlaicher sah, dass Trefzer auf dem anderen Tisch noch zwei Marienstatuen von Hug stehen hatte.

»Hast du von den Statuen schon welche verkauft?«, fragte er.

»Gli geschter. Un die wäre au scho furt, wenn i sie nit als Usstelligsstuck do loo hätt wölle. Se, nimm dinem Vadder eine dodevo mit.« Trefzer reichte eine Flasche über den Tisch.

Schlaicher schaute auf das Etikett. »Ein Weißweinverschnitt aus Reinhessen?«

»I ha nen geschter probiert. Schmeckt guet. Schenk diinem Vadder doch eine. Der isch doch vo do.«

»Mein Vater ist aus Frankfurt«, sagte Schlaicher, aber wollte jetzt nicht lange mit Trefzer diskutieren. Eigentlich war er es ihm sogar schuldig, die Flasche zu kaufen, nachdem er so rüde gewesen war. »Was willst du dafür haben?«, fragte Schlaicher.

»Gimmir drißig Euro«, sagte Trefzer, und Schlaicher fiel die Kinnlade herunter.

»Dreißig Euro für eine Flasche Wein?«

»Nai, du Schüürebürzler. Für sechs Flasche. Ich verkauf dä nummen im Kartong.«

»Aber die Flaschen hier stehen doch so rum.«

»Das sind die fünf übrige vo geschter. I ha dir doch verzellt, dass ich eine probiert haa. Das isch der Rescht vo mim eigene Kartong. Es wird em schmegge!«

Schlaicher bezahlte die dreißig Euro und rechnete grob durch, was ihn die letzten Tage gekostet hatten. Er lebte tatsächlich deutlich über seine Verhältnisse. Hundert hier, dreihundert dort, da mal siebzig Euro, jetzt wieder dreißig, und der Tank des Frontera war auch fast leer. Und das bei Preisen von einem Euro vierzig pro Liter Super … Ob er den Mercedes seines Vaters nehmen konnte? Der stand noch immer vor der Haustür, die Schneeschicht darüber begann an den Scheiben gerade erste Taulöcher zu bekommen.

Schlaicher ging mit dem Wein im Arm auf den Hinterhof zu seinem Stellplatz. Er stellte den Karton in die Garage zu dem ganzen Diebesgut aus dem Baumarkt, wobei ihm siedend heiß einfiel, dass er sich für das erste Seminar vor dem Kassenpersonal des Baumarkts am Montag vorbereiten musste. Aber jetzt hatte er keine Zeit dazu. Er nahm eine leere CD-Hülle, Björk, »Debut«, die dazugehörige CD war irgendwo verschwunden, und befreite damit die Scheiben vom Schnee. Dabei schaute er ab und zu hoch zum Balkon seiner Wohnung. War da nicht sein Vater gerade gestanden und hatte heruntergeschaut? Er war einfach von der Müdigkeit zu genervt und gereizt, um heute geduldig mit ihm sein zu können. Vielleicht sollte er doch noch einmal hoch und sich entschuldigen. Aber das konnte er auch später noch machen. Schlaicher stieg ein und fuhr los. Sein Weg führte ihn nach Lörrach. Als Nächstes brauchte er nämlich eine Internetseite.

ZEHN

Schlaicher parkte wieder an dem kleinen Rondell beim Innocel-Gebäude. Er kaufte sich ein Parkticket für anderthalb Stunden und ging zum Haupteingang, der offen stand. Diesmal meldete er sich nicht bei der Betreiberfirma des Innovationscenters an, sondern ging zielstrebig auf die Treppe zu. In der Etage, in der auch Uerslis Firma saß, spazierte er durch den Gang und schaute sich die Firmennamen der anderen Unternehmen an. Und tatsächlich: Da war, was er brauchte. »Webtec improvement«, stand an dem monitorgroßen Aufkleber an der Tür. Schlaicher klopfte.

»Ja?«, rief jemand von drinnen.

Der Raum war viel kleiner als der Bereich der »lifetest«. Hier waren offenbar nur zwei Standardbüros zu einem verbunden worden. Zwei Schreibtische standen in der Mitte des Raums, der eine mit zwei, der andere mit drei Flachbildmonitoren bestückt. Die Jungs, die sich das Büro teilten, konnten kaum älter als zweiundzwanzig sein. Beide trugen Sweatshirts, die so wirken sollten, als habe man ein T-Shirt über ein langärmeliges Oberteil gezogen. Der eine hatte eine umgedrehte Baseballmütze auf, der andere trug einen akkurat gestutzten Bart rund um den Mund.

»Hi«, sagte der Bärtige. Der andere tippte weiter eifrig auf einer seiner beiden Tastaturen herum.

»Hi«, sagte Schlaicher und schloss die Tür. »Mein Name ist Rainer Maria Schlaicher von der Professional Security Services. Ich bin der Geschäftsführer und bräuchte ein Konzept für eine Homepage.«

»Hey Marc, ein Kunde für dich!«, sagte der Bärtige, und Marc schaute auf.

»Hi«, sagte auch er.

Schlaicher wiederholte seine Vorstellung und ging zu dem Mann, der einfach sitzen blieb. Schlaichers Blick wanderte über den extrem unaufgeräumten Schreibtisch, auf dem sich leere Colaflaschen auf wackeligen Papierbergen stapelten. Eine – vermutlich leere – Pizzabox hatte Marc als Mauspad missbraucht, allerlei Büromaterial lag verstreut zwischen, über und unter allem möglichen Papier, ungeöffneten wie aufgerissenen Briefen, Fotos von einem recht hübschen Mädchen und natürlich den zwei Tastaturen. Auf der linken Seite lag, bereits halb von einem Schmierzettel bedeckt, ein Schlüsselbund.

»Wollen Sie sich setzen?«, fragte Marc, ohne sich auch nur im Geringsten für die Unordnung auf seinem Tisch zu entschuldigen. »Nehmen Sie doch den Hocker dahinten.«

Hinten war nicht weit weg, aber den Hocker sah Schlaicher erst auf den zweiten Blick. Der diente den beiden nämlich als Ablage für ihre Jacken. Ein geöffneter Regenschirm mit der Aufschrift »Hewlett-Packard« trocknete daneben vor sich hin.

»Schmeißen Sie das Zeug einfach auf den Boden«, sagte der Bärtige. Schlaicher tat, was man ihm sagte, und trug den kleinen runden Hocker zu Marcs Schreibtisch. Er setzte sich auf dessen linke Seite, dahin, wo der Schlüsselbund lag.

»Ich habe eine Firma, aber ich habe noch keine Internetseite«, begann Schlaicher. Marc schüttelte bei dem Gedanken, dass es noch Menschen ohne einen eigenen Netzauftritt geben könnte, den Kopf. Er schaute Schlaicher nicht an, sondern betrachtete einen seiner Bildschirme, auf denen Symbole und Wortkolonnen standen.

»Einen Moment noch, dann hab ich ein Ohr für Sie«, sagte er.

»Wollen Sie einen Kaffee?«, fragte der andere, der sich als Justin vorstellte. Schlaicher wollte, und Justin verließ das Büro.

Als er Schlaicher wenig später einen schwarzen Becher mit einem weißen Totenkopfsymbol darauf brachte, der voller dampfenden, schwarzen Kaffees war, hatte Marc noch immer keine Zeit.

»Hey, Marc, jetzt kümmer dich erst mal um unseren Kunden«, sagte Justin eine Minute später.

»So viel Zeit habe ich auch wieder nicht«, betonte jetzt auch Schlaicher, obwohl er über die zeitliche Verzögerung gar nicht böse war. So hatte er seinen Plan reifen lassen können. Aber zuerst musste er noch ein paar Sachen herausfinden.

»Sorry, aber das ist die Site von einem Kunden, auf der sich was zerschossen hat. Ich muss das ziemlich schnell fixen. Also Sie wollen eine Site?«

»Genau«, sagte Schlaicher.

»Haben Sie schon Vorstellungen, haben Sie Material dabei?«

»Äh, ich dachte, ich komme zu Profis, damit die mich erst einmal beraten«, murrte Schlaicher.

»Ja, klar.« Marc wippte mit seinem Sessel. »Also, was macht denn Ihre Firma?«

»Ich biete Sicherheitslösungen für Verkaufsräume großer Unternehmen an. Dazu coache ich die Mitarbeiter und das Management.«

Schlaicher merkte es gleich: Je mehr englische Worte er benutzte, umso besser hörte Marc zu. Justin war nun derjenige, der auf seiner Tastatur herumhackte und die Welt um sich herum vergessen zu haben schien.

»Klingt cool«, nickte Marc. »Also Mittelstand. Wir haben da eine Ready-to-go-Solution für kleine und mittelständische Unternehmen. Hosting, Domain und Webdesign für fünfhundert Gigabytes Datenvolumen Traffic und zweihundert Addies. Das wäre aber eine Lösung ohne Contentmanagement.«

Schlaicher hatte nichts verstanden. »Können Sie mir so etwas mal zeigen?«, fragte er, und Marc klackerte auf seiner zweiten Tastatur, die mit einem bisher noch schwarzen Monitor verbunden zu sein schien. Der sprang jetzt an und zeigte die Seite eines Schreiners, der sich und sein Angebot auf diesem Weg vorstellte. Marc klickte viel zu schnell darin herum, und Schlaicher beugte sich vor und klaute einen Kugelschreiber vom Tisch. Marc hatte nichts davon gemerkt. Aber das war nur ein Test gewesen.

»Wissen Sie, für mich ist es besonders wichtig, dass meine Daten sehr sicher abgelegt sind«, sagte Schlaicher.

»Logisch, Sie sind ja selbst aus der Branche«, stimmte ihm Mark zu und schaute dabei wieder auf den ersten Monitor.

»Richtig. Sind denn die Server gut abgesichert?«

Marc überschwemmte ihn mit Abkürzungen und Fachausdrücken, die Schlaicher zum größten Teil noch nie in seinem Leben gehört hatte. Irgendwie ging es um Hacker und Spamfilter, was noch die einfachsten Vokabeln waren.

»Also ich meinte eher realere Gefahren wie Blitzschlag, Stromausfall. Oder Einbruch.«

Marc lachte. »Natürlich haben wir 'ne sehr gute USV. Und was Einbrüche angeht, könnte da natürlich überall was passieren, aber Ihre Daten wären nie weg, weil wir alles auch redundant fahren und virtuelle Server im Net betreiben.«

»Wahrscheinlich könnte hier sowieso niemand einbrechen«, sagte Schlaicher und erreichte damit die Reaktion, die er haben wollte: Marc erzählte weiter.

»Also hier geht abends und nachts immer ein Sicherheitsdienst durch, und außerdem sind die Zwischentüren alarmgesichert. Wer nicht von hier ist, kommt da nicht durch, ohne Aufsehen zu erregen«, sagte er. »Aber wie gesagt, die Server sind in speziellen Räumen, und die sind auch mit Sicherheitsschloss abgesperrt. Sie brauchen sich keine Sorgen zu machen. Wir machen uns ja auch keine. Und so etwas Geheimes wollen Sie ja sicherlich nicht auf Ihrer Seite haben. Sonst müssten wir auch vom Basic Package weg zum Premium Package. Da hätten Sie dann vierhundert Addies, also E-Mail-Adressen, und ...«

Schlaicher hörte ihm nicht weiter konzentriert zu.

»Was brauchen Sie, um meine Seite zu machen?«

Marc lächelte. »Alles. Wissen Sie, manche Leute kommen hierher und denken, das geht ohne Arbeit. Aber wir haben ja keine Ahnung von Ihrem Laden. Sie müssen uns schon die Texte liefern. Wir machen die Struktur, das Design und hauen den Content rein.«

»Klingt gut«, sagte Schlaicher und trank den letzten Rest des Kaffees. »Wäre es zu viel verlangt, wenn ich gern noch einen Kaffee hätte?«, fragte er Justin.

Der schüttelte den Kopf: »Kein Problem, sonst steh ich ja nie auf.«

»Zeigen Sie mir doch bitte noch ein Beispiel«, sagte Schlaicher. Während Marc kurz auf der Tatstur herumtippte, nahm er sich vorsichtig, mit einem Arm zum Programmierer gedeckt, das eigentliche Ziel seines Besuchs. Marc erzählte die ganze Zeit unverständliches Zeug, und Justin brachte die zweite Tasse Kaffee, die Schlaicher nur noch halb trank. Er erkundigte sich nach dem

Preis, Justin versprach, ihm ein Angebot zu schreiben und nahm Schlaichers Visitenkarte entgegen, die letzte, die er noch im Geldbeutel hatte und die schon ziemlich zerknittert war. Aber das störte die beiden Computerfreaks wenig, zumal Justin die Daten sowieso gleich in seinen Rechner übertrug und ihm die Karte dann zurückgab.

»Wann kann ich mit dem Angebot rechnen?«, fragte Schlaicher und stand auf.

»Spätestens am Montagmittag«, sagte Justin, stand auch auf und reichte ihm die Hand. Marc blieb sitzen und werkelte schon wieder an seinem Problem herum. Schlaicher ging, ohne sich von dem jungen Mann zu verabschieden, dafür um ein paar Informationen und dessen Schlüsselbund reicher.

Draußen konnte Schlaicher der Versuchung widerstehen, bei Uerslis Firma »lifetest« zu klopfen. Stattdessen ging er langsamen Schrittes an der Tür vorbei und spähte dabei auf das Schloss. Ein normales Sicherheitsschloss, also hoffentlich kein Problem. Heute Abend würde er sehen, ob sich das Lockpicking-Seminar, das er vor zwei Monaten mitgemacht hatte, bezahlt machen würde. Eigentlich war das Seminar nur für Angestellte von Schließdienstfirmen gewesen, aber Schlaicher hatte teilnehmen dürfen, weil er eine Security-Firma leitete. Gelernt hatte er jedenfalls das, was er im Ansatz schon früher beherrscht hatte: Schlösser ohne Schlüssel aufzubekommen. Nur das Werkzeug hatte sich geändert. Anstatt der alten Dietriche lag nun ein sündhaft teures Lockpicking-Set bei ihm zu Hause im Schrank. Mit allem, was das Einbrecherherz begehrte. Eigentlich hatte er es auch benutzen wollen, um Dietsches Gemälde bei einem nächtlichen Galeriebesuch zu stehlen. Aber die Sicherheitsanlage war eine Nummer zu groß für ihn gewesen. Er hatte sich darum etwas anderes einfallen lassen, was ja immerhin einigermaßen funktioniert hatte. Leider hatte er danach geschludert. Dieses Schludern war der Grund, warum er jetzt nicht nach Hause fahren konnte, um sich endlich ein bisschen hinzulegen, sondern noch einmal den weiten Weg in den Hotzenwald auf sich nehmen musste.

»Wenn die Mondkinder wenigstens nichts gegen Telefone hätten«, fluchte Schlaicher vor sich hin, als er wieder im Wagen saß.

Er hielt bei McDonald's an und aß ein fettiges Burgermenü, dann fuhr er den mittlerweile wohlbekannten Weg in Richtung Hotzenwald.

Als er nach einer Dreiviertelstunde Fahrt auf der Höhe ankam, sah er vor sich eine dicke Rauchsäule aufsteigen. Er fuhr weiter und sah bald, dass der Rauch von dem Hof der Mondkinder kam. Dort, wo der Hof gestanden hatte, war jetzt nur noch eine qualmende Ruine zu sehen. Die Außenmauern standen noch, das Dach des Haupthauses aber war eingestürzt.

Das Feuer war bereits gelöscht; mehrere Feuerwehrwagen standen um das Haus, dazu bis auf den Weg zum Hof mehrere Autos. Schlaicher stellte den Frontera hinter einem Ford ab, der einen »Freiwillige Feuerwehr«-Aufkleber trug. Er musste sofort an das Bild denken. Und er sah schon, wie Dietsche ihn bei lebendigem Leibe einkochen und dann in einem Loch verscharren würde.

Schlaicher rannte auf den qualmenden Hof zu. Bei den Feuerwehrleuten standen Menschen, die Schlaicher nicht kannte und die so aussahen, als seien sie aus dem Dorf. Abseits von ihnen hatten sich die Bewohner des Hofs um die wenigen Habseligkeiten gruppiert, die sie offenbar aus den Flammen hatten retten können. Ein Polizist sprach mit ihnen und notierte sich etwas. Schlaicher ging sofort zu ihnen.

»Was ist passiert?«, fragte er atemlos. Der Polizist schaute kurz auf, wandte sich dann aber wieder seinen Notizen zu.

Immanuel sagte: »Sie haben unseren Hof abgefackelt.«

»Wer?«

»Die da«, sagte der Guru und zeigte auf die Gruppe der Dorfbewohner.

»Jetzt emol halblang«, sagte der Polizist. »Das isch Verleumdung, und Sie mache sich strafbar, wenn Sie so öbbis sage. Mir werde de Schuldige schon ermittle.«

Immanuel nahm Schlaicher am Arm und führte ihn etwas weg von seinen Brüdern und Schwestern. Anna Wittmann weinte bitterlich und wurde von ihrem »Bruder Johannes« im Arm gehalten, der sie bereits bei der Nachricht über den Tod ihres Vaters getröstet hatte. Offenbar gab es auch in einer Kommune Beziehungen, die besser funktionierten und stärker waren als andere.

»Also, was ist passiert?«, fragte Schlaicher erneut.

»Heute früh hat jemand drei Molotow-Cocktails auf den Hof geworfen. Zwei aufs Haupthaus und einen auf die Scheune. Obwohl es feucht ist, hat alles sofort angefangen zu brennen.« Tränen traten in Immanuels Augen. »Die Leute haben Angst vor uns, weil wir glücklich sind.«

»Ist jemandem etwas passiert?«

»Nein, zum Glück nicht. Die Kinder sind noch im Kindergarten und in der Schule, und wir konnten alle gleich raus. Wir haben noch versucht, zu retten, was zu retten war …«

»Was ist mit meinem Bild?«, platzte Schlaicher heraus.

»Wolfgang hat es rausgeholt. Zusammen mit ein paar Statuen der heiligen Muttergottes Maria.«

»Gott sei Dank«, stieß Schlaicher glücklich aus.

»Warum erlegt uns der Herr nur eine solche Prüfung auf?«, stöhnte Immanuel unterdessen.

»Mache Sie sich keini Sorge«, sagte jemand von hinten. Es war Hug. »Ich ha das Bild usseg'holt.« Auch er klang traurig.

»Das ist doch jetzt egal«, log Schlaicher. »Wichtig ist nur, dass Ihnen allen nichts passiert ist.«

»Nüt passiert!«, empörte sich Hug. »Wo solle mir denn aane? Jo, die henns jo g'schafft. Die henn uns jo zum Deufel haa wölle. Geschter z'Obe han i e Zettel g'funde, wo druffg'schtande isch, dass mir Mörder siige un furtmiesste ussem Dorf.«

»Wo ist der Zettel?«, fragte Schlaicher.

Hug lachte bitter: »Hätt i ehnder de Zettel usem brennige Hus hole solle als di Bild?«

Jetzt kam auch der Polizist dazu und wandte sich an Schlaicher. »Was habe Sie denn hier verlore?«

»Das ist ein Kunde, der Marienstatuen bei uns kauft«, sagte Immanuel. Schlaicher nickte.

»Und wie heißt de Kunde?«

»Schlaicher«, sagte Schlaicher. »Rainer Maria Schlaicher.«

»Dann nehm ich Ihre Personalie am beschte au no uff, für alli Fäll.«

»Haben Sie denn schon die der anderen Leute aufgenommen, die hier sind?«

»Natürlich nicht«, sagte Immanuel dazwischen.

Aber der Polizist gab erst Ruhe, als Schlaicher ihm seinen Ausweis gezeigt hatte, dessen Daten er fleißig in ein Formular übertrug.

Schlaicher wollte jetzt eigentlich nur noch das Bild sehen und fragte Hug danach.

»Ich ha's geschter z'Obe fertig g'macht. Di Nochber muess jetzt aber warte mit neue Figure.«

»Wo gehen Sie jetzt hin?«, fragte Schlaicher, während Hug eine Plastiktüte aus dem Haufen der geretteten Habseligkeiten zog.

»Bruder Immanuel het g'sait, dass er nit wüssi, ob un wie die Versicherig in so Fäll vo Brandstiftig zahlt. Uff jede Fall werde mir jetz erscht emol uff Säckinge umziehe, in e Hotel.«

»Und von da aus nach etwas Neuem suchen«, fügte Judith hinzu.

»Hier wollt ihr nichts Neues aufbauen?«, fragte Schlaicher, der von Hug das in eine Decke gewickelte Bild in die Hand gedrückt bekam.

Sie schüttelte den Kopf und zeigte in die Richtung der Leute, die bei der Feuerwehr standen und ab und zu mitleidige, aber auch böse Blicke zu ihnen herüberwarfen.

»Aber wenn die erst mal erfahren haben, dass ihr mit dem Mord nichts zu tun habt, dann werden sie euch doch wieder in Ruhe lassen.«

»Mir wölle do kei neus Huus aaneschtelle«, bekräftigte jetzt auch der Restaurator.

Schlaicher nahm das Bild aus der Wolldecke. »Dann wollt ihr kampflos aufgeben?«

Judiths Antwort kam schnell: »Wir sind Marias Mondkinder. Wir sind nicht auf dieser Erde, um zu kämpfen, sondern um in Frieden zu leben.«

Schlaicher war sich in diesem Moment sicher, dass die Mondkinder mit dem Tod Wittmanns nichts zu tun hatten.

»Habe ich Ihnen nicht gesagt, dass ich Sie nicht mehr sehen will, Schlaicher?«, rief jemand aufgeregt von hinten. Schlaicher, der gerade schockiert das Gemälde betrachtete, denn es schien das falsche Bild zu sein, drehte sich um und sah Kommissar Schlageter über den Weg stapfen.

»Was haben Sie mit dem Bild gemacht?«, fragte er Hug aufgelöst.

»Ich has restauriert«, sagte der nur.

Tatsächlich waren es das gleiche Mädchen, die gleiche Landschaft und die gleichen Tiere im Hintergrund, aber die Düsterheit des Gemäldes war verschwunden. Stattdessen schienen die Farben zu leuchten. Dass der Rahmen jemals beschädigt gewesen war, konnte man nicht mehr sehen.

»Aber … es sieht ja ganz anders aus«, stotterte Schlaicher, der keine Ahnung hatte, wie er das Dietsche erklären sollte.

»Jo, ich has halt restauriert«, wiederholte Hug nur, und dann war Schlageter da und baute sich vor Schlaicher auf.

»Sie haben mich ganz genau gehört«, bellte er wütend. Während die Partie um sein eines Auge einen tiefen Rotton angenommen hatte, der schon fast ins Schwarz tendierte, schillerten am anderen Auge ein paar grünlich gelbe Stellen. Dass er völlig außer Puste war, verlieh ihm noch mehr das Aussehen eines verletzten gehetzten Bullen.

»Ja, habe ich«, sagte Schlaicher.

»Und warum geben Sie mir dann keine Antwort?«

»Vielleicht weil die Frage keine Antwort wert war.«

Schon als er es sagte, wusste Schlaicher, dass er Schlageter damit wutschnaubend machen würde. Und tatsächlich stampfte der erst einmal mit dem Fuß auf den Boden, bevor er loslegte: »Das wird noch ein Nachspiel haben für Sie. Ich krieg Sie dran, das schwöre ich Ihnen.«

Damit wandte er sich an Hug und fragte: »Was ist passiert?«

Immanuel kam dazu, und während Schlageter sich die Geschichte aus der Sicht der Mondkinder erzählen ließ, wickelte Schlaicher das Bild wieder ein und steckte es in die Tüte.

»Und Sie haben nur gesehen, dass es ein junger Mann war?«, fragte Schlageter gerade nach. Schlaicher sah, dass auch Hellbach dabei war. Der stand mit den Feuerwehrleuten herum und machte sich Notizen in sein kleines Büchlein. Während Schlaichers Blick über die qualmenden Reste des Hofes wanderte, stürzte das

Dach der Scheune ein. Zum Vorschein kam das angekohlte Wrack des Pritschenwagens.

»Was ist das?«, fragte Schlageter laut, der sich ebenfalls zu dem Lärm umgedreht hatte.

Judith hatte bei dem Zusammensturz der letzten noch stehenden Reste des Hofes laut zu klagen begonnen. Immanuel hielt sie im Arm.

»Ist das ein Pritschenwagen?«, fragte Schlageter noch lauter.

Immanuel antwortete: »Ja, eines unsrer Fahrzeuge.«

Schlageter hatte also doch von dem Pritschenwagen erfahren. Wahrscheinlich hatte es noch mehr Zeugen gegeben, die ein solches Gefährt in der Nacht gesehen hatten. Schlaicher ahnte, dass die Entdeckung eines beim Aufhängen der Leiche verwendeten Fahrzeugs im Fuhrpark der Mondkinder neues Öl in Schlageters brennenden Verdacht gegen sie bedeutete.

»Der Wagen kann nicht auf Sie angemeldet sein«, sagte Schlageter. »Wie haben alle Pritschenwagen in der Umgebung überprüft.«

»Bruder Karlfrieder hat ihn in unsere Gemeinschaft eingebracht. Vielleicht hat er vergessen, ihn umzumelden«, erklärte Immanuel, und Karlfrieder kam dazu. Schlaicher hatte ihn bisher nur einmal, am ersten Tag, gesehen. Ein unauffälliger Mann um die vierzig.

»Es isch mi Wage gsii«, sagte er, und auch in seiner Stimme klangen Trauer und Angst vor der Zukunft mit. Schlageter verstand seinen brüchigen Tonfall offenbar anders:

»Sie haben den Wagen vor uns geheim gehalten!«, kläffte er.

Karlfrieder, Immanuel und die anderen sprachen jetzt alle durcheinander und waren empört, dass sie, die Opfer eines Verbrechens, von Schlageter bereits wieder verdächtigt wurden. Auch der Kommissar schrie herum. Schlaicher schien es wenig sinnvoll, länger hierzubleiben. Er griff sich Hug aus dem Pulk der Diskutierenden. »Ich wollte eigentlich nur den Rahmen repariert haben. Kann man das Bild wieder dunkler machen?«

»Loos emol, ich ha jetzt anderi Sorge. Das Bild isch fachmänisch und in Höchstg'schwindigkeit restauriert. Nimm's so, wies isch, oder losses do.«

»Na toll. Und was bin ich Ihnen schuldig?«, fragte Schlaicher genervt.

»Gib, was es dir wert isch. So isch das bi uns. Aber nit jetzt«, sagte Hug. »Gib mir di Telefonnummer. Ich rief di deno aa, wem-mir wüsse, in wellem Hotel mir sin.«

Schlageter schrie gerade, so laut er konnte, um Ruhe, aber das schien niemanden zu beeindrucken.

»Und sag em Trefzer Erwin, dass ich chuum no Figure ha. ‘s wird e Rüngli goo, bis ich neui mache chaa.«

»Sag ich ihm«, sagte Schlaicher und ging unbehelligt von dem beschäftigten Kommissar, aber freundlich, wenn auch überrascht gegrüßt von dessen Assistenten Hellbach zu seinem Wagen.

Er legte das Bild auf den Beifahrersitz und schwor sich, extrem langsam und vorsichtig zu fahren. Zwar war das Bild anders, als er es gestohlen hatte, aber immerhin hatte er es wieder und konnte es Dietsche zurückgeben. Was der dazu sagen würde, stand allerdings auf einem anderen Blatt. Wobei sein Plan für heute sowieso nicht vorsah, bei Dietsche vorbeizufahren. Nachdem Schlageter den Pritschenwagen der Mondkinder entdeckt hatte, würde er sich sicherlich noch mehr auf sie als potenzielle Täter einschießen. Schlaicher hatte das Gefühl, es der Gruppe schuldig zu sein, seine bisherigen Spuren weiterzuverfolgen. Bevor er aber tun konnte, was er heute vorhatte, war es dringend nötig, noch ein bisschen zu schlafen. Schlaicher hatte schon Bauchschmerzen vor Müdigkeit. Allerdings stand noch ein weiterer Punkt auf seiner Liste, den er schon zu lange hinausgeschoben hatte.

Auf dem Rückweg hielt er in Schopfheim bei seiner Opel-Werkstatt und erklärte dem verdutzten Werkstattleiter, dass er nur den Scheibenwischer reparieren sollte, das verbeulte Dach würde er später machen lassen.

»Schaffen Sie das jetzt gleich?«, fragte er, aber der Mann mit Schnurrbart schüttelte den Kopf.

»Mir hen no so viel jetz. Ich lueg emol, ob ich das am Mittag no ineschiebe chaa. Solle mir Sie heimfahre un ‘s Auto nochher vorbeibringe?«

»Ich brauche den Wagen unbedingt spätestens um fünf Uhr

wieder«, sagte Schlaicher und fragte sich kurz, ob sein Opelhändler etwas mit dem Mord an Ulrich Wittmann zu tun haben könnte. Nur wegen des Schnurrbarts ...

Endlich zu Hause begrüßte ihn ein wedelnder Dr. Watson. Der Hund wollte raus, und Schlaichers Vater war nicht da. Aber sein Wagen hatte doch vor der Tür gestanden? Schlaicher legte Dr. Watson das Halsband um, was der Hund mit freudigem Brummen quittierte, und ging mit ihm runter. Dr. Watson war so quicklebendig, dass Schlaicher sich noch mehr ärgerte, die vergangene Nacht durchgemacht zu haben. Als er unten war, machte er seinen Vater durch die offene Tür von Trefzers Scheune aus. Schlaicher wartete, bis ein Lkw und zwei Autos vorbeigefahren waren, und überquerte die Straße.

»Hier bist du«, sagte er zu seinem Vater.

»Ah, de Doggter Wotsen«, sagte Trefzer.

Ein Preisschild baumelte vom Ärmel des Anzugs, den Schlaicher senior trug. Schlaicher sah, dass Trefzer eine Ecke seiner Scheune notdürftig als Umkleidekabine abgehängt hatte. Auf dem Tisch, der zwischen seinem Vater und seinem Nachbarn stand, lag ein riesiger Haufen in Plastikfolie verpackter Anzüge. Eine Kleiderstange, die Trefzer aufgestellt hatte, bog sich bereits unter der Last des feinen Zwirns.

»Schau mal hier«, sagte Schlaicher senior und wies auf den Tisch. »Weißt du, was das ist?«

»Anzüge?«, sagte Schlaicher.

»Ja, aber nit irgendsone Züüg vo Neume, das sin idalienischi. Beschti Qualität. Di Vadder het grad scho drei chauft.«

»Was hast du?«, fragte Schlaicher.

»So günstig komme ich nie mehr an so gute Anzüge ran. Hundertfünfzig Euro pro Stück. Kauf dir auch gleich welche.«

»Siehsch, Rainer, so lauft das bi mir. Ich ha gueti War zum gueti Priis. Un mini Chunde mache d'Werbig für mi.«

»Ich brauche keinen Anzug«, sagte Schlaicher genervt und zog an Dr. Watsons Leine. »Komm, Watson, wir gehen Gassi.«

»Was regsch di so uff hütt?«, fragte Trefzer hinter ihm her.

»Es tut mir leid, Erwin«, sagte Schlaicher. »Aber ich habe so gut wie gar nicht geschlafen. Ach so, ich soll dir von Wolfgang Hug sagen, dass er dir in nächster Zeit keine Statuen liefern kann.«

»Was? Wieso das denn?«

»Irgendjemand hat den Hof angezündet. Der ist bis auf die Grundmauern runtergebrannt, aber zum Glück ist niemandem was passiert.«

»Und das Bild?«, fragte sein Vater besorgt.

»Das Bild ist da, aber irgendwie auch nicht so richtig. Ich gehe jetzt mit dem Hund. Wenn du fertig bist mit deiner Modenschau, dann zeig ich dir, was ich meine. Und dann muss ich endlich mal schlafen. Ich kann kaum noch grade stehen.«

Schlaicher verließ die Scheune und ging seinen gewohnten Weg, vorbei an der Metzgerei, vorbei am Bauern und hoch in Richtung Friedhof. Als er Dr. Watson von der Leine nahm und noch ein paar Schritte weiter den Berg hochstapfte, ließ er sich noch einmal den Plan für heute Abend durch den Kopf gehen. Eigentlich war es verrückt, was er vorhatte. Er war sich nicht einmal sicher, ob er damit überhaupt irgendein Ergebnis erzielen würde. Musste er sich denn weiter in einen Mordfall einmischen? Er konnte natürlich auch einfach Schlageter auf Uersli ansetzen, aber seine Sorge war, dass der Kommissar wieder mit den falschen Mitteln versuchen würde, an Informationen zu kommen. Wenn er, Schlaicher, ein Interesse hatte, dass der Mordfall aufgeklärt würde, dann musste er tun, was er sich vorgenommen hatte. Um jetzt zu kneifen, steckte er bereits viel zu tief drin.

Als es an der Tür klingelte, wachte Schlaicher sofort auf. Es war halb sechs, und draußen war es schon wieder dunkel. Er fühlte sich frisch und erholt und spürte bereits das Lampenfieber, dieses leichte Kribbeln im Bauch, dieses herrliche Unwohlsein der Aufregung. Schlaicher hörte, dass entweder Lars oder sein Vater zur Tür ging, und ließ sich Zeit damit, sich anzuziehen. Ein schwarzes T-Shirt, ein schwarzer Rollkragenpullover und eine schwarze Hose aus einem sehr elastischen Jeansmaterial.

»Ist mein Chef da?«, hörte er Martinas Stimme von draußen.

»Rainer?«, sagte Lars und klopfte vorsichtig an die Tür zum Schlafzimmer.

»Ich komme gleich«, sagte Schlaicher und klang genervter, als er es war.

»Wir warten in der Küche«, rief Lars.

Schlaicher zog seine dunklen Wanderstiefel an. Diese Schuhe waren am bequemsten und am trittfestesten. Sie waren aus Leder und nicht wie die moderneren Modelle mit allerlei Gore-Tex-Stellen verziert oder gar mit reflektierenden Materialien auffällig gemacht. Schlaicher schaute an sich hinunter. Mit der dunklen Hose über dem Stiefelschaft fiel es kaum auf, dass die Schuhe nicht richtig zum restlichen Outfit passen wollten.

Er ging in die Küche. Lars, Sarah und sein einen der neuen Anzüge tragender Vater saßen zusammen am Tisch und unterhielten sich mit Martina, die ebenfalls einen Rollkragenpullover trug, allerdings in einem dezenten Blauton, der zu ihrer Jeans passte.

»Du machst heute einen auf Existenzialist?«, fragte sie, als sie ihn sah.

»Was dagegen?«, knurrte Schlaicher. Immerhin hatte sie diesen Laffen, diesen Windhund nicht dabei. Er setzte sich auf den einzigen freien Stuhl neben sie.

»Und, hast du dich gut amüsiert?«, fragte er gleich.

»Ja, was dagegen? Und selbst?«

»Einen sehr schönen Abend gehabt«, log er.

»Ich auch«, sagte Martina.

»Schön.«

»Ja.«

Jetzt sagte keiner mehr etwas.

»Also, Fräulein Holzhausen …«, begann Schlaicher senior, aber als sowohl Schlaicher als auch Martina ihn anfunkelten, brachte er seinen Satz nicht zu Ende.

»Du warst heute nicht arbeiten?«, fragte Schlaicher, ohne Martina anzuschauen.

»Ich fühlte mich krank«, sagte sie schnippisch.

»Krank …«, wiederholte Schlaicher. Wohl zu lange mit dem Jüngling rumgemacht gestern Nacht, dachte er. Während er selbst die ganze Nacht durch bei seinem sterbenden Basset hatte wachen müssen, der jetzt wieder topfit um Martina herumscharwenzelte.

»Ich hab genug Überstunden, dass wir auch sagen können, ich habe freigenommen. Wenn dir das lieber ist.«

»Sei nicht so zickig«, sagte Schlaicher.

»Bitte? Das ist jetzt nicht dein Ernst, oder?«

»Ich finde nur, wenn du schon nicht anrufst, obwohl ich das deinem Lover bestelle, und du dann freitagabends kommst, um mir zu sagen, dass du nicht gearbeitet hast, dann könntest du das wenigstens etwas freundlicher machen.«

»Du spinnst ja wohl«, schimpfte sie.

»Jetzt hört mal auf, euch zu streiten, Kinder«, sagte Schlaichers Vater dazwischen, aber wieder schauten ihn beide böse an.

»So lasse ich nicht mit mir reden«, sagte Schlaicher ganz ruhig.

»Ich auch nicht mit mir«, sagte Martina etwas aufgebrachter, was Schlaicher wieder wütender machte. Lars und Sarah schauten sich die Szene mit eingezogenen Köpfen an.

»Also, können wir vielleicht auf eine sachliche Ebene zurückkommen?«, versuchte es Schlaicher.

»Ich bin nie unsachlich geworden«, erwiderte Martina.

»Also gut. Du hast frei gemacht, ist ja auch kein Problem«, begann Schlaicher, aber Martina ging gleich dazwischen:

»Ich wüsste auch nicht, was für ein Problem du damit haben solltest …«

Das Klingeln des Telefons kam Schlaicher nur recht. Noch ein paar Worte mehr, und er hätte wirklich einen Wutausbruch bekommen. Was bildete Martina sich ein! Erst lud sie ihn zum Essen ein, dann ging sie mit einem anderen, der dann auch gleich bei ihr übernachtete, und dann arbeitete sie einfach nicht. Und war dazu noch unverschämt. Schlaicher ging ohne ein weiteres Wort zum Telefon.

»Schlaicher«, sagte er.

»Hallo, hier ist Ulf. Ist Lars da?«

»Lars, für dich!«

Schlaicher legte den Hörer weg und ging zurück in die Küche, wo Martina mit grimmigem Blick und verschränkten Armen dasaß. Lars kletterte gerade über Sarah, um ans Telefon zu gehen. Sarah und Schlaichers Vater starrten vor sich hin. Bloß keinem der beiden Streitenden in die Augen schauen und damit vielleicht die Aufmerksamkeit auf sich ziehen.

»So, hast du dich beruhigt?«, fragte Schlaicher unfreundlich.

»Wieso sollte ausgerechnet ich mich beruhigen?«, fragte Martina zurück.

»Ich nehme an, weil du gekommen bist, um dich zu entschuldigen. Und das sollte man eben auf etwas freundlichere Art machen.«

»Entschuldigen? Ich mich?« Jetzt war Martina laut geworden, und Schlaicher fragte genauso laut zurück: »Ja, wer denn sonst? Ich etwa?«

»Du kapierst ja wohl gar nichts!«, rief sie jetzt und stand auf. »Ich kündige. Und du kannst mich mal!«

Schlaicher sprang auch auf: »Und du mich auch. Und überhaupt: Du brauchst nicht zu kündigen, weil ich dich nämlich feuere! Du kannst morgen kommen und deine Papiere abholen!«

»Was ich kann und was nicht, das ist meine Sache«, sagte sie jetzt plötzlich leise und traurig und lief dann aus der Küche.

»Ja, geh doch!«, rief Schlaicher hinter ihr her, bereute es aber im selben Moment. Was passierte hier gerade? Was war bloß los?

Die Tür schlug so laut zu, wie Schlaicher sie noch nie hatte knallen hören, und zu allem Überfluss schauten ihn drei Augenpaare anklagend, ja fast feindlich an. Dr. Watson allerdings sah etwas verstört aus.

ELF

Zum Glück war es so früh dunkel, dachte Schlaicher, als er mit dem Frontera durch den Regen fuhr und der neu angebrachte Scheibenwischer für freie Sicht sorgte. Die Werkstatt hatte den Wagen zurückgebracht, als Schlaicher noch tief geschlafen hatte. Es war schon beinahe ein ungewohntes Gefühl, etwas sehen zu können. Ein gutes Zeichen. Zwar klaute er seit vielen Jahren, aber Einbrüche gehörten überhaupt nicht zu seinem Metier. Was er sich heute vorgenommen hatte, war neben ein paar fingierten Einbrüchen bei Auftraggebern also eine Premiere. Und eine besonders komplizierte dazu. Denn er hatte, anders als bei seinen richtigen Aufträgen, weder die Zeit noch die Gelegenheit gehabt, sein Vorhaben angemessen vorzubereiten. Außerdem wusste er nicht einmal, was er eigentlich suchte. Denn ob es einen Hinweis darauf, dass Uersli etwas mit dem Mord an seinem Partner zu tun hatte, überhaupt gab und wie er aussehen würde, konnte Schlaicher nicht einschätzen.

Schlaicher musste an Martina denken. Er war wütend und traurig, wütend auf sie und auf sich selbst. Wie hatte es dazu kommen können? Sie hatte gekündigt. Ob sich das wieder einrenken würde? So, wie sie gegangen war, hatte Schlaicher nicht viel Hoffnung. Aber auf der anderen Seite: Es war ja eigentlich nur ein dummer Streit gewesen. Vielleicht wirklich ziemlich dumm von seiner Seite. Zumindest hatte ihm das seine Familie mit deutlichen Worten bestätigt, bis Schlaicher noch wütender seine Sachen zusammengepackt hatte. Sein Vater war zuerst nur grimmig seiner Bitte nachgekommen und hatte bei Uerslis Sekretärin angerufen. Sie war tatsächlich noch im Büro gewesen. Schlaicher hatte vorbereitet, was er sagen sollte: Er wolle sich bei Uersli entschuldigen für seinen Auftritt. Frau Weniger-Sollstein hatte daraufhin gesagt, dass außer ihr niemand mehr da sei. Er solle am Montag noch einmal anrufen.

»Sie hat aber gemeint, es wäre nutzlos«, hatte sein Vater anschließend gesagt. »So sauer ist ihr Chef wohl noch nie gewesen. Sie hat auch Ärger bekommen, weil sie uns reingelassen hat. Ich hoffe, du weißt jetzt, was du wissen wolltest.« Danach hatte er dann einen Satz gesagt, der Schlaicher dazu gebracht hatte, das Haus sofort zu verlassen: »So geht man nicht mit seiner Sekretärin um!«

Aber es war doch auch kein Wunder, dass Schlaicher so gereizt war. Immerhin hatte er ein paar Tage hinter sich, die niemand so einfach wegstecken würde. Und er hatte etwas vor sich, das auch weit von jeder Alltäglichkeit entfernt war.

Während er an Steinen vorbeifuhr, wurde das Kribbeln in seinem Magen immer stärker. Das, was er schon bei kleinsten Diebstählen als Lampenfieber kannte, potenzierte sich bei diesem echten Verbrechen. Denn auch wenn er wusste, dass er nichts Böses wollte, ein Sicherheitsmann oder ein Polizist würde sich davon sicherlich nicht überzeugen lassen. Eines war klar: Er durfte nicht erwischt werden. Um keinen Preis. Er würde nicht nur sofort verhaftet werden und von Schlageter endgültig des Mordes an Ulrich Wittmann bezichtigt werden, sondern auch nie wieder einen Auftrag für seine Firma an Land ziehen können. Wer wollte schon jemanden als Testdieb einstellen, der wegen Einbruchs in einem Unternehmen der Umgebung vorbestraft war? Genau aus diesem Grund hatte er Martina das Versprechen abgenommen, nie wieder zu stehlen, wenn sie bei ihm arbeiten wollte. Nein, nicht an Martina denken, zwang er sich, aber irgendwie führten alle seine Gedanken doch zu ihr, zumindest bis er sich seinem Ziel näherte.

In Lörrach angekommen, atmete Schlaicher mehrfach tief ein und aus und fuhr langsam die Wiesentalstraße hinunter. Gestern Nacht hatte sein Plan noch so logisch geklungen, so einfach, aber jetzt war er doch kurz davor, alles hinzuschmeißen. Er wusste nicht, in welchen Intervallen der Mann von der Sicherheitsabteilung kam. Er wusste nicht einmal mit Sicherheit, ob Uersli nicht doch noch im Büro war oder vielleicht irgendwann noch einmal reinschneien würde. Immerhin hatte er ihn gestern auch später noch am Innocel gesehen, bevor er zu diesem Hof gefahren war.

Außerdem: Sollte er nicht lieber zu Martina fahren, um sich zu entschuldigen? Schlaicher hätte über diesen Gedanken fast die Einfahrt zur Marie-Curie-Straße verpasst. In letzter Sekunde bog er scharf links ab.

Jetzt wurde es ernst. Er musste abschalten, musste sich klar darüber sein, dass nur volle Konzentration zum Erfolg führte.

»Ein mal eins ist eins. Zwei mal eins ist zwei. Drei mal eins ist drei …«, begann er laut vor sich herzusagen und schaffte es, bis »Sieben mal fünf« zu kommen, ohne den Faden zu verlieren. Dann stand er auf demselben Platz wie den Abend zuvor und nahm die Aktentasche mit dem Werkzeug. Den Schlüsselbund des Webdesigners hatte er in der Hosentasche, in der anderen war die winzige Taschenlampe mit dem absolut präzis gebündelten Lichtstrahl, die er sich hinters Ohr klemmen konnte wie eine Zigarette, wenn er beide Hände frei brauchte. Ein Blick in die erste Etage des Innocel bestätigte ihm das, was Uerslis Sekretärin gesagt hatte: Die Lichter waren aus, offenbar war niemand mehr in den Räumlichkeiten der »lifetest«.

Der Schlüssel des Internetfreaks öffnete ihm die Tür zum Gebäude. Das Licht ging an, und Schlaicher stieg die Treppe hinauf. Obwohl ihn niemand sah, bemühte er sich, so auszusehen, als sei es das Natürlichste der Welt, um diese Uhrzeit hier hochzugehen. Im ersten Stock, von dessen Gang Glastüren nach links oder rechts führten, gab es eine der metallenen Schiebetüren, die noch aus dem ursprünglichen Gebäude stammten. Er öffnete mit dem Schlüssel der beiden Jungs die rechte Tür, die in den Gang führte, in dem »lifetest« und die Web-Agentur ihre Büros hatten. Da es der richtige Schlüssel war, gab es auch keinen Alarm.

Auf der rechten Seite lagen die Toiletten. Schlaicher ging auf die Herrentoilette, wusch sich die Hände und wartete. Als er wieder hinausging, war das Licht ausgegangen, aber er drückte nicht auf den Schalter an der Wand. Stattdessen klemmte er sich die Minitaschenlampe hinters Ohr und kramte nach seinem Lockpicking-Set. An der Tür zu Uerslis Firma holte er zuerst einen Spanner heraus, ein Spezialwerkzeug, den er, wie er es in seinem Seminar geübt hatte, in den Zylinder einführte. Sein elektrisches Pickgerät machte zwar Geräusche, war aber am schnellsten und effektivsten. Als er es in den Zylinder führte und anschaltete, klang es wie eine winzige Bohrmaschine, aber Schlaicher wusste, dass es nicht bohrte, sondern die Schließstifte durch starke Vibrationen in Bewegung brachte. Und tatsächlich: Schon bewegte sich auch der ganze Zylinder. Schlaicher stellte das Gerät ab und steckte es zurück in die Tasche. Die erste Stufe des Aufschließens war geschafft. Mit einem kleinen Schraubenzieher drehte er den Zylinder, achtete im Licht seiner Taschenlampe aber darauf, dass er keine ganze Umdrehung machte. Ein sogenannter Flipper, ein Gerät, das wie eine zu dick geratene Metallspritze aussah, half ihm dabei, dass die Stifte nicht noch einmal einrasteten. Ein Druck, und die Stifte waren über den Einrastpunkt hinweg. Mithilfe des Schraubenziehers drehte er das Schloss weiter, dann war die Tür offen. Das Gute an diesem System war, dass man keine Spuren der Öffnung sehen würde. Zwar hatten die Geräte und der Kurs eine gute Stange Geld gekostet, aber spätestens jetzt zahlte es sich aus. Er steckte die Geräte schnell zurück und öffnete die Tür.

Etwas Licht drang durch die nur halb geschlossenen Jalousien. Genügend, um in ein bis zwei Minuten etwas zu sehen, ohne die Taschenlampe zu brauchen. Schlaicher schaltete sie ab und ging durch das Sekretariat und gleichzeitige Vorzimmer weiter in das Großraumbüro. Auch hier kam genug Licht in den Raum, um die Konturen der Schreibtische und der Schränke erkennen zu können. Als Erstes ging er zu Uerslis Schreibtisch und setzte sich auf den ledernen Bürostuhl. Vor ihm war das Quadrat eines Flachbildschirms, rechts standen mehrere Ablagekästen, die mit Papieren gefüllt waren; neben der Tastatur lagen weitere Zettel und Post-its. Schlaicher nahm sich die Kästen vor. Er schaltete die Taschenlampe an und arbeitete sich durch den Posteingang. Rechnungen, Werbung, eine Mahnung, eine Abrechnung der AOK, die die Einzahlung der Sozialbeiträge eines Mitarbeiters namens Jonas Strieber bescheinigte, das neueste Exemplar der Zeitschrift »Pharma aktuell« und eine Auftragsbestätigung der Freiburger Biomedal. Der Auftrag beinhaltete eine Sekundärprüfung des Asthmamittels, das auch Schlaichers Vater verwendete. Er schaute genauer hin, aber neben der Summe von 34.500 Euro fand er keine weiteren Informationen. Vielleicht lag ja das Angebot Uerslis noch irgendwo herum. So etwas verschickte man bei solchen Beträgen doch auch heute noch in Papierform.

Schlaicher schaute kurz auf die Zettel, die direkt vor ihm lagen, aber alle mit ihm Unverständlichem vollgekritzelt waren. Offenbar gehörte Uersli zu den Leuten, die beim Telefonieren zeichneten. Kringel und ausgemalte Vierecke, der Firmenname »Pohlmann GmbH« und ein Pfeil, etwas in Anführungszeichen, was Schlaicher beim besten Willen nicht identifizieren konnte. Entweder hatte Uersli extrem schnell geschrieben, oder er hatte eine Sauklaue. Ah, auf einem Post-it stand die Telefonnummer von Schlageter, auf einem weiteren, das nicht mehr richtig klebte, stand »A.W.« und ebenfalls eine Telefonnummer, nicht aus Lörrach. Was war 07632? Freiburg hatte 0761 als Vorwahl, Lörrach hatte die 07621 und Maulburg die 07622. Bedeutete die »3«, dass der Vorwahlbereich noch weiter weg von Freiburg war als Lörrach? Schlaicher notierte sich die Nummer.

Als Nächstes nahm er sich Uerslis Rollcontainer vor. In der Schublade ganz oben lagen Stifte, Büroklammern, eine Schere und leere Post-its, der typische Inhalt einer obersten Schublade eines Rollcontainers. Die zweite Lade war schon interessanter, aber leider auch sehr unübersichtlich: Sie war voll mit bedruckten DIN-A4-Seiten. Ausdrucke aus dem Internet, wie Schlaicher sah. Das mit ausgedruckte Datum zeigte ihm, dass die Zettel schon seit sechs Monaten hier liegen mussten. »Rekonvaleszenzphase«, stand über einer Grafik mit mehreren bunten, im zeitlichen Verlauf ansteigenden Linien. Schlaicher legte die Blätter zurück und schloss die Schublade, um sich die unterste anzuschauen.

Plötzlich saß er ganz steif da. War da nicht etwas gewesen? Sofort schaltete er die Taschenlampe aus. Verdammt, er hatte vergessen, die Tür von innen wieder abzuschließen. Er schaute sich nach einem Versteck um, aber keine Stelle im Büro schien dafür geeignet. Gleichzeitig lauschte er weiter. Nein, wohl doch nur Einbildung. Es blieb still.

Schlaicher bemerkte, dass er die Luft angehalten hatte. Er atmete aus und wieder tief ein, dann zog er die unterste Lade heraus, eine Hängeregistratur, die mit ein paar wenigen Mappen bestückt war. Aber genug, um viel Zeit zu kosten, dachte Schlaicher besorgt und lauschte erneut. Nichts, alles war ruhig. Er knipste die Lampe wieder an und begann mit der vordersten Hängemappe.

Offensichtlich hatte Uersli hier seine Angebote mitsamt seinen Kalkulationsunterlagen abgeheftet, die noch nicht beauftragt oder abgelehnt waren. Schlaicher überflog die Adressaten, an die die Aufträge verschickt worden waren.

Die Namen auf den Angeboten lasen sich wie das Who's who der Pharmabranche; ein paar Unternehmen, die Schlaicher nicht kannte, waren auch darunter. In der vorletzten Mappe waren die Unterlagen abgeheftet, die Biomedal betrafen. Schlaicher schaute sie sich durch. Da war von einer erneuten Testreihe die Rede, ein Screening von Nebenwirkungen sollte gemacht werde – Schlaicher musste sich unbedingt einmal den Beipackzettel des Medikaments anschauen, das sein Vater nahm.

Mit den meisten Bezeichnungen konnte Schlaicher nichts anfangen. Dafür verstand er, dass vier Testreihen mit Probanden unterschiedlicher Konstitution und in Wechselwirkung mit anderen Medikamenten durchgeführt werden sollten. Adressiert war das Angebot an Dr. Richard Zettler.

Da! Schlaicher fuhr hoch und schaltete die Lampe aus. Jetzt hatte er eindeutig etwas gehört. Jemand hatte die Tür zum vorderen Büro geöffnet. Schlaicher bewegte sich lautlos zur Tür und stellte sich an die Seite des Scharniers. Er hielt die Luft an.

»Hallo? Ist hier noch jemand?«, rief eine tiefe Männerstimme.

Schlaicher überlegte kurz, ob er antworten und sich als Mitarbeiter ausgeben solle, aber verwarf den Gedanken gleich wieder.

Durch den Spalt unter der Tür drang jetzt ein Lichtschein. Schlaicher dachte an seine Tasche, die noch an dem geöffneten Rollcontainer lehnte. Wenn er schnell verschwinden musste, wären sie und sein Werkzeug verloren. Aber zum Glück hatte er nichts darin, was auf seine Identität hinwies. Wenn die Polizei allerdings beim Hersteller des Lockpick-Systems nachfragte und dabei seine Daten fand … Und die Fingerabdrücke … Schlageter hatte sie vor drei Monaten von ihm genommen. Er war aufgeflogen, war sein letzter Gedanke, als sich die Tür öffnete.

Das Licht ging an. Schlaichers Knie schmerzten, seine Nackenmuskeln waren angespannt, sein Mund war trocken und seine Hände zu Fäusten geballt. Würde er den Wachmann niederschlagen, seine Tasche holen und unerkannt fliehen können?

»Ist hier jemand?«, kam die Stimme erneut. Die Tür machte kurz vor ihm halt, wenige Zentimeter bevor der Widerstand seines Körpers ihn verraten hätte. Schlaicher atmete nicht.

Dann ging das Licht wieder aus. Die Tür schloss sich. Schritte entfernten sich, und unter dem Türspalt wurde es wieder dunkel. Schlaicher hörte, dass die Tür zum Gang abgeschlossen wurde. Er konnte sein Glück kaum fassen.

Er blieb noch eine Minute stehen, bevor er es wagte, sich zu bewegen. Als könnte die reine Verdrängung der Luft den Sicherheitsmann alarmieren und zurückholen. Er ging zu Uerslis Stuhl, setzte sich und überlegte. Was hatte er bisher berührt? Wieso hatte er an alles, nur nicht an Handschuhe gedacht? Immerhin hatte er den weichen Lappen dabei, in den die Einbruchswerkzeuge gewickelt waren. Er holte ihn heraus und wischte über die Stellen, die er berührt hatte.

Nahm Papier Fingerabdrücke an? Schlaicher war sich nicht sicher, aber konnte er alle Zettel und Papiere abwischen, die er angefasst hatte? Er gab es schließlich auf und ging zu dem Schrank, den Lappen über die rechte Hand gelegt. Der Metallschrank hatte einen Griff wie ein moderner Kühlschrank, und in dem Griff prangte ein Schloss. Er versuchte, den Griff zu bewegen, aber der Schrank war abgeschlossen.

Schlaicher schluckte. Er hatte ein großes Risiko auf sich genommen und noch nichts Greifbares gefunden. Gehen konnte er nicht, ohne nicht wenigstens noch in den verschlossenen Schrank zu schauen. Die Tatsache, dass er verriegelt war, ließ den Schluss zu, dass darin Dokumente aufbewahrt wurden, die nicht für die Augen der anderen Mitarbeiter gedacht waren. Das elektrische Aufbruchswerkzeug, mit dem er so gut zurechtkam, wollte er allerdings nicht benutzen. Er hatte Angst, der Sicherheitsmann könnte das Summen des kleinen Gerätes hören. Aber da es sich bei diesem Schloss nicht um ein Sicherheitsschloss wie das an der Tür handelte, bestand die Chance, dass er es mit anderen Werkzeugen des Sets öffnen konnte. Es dauerte kaum zwei Minuten, und er hatte, obwohl er damit im Seminar immer große Probleme gehabt hatte, den Schrank geöffnet, fast geräuschlos.

Etwa eine Viertelstunde lang schaute er sich die unterschiedlichen Ordner an. Drei Ordner von Biomedal zeigten, dass es zwischen den beiden Firmen in letzter Zeit enge Kooperation gegeben haben musste. Da war das Angebot über die neue Prüfung des Medikaments. Schlaicher erkannte die Summe von 34.500 Euro wieder. Aber es gab weitere Angebote und auch Aufträge. Ganz hinten ein Brief von ebendem Dr. Zettler, an den auch das Angebot für das neue Projekt gegangen war.

Sehr geehrter Herr Wittmann, sehr geehrter Herr Uersli,
vielen Dank für das uns unterbreitete Angebot über die Evaluierung von Neben- und Wechselwirkungen bei unserem Medikament A37e-14. Leider muss ich Ihnen mitteilen, dass wir uns nicht für Sie als Dienstleister entscheiden können, auch wenn die regionale Nähe und Ihre Referenzen für Ihr Unternehmen sprechen. Wir würden uns allerdings freuen, Ihr Unternehmen auch in Zukunft bei Ausschreibungen berücksichtigen zu können.
Mit freundlichen Grüßen
Dr. Richard Zettler, Geschäftsleitung

»Lifetest« hatte also ursprünglich nicht den Zuschlag für die Tests bekommen. Aber der Ordner gehörte doch zu den beauftragten Projekten und war voll mit Materialien, Auswertungen und auch mehreren Rechnungen!

Schlaicher schaute sich die Papiere noch einmal an und überschlug die Summen im Kopf. Knapp 70.000 Euro hatte »lifetest« nach den ersten Tests in Rechnung gestellt. Dann schaute er sich das damals gestellte Angebot an. Schlaicher staunte nicht schlecht, als er die Gesamtsumme unter den vielen Einzelposten ausmachte: 94.350 Euro hatten Wittmann und Uersli zunächst verlangt. Das etwa zwei Wochen nach dem Schreiben Zettlers datierte zweite Angebot belief sich allerdings nur auf knapp 70.000 Euro, ohne dass Schlaicher Abstriche in den einzelnen Angebotsposten ausmachen konnte. Etwa 25.000 Euro waren allerdings in den

Preisangaben herausgenommen. Hatte sich das Duo beim ersten Anlauf derart verkalkuliert? Oder hatten sie Biomedal als Kunden unbedingt gebraucht und dem Freiburger Unternehmen deshalb einen Kampfpreis gemacht? Wieso aber dann nicht von Anfang an?

Schlaicher nahm sich den nächsten Aktenordner vor und fand hier abgeheftete Honorarbelege, die nach Projekten und dann wiederum nach »Probanden« und »Patienten« geordnet waren. Schlaicher stellte fest, dass die Probanden für denselben Testlauf eines Medikaments sehr viel mehr Geld bekamen als die Patienten. Offenbar war es schwieriger, Probanden zu finden, die ein Medikament testeten, als Patienten, die sich mit der Entwicklung eines neuen Präparats vielleicht Heilung versprachen.

Der nächste Order schien sehr kryptisch. Obwohl auf dem Rücken »Bedarfslisten Büromaterial« stand – Schlaicher hätte den Ordner wegen des drögen Titels beinahe stehen gelassen –, war der Inhalt weniger langweilig, als es den Anschein gehabt hatte: fotokopierte Vorlagen, die mit Nummern versehen und mit Hand ausgefüllt waren. Die Daten auf dem Blatt bezogen sich auf das Medikament A37e-14. Das war doch die gleiche Nummer, die er soeben gesehen hatte. Schlaicher blätterte weiter. Proband M04 hatte wohl am 27. April vor drei Jahren eine heftige Reaktion gehabt. Im Feld »Sonstiges« stand mit kindlicher Schrift geschrieben: »Die Sau hat übers EKG gebrochen. Als er sauber machen muste, ist er um gekippt. Schleft jetzt.«

Was war das denn? Schlaicher las es sich nochmals durch und nochmals. Der Inhalt, die Schrift und die Schreibfehler sahen nicht so aus, als hätte klinisches Personal diese Bemerkung geschrieben. Einen Probanden als Sau zu bezeichnen und ihn sein Erbrochenes wegputzen zu lassen konnte ja wohl keine gängige Praxis sein. Schlaicher blätterte weiter und fand einen zweiten Eintrag, wieder über Proband M04: »Meint, ihm ist schlescht. Hab ihn ins Bett geschikt. A.W.«

Hatte er dieses Kürzel nicht auf einem der Post-its gesehen? Schlaicher ging zurück und schaute sich den Zettel noch einmal an. Genau, da war er. Wo lag nur dieser Vorwahl-Bereich 07632? Dann hatte er eine Idee. A.W., konnte das Anna Wittmann sein?

Schlaichers Gedanken überschlugen sich. Was hatte Bergalingen für eine Vorwahl? Nein, die Mondkinder hatten doch gar kein Telefon. Aber wenn doch?

Schlaicher horchte genau, bevor er in den Vorraum des Großraumbüros ging. Am Schreibtisch der Sekretärin benutzte er wieder seinen Lappen, um keine Fingerabdrücke zu hinterlassen. Er hatte gleich beim ersten Versuch Glück: Im Rollcontainer lag ein Telefonbuch. Er blätterte es schnell im schwächer werdenden Licht seines Lämpchens durch, ließ es wie ein Daumenkino von hinten nach vorne aufblättern und achtete auf die Vorwahlen, die oben rechts neben den Ortsnamen standen. Rickenbach oder Bergalingen standen nicht drin. Da, aber das war nah dran an der gesuchten Vorwahl: 07635 gehörte zu Schliengen. Das lag im Markgräfler Land, zwischen Lörrach und Freiburg, weit weg vom Kloster der Mondkinder. Er schaute weiter und fand noch einmal 07635, diesmal als Vorwahl von Bad Bellingen. Aber 07632 fand er nirgends. Also suchte er nach dem Verzeichnis der Orte. Hinten war es nicht, stellte er schnell fest und ärgerte sich, dass es so etwas heutzutage nicht mehr im Telefonbuch gab, als er es doch ganz vorne fand. Blöderweise standen die Orte da nur mit Postleitzahl. Aber langsam hatte Schlaicher eine Idee, wohin man 07632 vorwählen musste. Bad Bellingen war nicht weit weg von Badenweiler. Und Uerslis gestriger Besuch auf diesem Bauernhof hatte ihm genug zu denken gegeben. Vielleicht lag der Schlüssel der ganzen Geschichte dort. Ein anderer A.W.? Schlaicher beschloss, alles auf eine Karte zu setzen und die Nummer anzurufen. Wenn sich die zu der Telefonnummer gehörige Person nicht mit »Hallo« meldete, würde er zumindest herausfinden, ob der Nachname mit »W« begann. Zu Hause konnte er dann im Internet recherchieren.

Schlaicher blieb auf dem Platz der Sekretärin sitzen und wählte die Nummer. Kurz bevor er fertig war, legte er wieder auf. Was lag da? Ein länglicher Wochenkalender, auf dem »Wittmann/Uersli« stand. Schlaicher blätterte ihn durch bis zum heutigen Tag.

»Ue: Einladungen Wehrle und Fam. und Stückle« und »Ue: Catering organisieren?« und »Ue: 19:30 bis vorauss. 24:00 Uhr, Fam. Wehrle und Stückle bei Ue. Umstellung Mail nach Hause«.

Alle drei Einträge waren durchgestrichen, also offenbar erledigt. Es ging doch nichts über eine ordentliche Sekretärin, dachte Schlaicher, und seine Gedanken schweiften kurz mit einem stechenden Gefühl im Brustkorb an Martina. Wieso war er so garstig zu ihr gewesen? Sie durfte doch machen, was sie wollte. Und wenn es ausgerechnet so ein blöder Laffe sein musste, dann …

In diesem Moment drang die Bedeutung dessen, was er gelesen hatte, zu ihm durch. Wehrle konnte natürlich der Nachname sein: »W«. Mit Stückle konnte Schlaicher gar nichts anfangen. Aber vielleicht war es ja auch ganz anders. Vielleicht war W. ja zu Hause. Dann wusste er immerhin, dass W. nicht dieselbe Person wie Wehrle sein konnte. Schlaicher wählte die Nummer erneut und hielt die Luft an, während er die zweite Hand über den Knopf zum schnellen Auflegen hielt. Es klingelte. Einmal. Zweimal. Schlaicher holte tief Luft. Dreimal, nichts. Viermal, fünfmal, dann knackte es in der Leitung.

»Hallo, hier isch de Anschluss vom Wehrlehof. Mir sin nit do oder b'schäfdigt. Sagen Sie uns doch öbbis uff de Anruefbeantworder.« Die Stimme einer Frau, dann machte es Piep, und Schlaicher legte mit Herzklopfen auf. Der Wehrlehof. Uersli hatte sich nach dem Tod seines Partners merkwürdig verhalten und, wenn Anna die Wahrheit gesagt hatte, verheimlicht, ihren Vater vor dessen Tod noch gesehen zu haben. Gestern dann war er nach einem Streit zu diesem Hof gefahren, und heute traf er sich mit der ganzen Familie und einer weiteren Person bei sich zu Hause. Hatte dieser Bauer Wehrle etwas mit dem Mord zu tun? Immerhin hatte er einen Schnurrbart, wie Berta Teninger und der Penner ihn beschrieben hatten. Oder waren die Initialen auf den Testblättern doch die Anna Wittmanns gewesen? Oder die einer dritten Person? Es gab nur eine Möglichkeit, das herauszufinden.

Schlaicher ging noch einmal zurück ins Großraumbüro und schaute sich Wittmanns Schreibtisch an. Rollcontainer und Rechner waren nicht mehr da, der Platz war offensichtlich aufgeräumt worden. Oder Schlageter hatte den Schreibtisch und den Rechner abräumen lassen, um nach Hinweisen zu suchen. Schlaicher war das jetzt egal. Er hatte anderes im Sinn. Das Einbrechen funktionierte so gut, dass er es heute gleich noch einmal probieren wollte.

Es war jetzt Viertel vor zehn. Wenn er sich beeilte, konnte er nach Hause fahren und sich noch einmal über die Telefonnummer und den Wehrlehof informieren. Gegen elf Uhr könnte er dann in Badenweiler sein. Er hatte dann noch mindestens eine Stunde, bevor Wehrle zurückkommen würde. Schlaicher machte die Schranktüren zu und nutzte sein Werkzeug für etwas, wozu es normalerweise nicht gedacht war: Er schloss den Schrank wieder ab. Dann packte er seine Tasche und wischte mit dem Lappen noch einmal schnell über den Schrankgriff und die Oberfläche, säuberte die Türklinke von beiden Seiten und wienerte auch noch das Telefon der Sekretärin. Er lauschte, konnte aber nichts hören.

Der Wachmann hatte die Tür nach draußen tatsächlich abgeschlossen. Jetzt musste Schlaichers Werkzeug also noch einmal ran. Anderthalb Minuten später stand er im finsteren Treppenhaus. Nur die Notausgangbeleuchtung spendete grünliches Licht. Schlaicher zog die Tür leise zu und setzte seinen Apparat erneut an. Diesmal verschloss er die Tür, allerdings nur einmal, weil er sein Glück nicht überstrapazieren wollte. Er wischte noch ein letztes Mal mit dem Lappen über die Türklinke und verschwand aus dem Innocel-Gebäude, wie er gekommen war: ungesehen.

Erst im Wagen bemerkte Schlaicher, dass er die ganze Zeit über die Schultern hochgezogen hatte. Er lehnte sich zurück und entspannte sich ein paar Sekunden, dann drehte er den Zündschlüssel, schaltete das Radio ein und fuhr los. SWR1 brachte gerade die Nachrichten.

»Lörrach. Im sogenannten Denkmalmord, bei dem ein Erschlagener an der Schopfheimer Lenk-Plastik aufgehängt wurde, kann die Polizei auch zwei Tage nach dem ungewöhnlichen Fund der Leiche noch keine Aussagen zu einem möglichen Täter machen. Auch das Motiv der Tat liege noch immer im Dunkeln, so der ermittelnde Kommissar Hans-Peter Schlageter von der Kriminalpolizei Lörrach. In der heutigen Ausgabe einer Regionalzeitung wurde jedoch berichtet, die Leiche des Unternehmers sei von dessen Geschäftspartner am Denkmal aufgefunden worden. Die Kriminalpolizei hatte diesen Bericht allerdings schon am

Morgen heftig dementiert.« Dann kam die Stimme von Schlageter: »So einen Unsinn habe ich noch nie gehört. Ansonsten kann ich euch Presseheinis nur eins sagen: Kein Kommentar!« Dann ertönte wieder die Stimme des Sprechers: »Freiburg. Der Haushalt der Stadt hat sich trotz der …«

Schlaicher hörte nicht mehr hin. Da hatte sein falscher Tipp an Pallok ja ganz schöne Wellen geschlagen im Haifischbecken der Presse. Er hatte davon noch gar nichts mitbekommen. Er sollte doch wirklich jeden Morgen in die Badische Zeitung schauen.

Als er aus Lörrach herausfuhr und die Weather Girls gerade »It's raining men« sangen, fielen die ersten Schneeflocken auf die Windschutzscheibe. Schlaicher schaltete den Scheibenwischer an und scherte sich nicht weiter darum. In Gedanken ging er die Informationen durch, die er heute Abend gesammelt hatte. Wie sollte das zusammenpassen? Was hatte es mit Wittmanns Tod zu tun? Und warum war er an dieses Denkmal gehängt worden? Er hatte das Gefühl, dass der Besuch beim Wehrlehof ihm Aufschluss geben könnte. Aber zuerst musste er nach Hause.

Sein Vater und Dr. Watson hatten schon auf ihn gewartet.

»Junge, ich habe mir große Sorgen gemacht«, sagte Schlaicher senior.

»Es ist alles rund gelaufen, Papa«, antwortete Schlaicher und freute sich über den stolzen und erleichterten Gesichtsausdruck seines Vaters.

»Dann erzähl, was hast du gefunden?«

»Ich habe vor allem herausgefunden, dass ich noch einen Einbruch machen muss. Auf einem Bauernhof in der Nähe von Badenweiler. Ich glaube, die haben etwas mit der Sache zu tun. Vielleicht hast du recht gehabt, und dieser Uersli ist tatsächlich nicht ganz sauber.«

»Natürlich ist der nicht ganz sauber. Das habe ich dir doch gleich gesagt. Aber du kannst nicht noch einen Einbruch machen. Du kommst noch …«

»… in Teufels Küche, ich weiß«, ergänzte Schlaicher und fragte sich, ob seine Oma wohl gewusst hatte, dass ihre Sprichwörter und Redensarten ihren Enkel sein Leben lang verfolgen würden.

Sein Vater jedenfalls nickte und sagte bestimmt: »Dann komme ich mit.«

Schlaicher dachte, er hätte nicht richtig gehört. Nicht nur, dass er mit seinem Vater über einen geplanten Einbruch sprach, nein, jetzt wollte der alte Herr sogar mitkommen!

»Das geht nicht, Papa. Du kennst dich mit so was nicht aus.«

»Du dich etwa?«, fragte sein Vater besorgt. »Wie oft brichst du denn irgendwo ein?«

Schlaicher lachte. »Ehrlich gesagt war das heute meine Premiere. Und ehrlich gesagt hat es Spaß gemacht. Aber jetzt muss ich mich beeilen. Ich brauche noch ein paar Sachen und muss bis spätestens Mitternacht wieder aus Wehrles Haus raus sein.«

Schlaicher schaute im Internet nach und fand heraus, dass der Anschluss des Wehrlehofs tatsächlich zu Sehringen, dem Ortsteil von Badenweiler, gehörte. Damit war klar, wo er hinmusste. Sein Vater kam hoch und zog sich die Schuhe an.

»Papa, ich nehme dich nicht mit. Das ist zu gefährlich.«

»Gerade darum komme ich mit. Du bist mein Sohn und kannst mir wenigstens dieses eine Mal gehorchen. Jetzt, wo du die junge Dame vergrault hast, kannst du mich sicherlich als deinen neuen Assistenten gebrauchen.«

Schlaicher schüttelte nur den Kopf und schaltete den Computer aus. Natürlich würde er seinen Vater nicht mitnehmen. Oder …? Schlaicher hatte eine Idee. Sein Vater konnte durchaus nützlich sein. Schlaicher würde den Wagen wieder in dem kleinen Waldweg abstellen, wo sein Vater warten und ihn über Handy anrufen könnte, falls ein Auto käme. Wer konnte wissen, ob die Wehrles wirklich bis Mitternacht weg waren, wie es in Uerslis Kalender gestanden hatte?

»Okay, Papa. Ich nehme dich mit, aber keine Vorwürfe mehr wegen Martina. Ich werde mich morgen bei ihr entschuldigen. Und du musst im Auto warten und mich anrufen, wenn jemand kommt. Nimm dein Handy mit.«

Schlaicher suchte sein Mobiltelefon aus seinem Zimmer, und als er es anschaltete, merkte er, dass es leer war. Darum hasste er diese Dinger so sehr. Es kostete unglaublich viel Mühe, sie einsatzbereit zu halten. Und man verpasste wirklich nichts, wenn man keines hatte. Er steckte das Aufladegerät an und hoffte, dass sich das Telefon in den nächsten zehn Minuten genug Energie holen würde. Mehr Zeit hatte er nicht. Die Batterie der kleinen Taschenlampe wechselte er ebenfalls aus. Die Aktentasche tauschte er gegen einen ledernen Rucksack und packte die Sachen um, die er vielleicht brauchen konnte. Dann wollte er los. Sein Vater wartete bereits zappelig an der Tür. Er trug noch immer den Anzug und hatte seinen schwarzen Mantel darübergezogen. An der Leine, deren eines Ende er in der Hand hielt, war Dr. Watson festgemacht.

»Du willst Dr. Watson mitnehmen?«, fragte Schlaicher.

»Sicher, dann ist er nicht so allein«, antwortete Schlaicher senior, und Schlaicher hatte das Gefühl, dass es eher sein Vater war, der nicht ganz allein im Auto warten wollte.

»Dann los«, sagte Schlaicher, und Vater und Sohn machten sich auf, in einen Bauernhof einzubrechen.

Sie waren bereits an der Ausfahrt Müllheim, als der Schnee wieder einsetzte. Schlaicher hoffte nur, dass er wie die vergangenen Tage nicht lange liegen bleiben würde. Nicht weil er den Schnee nicht mochte, sondern weil dessen reines Weiß der größte Feind eines Einbrechers war. Im Schnee gab es Spuren, und die wollte Schlaicher nicht hinterlassen. Er gab Gas.

»Fahr doch nicht so schnell«, sagte sein Vater.

»Wir haben jetzt keine Wahl«, antwortete Schlaicher und fuhr weiter, bis ein vor ihm auf die Straße biegender Kleinwagen ihn zum Bremsen zwang. Er fluchte, konnte aber nicht überholen. Erst in Badenweiler bog der Fiat ab.

»Rainer, ich muss dir noch etwas sagen«, begann sein Vater.

»Papa, nicht jetzt, wenn es nicht lebenswichtig ist. Ich muss mich konzentrieren.«

»Ich werde sterben.«

Das saß. Schlaicher fuhr weiter, langsamer, und überlegte, was er sagen konnte. Ihm gingen Bilder von früher durch den Kopf, der Garten hinter der Villa, wo sein Vater eine Schaukel für ihn hatte aufbauen lassen. Zuerst hatte er versucht, es selbst zu machen, aber nach mehreren Stunden und dem immer lauter werdenden Quengeln von Rainer Maria hatte er doch Erich, ihren Gärtner, dazugerufen. Die Schaukel hatte nach einer weiteren Stunde gestanden. Der sechsjährige Rainer Maria saß darauf, und sein Vater stand hinter ihm und schubste ihn immer höher hinauf, bis in den Himmel.

»Warum?«, war alles, was Schlaicher herausbrachte.

»Wir alle müssen sterben«, sagte der alte Mann ruhig. »Ich bin nicht mehr der Jüngste, und es häufen sich die Zeichen für einen Schlaganfall. Manchmal wird mir schwindlig, und vor einem Monat war ich kurz halbseitig gelähmt. Ich hab es noch niemandem gesagt außer dir.«

»Aber du warst bei einem Arzt.«

»Ja, bei Georg.«

»Der lebt noch?«, fragte Schlaicher. Dr. Georg Schnell hatte seinem Namen noch nie Ehre gemacht. Schlaicher hatte den Familienarzt und deutlich älteren Freund seines Vaters schon als Kind als uralt empfunden. »Onkel Georg muss doch mindestens neunzig sein.«

»Ja, zweiundneunzig ist er geworden.«

»Papa«, begann Schlaicher aufgeregt, »du musst zu einem richtigen Arzt. Die Medizin hat sich doch weiterentwickelt. Onkel Georg kennt sich sicher gar nicht mehr aus. Du kannst bestimmt behandelt werden.«

Sein Vater ging nicht darauf ein. »Ich habe lange mit Georg gesprochen. Er meinte, ich könnte mich operieren lassen, die Halsschlagader würde dann aufgemacht oder etwas in der Art. Ich habe ihm gesagt, dass ich das nicht will.«

»Aber warum denn nicht, Papa?« Schlaicher fuhr zu schnell in eine Kurve und schaffte es gerade noch, den Wagen wieder unter Kontrolle zu bekommen, bevor er in einen Graben schlitterte. Er musste langsamer fahren. »Warum willst du dich nicht operieren lassen?«, fragte er dann noch einmal.

Sein Vater dachte kurz nach. »Weil ich alt bin«, sagte er dann. »Seit deine Mutter tot ist, habe ich immer geschaut, dass ich funktioniere. Jetzt möchte ich nicht mehr funktionieren. Ich bin müde geworden.«

»Aber das ist doch Unsinn«, wetterte Schlaicher los. »Du kannst doch nicht einfach beschließen, dass du jetzt sterben willst. Du bist doch sonst noch so fit.«

»Ich habe beschlossen, dass ich mein Leben nicht durch Operationen und Krankenhausaufenthalte verlängern will. Ich habe nicht beschlossen, sterben zu wollen, ich weiß nur, dass ich bald sterben werde. Deiner Schwester habe ich noch nichts davon gesagt. Sie macht sich sonst nur Sorgen und gibt keine Ruhe mehr.«

Schlaicher bog in Richtung Sehringen ab. »Papa, wir sind gleich da. Bitte lass uns nachher noch einmal darüber reden. Ich bin mir sicher, dass die moderne Medizin dir leicht helfen kann. Bestimmt gibt es da irgendein Medikament.«

»Ja, vielleicht hast du recht. Trotzdem ist es mir jetzt leichter ums Herz. Ich musste es dir einfach sagen.«

»Ich bin froh, dass du es mir gesagt hast«, sagte Schlaicher leise und bog in die kleine Straße ab, die bald nur noch ein Weg sein würde. Hier oben lag schon etwas Schnee, und man würde vielleicht die Reifenspuren sehen. Das war nicht gut. Dann fielen dickere Flocken, und Schlaicher hoffte, dass sie seine Spuren bald verdecken würden.

Er fand den kleinen Weg sofort. Die Äste kratzten am Lack seines Fronteras. Er würde die Kratzer auf die Rechnung der Polizei schreiben, wie das eingedrückte Dach.

Dr. Watson hoffte wohl auf einen ausgiebigen Waldspaziergang, denn er tigerte von einer Seite der Rückbank zur anderen und wieder zurück, aber als niemand Anstalten machte, auszusteigen, legte er sich demonstrativ beleidigt wieder hin und wunderte sich wohl darüber, was sein Herrchen gerade machte. Schlaicher hatte nämlich einen Tiegel mit schwarzer Fettfarbe herausgeholt, die er jetzt auf seinem Gesicht verteilte.

»Ist das nicht ein bisschen dramatisch?«, fragte sein Vater, aber Schlaicher schaute weiter in den zu ihm gedrehten Rückspiegel und färbte dann auch noch seine Ohren.

»Muss sein«, sagte er nur.

Als er fertig war, ließ er sich von seinem Vater den Rucksack und das Nachtsichtgerät geben und nickte ihm dann zu.

»Also, sobald hier ein Auto entlangfährt, rufst du mich sofort auf dem Handy an. Ich glaube, dass ich genug Zeit habe, aber wenn Wehrle doch früher kommt, muss ich raus.« Schlaicher öffnete die Tür und stieg aus. Der Schnee hatte bereits die Windschutzscheibe bedeckt. »Und noch was, Papa«, sagte er mit einem Lächeln. »Bitte stirb mir jetzt noch nicht weg!«

Beide lachten vor Anspannung, und als Schlaicher die Tür zuschlug und die ersten Schritte ging, fühlte er sich wie ein Kind auf Abenteuertour. Der Schnee begann bereits die Spur zu füllen. Wenn es so weiterschneite, würde man in zehn Minuten nichts mehr davon sehen.

ZWÖLF

Obwohl Schlaicher seine Taschenlampe nicht anhatte, sah er doch genug, um noch einmal seine Fußspuren überprüfen zu können. Ja, sie würden gleich nicht mehr zu sehen sein. Aber er wollte es nicht übertreiben mit seinem Vertrauen darauf, unentdeckt zu bleiben, und schlug sich darum in den recht lichten Waldrand, wo er langsamer machen musste, dafür aber der Schnee noch nicht so dicht lag. Jede Minute schien es heftiger zu schneien, dicke, geballte Flocken, die die Liftbetreiber überall im Schwarzwald sicherlich zu Luftsprüngen animierten. Schlaicher dagegen wäre lieber ohne ihn ausgekommen heute Nacht, denn er musste in das Haus und würde der Spuren wegen nicht von vorne kommen können. Und drinnen würde er mit seinen nassen Schuhen Pfützen hinterlassen. Zum Glück hatte er diesmal noch einen weiteren großen Lappen dabei. Und Handschuhe.

Schlaicher ging weiter, und bald hörte der Wald auf. Er holte das Nachtsichtgerät hervor, schaltete es ein und war überrascht, wie hell es die vor ihm liegende Fläche und den Hof erscheinen ließ. Dort brannte kein Licht, alles war dunkel und ruhig. Schlaicher hängte sich das Gerät um und marschierte weg von der Straße, querfeldein auf den Hof zu. An der Hecke, an der er gestern gestanden hatte, schaute er nochmals durch das Gerät. Es war immer noch alles ruhig, nur die treibenden Schneeflocken behinderten seine Sicht. Schlaicher strich sich eine kleine feuchte Schneedecke aus dem Haar und stapfte weiter. Mittlerweile lag das Weiß knöchelhoch, und es wurde mit jedem Schritt anstrengender, voranzukommen. Er schlug einen Bogen, sodass er sich dem Haupthaus von der Seite nähern würde, und behielt dabei konstant den Hof im Blick. Alles war leise, nur das Knirschen seiner Schritte war zu hören. Schlaicher kam an der Stirnseite des Hauses an. Das überstehende Dach hatte bis zur Tür einen schneefreien Weg gelassen. Wenn die Wehrles zurückkämen, gäbe es vorne keine Spuren zu sehen. Er blieb einen Moment auf den Asphaltplatten stehen und lauschte, aber alles blieb still. Zumindest bis er wieder losging. Denn kaum war er an der Tür angekommen, hörte er im hinteren Bereich des Hofs, den er nicht einsehen konnte, ein tiefes, bedrohliches Knurren, dann ein Bellen.

Ein Hund. Schlaicher konnte nur beten, dass er angebunden war. Was konnte er sonst tun? Weglaufen? Der Hund war sicherlich schneller als er. Schlaicher nahm sich vor, dem Tier direkt in die Augen zu schauen. Er hatte einmal gehört, das würde funktionieren. Bloß keine Angst zeigen, sondern stehen bleiben und starren. Aber der Hund kam nicht. Er bellte nur. Sicherlich war das Tier im Zwinger oder irgendwo im Hof angebunden. Schlaicher atmete auf und hoffte, dass das Tier Ruhe geben würde, wenn er erst einmal drinnen war. Dabei hatte ihm der Hund mit seinem Anschlagen einen großen Gefallen getan: Es blieb weiterhin alles dunkel, niemand kam, um nach der Ursache für das Bellen zu schauen – das Haus musste leer sein.

Sein Lockpicking-Set stellte sich erneut als äußerst lohnenswerte Anschaffung heraus. Sein zweiter Einbruch innerhalb eines Tages verlief ebenfalls absolut problemlos. Er brauchte keine zwei Minuten, bis die schwere hölzerne Tür aufsprang und sich ein dunkler Flur öffnete. Schlaicher machte seine Taschenlampe an und tat einen Schritt bis auf den Fußabstreifer. Er holte seinen Lappen heraus, legte ihn vor sich auf den Boden und stellte sich darauf. Nach ein paarmal Scharren mit den Füßen waren die Schuhsohlen trocken genug, um keine Abdrücke mehr zu hinterlassen.

Im punktgenauen Schein der Lampe konnte er immer nur Ausschnitte des Flures wahrnehmen. Einen dunklen, abgelaufenen Teppich, der auf braunen Fliesen lag, eine Garderobe mit drei leeren Bügeln und einer Arbeitsjacke, eine Tür, die geradeaus führte, und eine nach rechts. Schlaicher probierte zuerst die Tür nach rechts: Hier ging es nach unten in den Keller. Er zog sie wieder zu und ging gerade durch. Eine Stube mit einer Holztreppe, die nach oben führte. Unter der Treppe stand ein alter Tisch an einer Eckbank, darauf eine Wachstischdecke, die vergilbte Röschen zeigte. An einer Seite stand ein Beistellschrank, auf dem das Telefon auf Anrufe wartete, ein altes Tastengerät in Forstgrün mit einem langen Kabel, sodass man es durch eine der drei mit Glaseinsatz ausgestatteten Türen mitnehmen konnte. Schlaicher öffnete alle drei und schaute in die jeweiligen Räume. Hinter der ersten Tür lag eine recht große Küche mit einem alten Holztisch in der Mitte. Hier aßen die Wehrles wohl zu Mittag. Hinter der zweiten Tür lag das Wohnzimmer, das von einem großen Fernseher und einer unglaublich hässlichen riesigen Sitzgarnitur mit beigebraunem Fleckenmuster dominiert wurde. In Vitrinenschränken standen ein paar Bücher und mehrere Pokale. Ein Bild zeigte eine Alpenlandschaft, ein Bauernhaus vor einem Gebirgsbach. Auf dem niedrigen Couchtisch aus Holz mit Fliesenbelag stapelten sich Fernsehzeitungen. Eine Glastür neben dem großen Fenster führte offenbar in den Garten. Das war es, was Schlaicher gesucht hatte: einen Weg raus, falls sein Handy gleich anfangen sollte zu klingeln.

Schlaicher ging zurück in die Stube und öffnete die kleinen Schubladen des Telefontischs, die alle vollgestopft waren mit weiteren Wachstischdecken. Schlaicher schob sie wieder zu. Dann die dritte Tür. Irgendwo musste ein Landwirt ja auch ein Büro haben. Heutzutage ging doch nichts mehr ohne bürokratischen Aufwand. Schlaicher kramte in seiner Tasche und holte das Handy heraus. Er schaute auf die Uhr. Fast halb zwölf, und der Sekundenzeiger hatte gerade wieder eine Runde hinter sich gebracht. Er musste sich beeilen. Zumal die Ladeanzeige bereits den letzten Balken verloren hatte. Die dritte Tür führte zu einem Badezimmer. Hätte er sich eigentlich denken können. Dunkelgrüne Fliesen mit braunem Muster, ein Allibert über einem gesprungenen Waschbecken und eine kurze Badewanne. Vielleicht hatte Bauer Wehrle sein Büro im oberen Stockwerk.

Oben befand sich ein Schlafzimmer mit einem einzelnen Bett, Poster von nackten Frauen hingen an der Wand, vollbusige Schönheiten, die gemeinsam mit Kettensägen oder Häckslern von Stihl posierten.

Auf einem Schreibtisch fand er einen Computer, eine schmutzige Unterhose und viel Papier: Ausdrucke, die alle etwas mit Jagd zu tun hatten. Und eine Broschüre: »Wie schaffe ich die Jagdprüfung?«

Schlaicher ging weiter. Hinter der zweiten Tür befand sich ein Kinderzimmer. Es war penibel aufgeräumt, nicht so chaotisch wie das seines Sohnes Lars. Die Mickymaus auf dem Bettbezug sah anders aus als heute, die Spielsachen auch. Alles wirkte alt und unbenutzt. Es sah so aus, als habe schon seit Jahren kein Kind mehr hier geschlafen.

Schlaicher probierte die letzte Tür. Hier war das Schlafzimmer der Eltern. Ein Furnier-Doppelbett mit passender Schrankwand, wohl aus den Achtzigern, eingebaute Nachttische und eine Tür, die zu einem weiteren Raum führte. Schlaicher drückte die Klinke, aber die Tür war abgeschlossen. Das machte ihn neugierig. Das Schloss war das einer normalen Innentür und würde für seine Dietriche kein Problem darstellen. Dachte er.

Er brauchte fast fünf Minuten, bis ein Knacken im Inneren des Schließmechanismus anzeigte, dass der Riegel sich verschoben hatte. Schlaicher drückte die Klinke hinunter und betrat den Raum, offensichtlich Wehrles Büro. Ein paar Ordner standen in einem Regal, das ansonsten von Büromaterial und Verbandszeitschriften überquoll. Auf dem großen Schreibtisch stand ein Monitor, darunter der dazugehörige Computer. Unzählige Autoprospekte stapelten sich neben dem Rechner, obenauf lag eines von Mercedes-Benz. Da wollte sich wohl jemand ein neues Auto kaufen. Schlaicher griff in das oberste Ablagefach, und in dem Moment piepte es. Sein Handy. Ausgerechnet jetzt! Er holte es heraus, aber es war kein Klingeln gewesen, sondern der Warnton, dass der Akku bald leer sein würde. Verdammt! Gerade hatte er den interessanten Ort gefunden, da ging seine Alarmanlage kaputt. Schlaicher schaute noch mal auf die Uhr: 23:37 Uhr. Noch dreizehn Minuten, nahm er sich vor. Um zehn vor zwölf wollte er raus sein.

Hektisch schaute er Futtermittelquittungen, Rechnungen von Tierärzten und Anschreiben vom Badischen Landwirtschaftlichen Hauptverband durch. Auch in der zweiten Ablagebox fand sich nichts, was weiteren Lesens würdig gewesen wäre. Erst in der dritten Box lag ein Brief, den sich Schlaicher genauer ansah. Er war an Ulrich Wittmann und Robert Uersli gerichtet, Firma »lifetest«. Schlaichers Herz machte einen Sprung. Eine Rechnung. Wofür?

Schlaicher war enttäuscht, als er sah, dass es sich um 367,95 Euro Leihgebühr für einen Traktor handelte. Leihgebühr für einen Traktor? Wozu brauchte ein Dienstleister für die Pharmaindustrie einen Traktor? Und wieso war das so teuer? Schlaicher wühlte weiter und fand eine zweite Rechnung: 2.880 Euro, ebenfalls an Wittmann und Uersli adressiert. »Seuberungsarbeiten im Wald«, stand da mit Rechtschreibfehler vor der Zahl. Welcher Wald? Erneut piepte sein Handy, um anzuzeigen, dass es bald gar kein Geräusch mehr von sich geben würde. Und während es noch piepte, klingelte es plötzlich. Schlaicher war alarmiert. Jetzt spürte er, wie angespannt er war. Sein Rücken schmerzte, und seine Augen brannten von der ständigen Anstrengung, alles im kleinen Lichtkegel der Taschenlampe zu erkennen.

»Ja, kommt jemand?«, fragte er.

»Nein, ich habe mir nur Sorgen gemacht. Komm lieber zurück«, sagte sein Vater aufgeregt.

Schlaicher fauchte: »Nur anrufen, wenn jemand kommt!« und steckte das Handy zurück. Na ja, jetzt wusste er wenigstens, dass die Luft noch rein war. Er suchte weiter. Diese dritte Ablage war eine Goldgrube für ihn, wieder ein Schreiben Wehrles an die beiden Geschäftsführer von »lifetest«, diesmal datiert von Dezember. 23.550 Euro für den Verkauf eines Waldstückes an die Firma. Unter dieser Rechnung lagen mehrere Seiten, die ein Notar unterschrieben hatte. Wieso hatten die beiden Pharmadienstleister ein Waldstück gekauft und dann den Verkäufer beauftragt, es teuer zu säubern? Vielleicht war das eine Möglichkeit, Geld am Finanzamt vorbeizubewegen. Wehrle bekam vielleicht ein paar Tausend dafür, während Wittmann und Uersli das große Geld eingestrichen hatten. Vielleicht wollte Uersli alles für sich und hatte seinen Partner deshalb aus dem Weg geräumt?

Schlaicher ging zu dem Regal und schaute auf die Ordnerrücken, auf die mit krakeliger Schrift jeweils ein Wort geschrieben war: »Rechnungen«, »Lieferungen«, »Einnahmen«. Er nahm sich den Einnahmen-Ordner, aber die Papiere reichten nur bis 2005. Ebenso bei den Rechnungen. Wo hatte Wehrle die aktuelleren Unterlagen?

Schlaicher zuckte zusammen. Er hatte etwas gehört. Da kam

ein Wagen. Sofort drehte er die Taschenlampe aus und ging zum Fenster. Verdammt. Das Auto war schon fast am Haus angekommen. Er musste raus.

Schlaicher lief zur Tür und wollte schon aus dem Schlafzimmer, als ihm sein Rucksack einfiel, der noch im Büro stand. Das verdammte Handy. Sein Vater hatte mit dem Gespräch wohl die letzte Energie aus dem Gerät geholt.

Schlaicher hechtete zurück und hörte, wie der Motor des Wagens erstarb. Er konnte den Rucksack auf keinen Fall liegen lassen. Nicht mit dem Handy. Schlageter würde ihn spätestens morgen früh verhaften.

Aber er konnte auch unmöglich im Haus bleiben. Er schnappte sich den Rucksack und hörte vier Türen zuschlagen, dann lief er zurück zur Tür. Treppe runter, raus hier, dachte er, aber er hörte bereits, dass sich die Tür öffnete. Schlaicher stoppte auf der Treppe und lauschte kurz. Wohin? War jetzt alles aus? Er musste zurück. Zuerst zurück ins Schlafzimmer, dann in das Büro. Vielleicht konnte er durch das Fenster springen. So hoch war es nicht. Und draußen lag Schnee, der würde seinen Aufprall sicherlich dämpfen.

Schlaicher zog die Bürotür unhörbar zu und schlich in Richtung des Fensters, vorsichtig, wegen der alten Dielenböden, die im Haus verlegt waren. Stimmen. Unten im Haus. Jemand stritt, eine Frau keifte. Dann war Ruhe. Er hörte nichts mehr, doch, da redete wohl noch jemand. Schlaicher ging einen weiteren Schritt. Der Boden unter ihm knarrte leise, und Schlaicher fror ein. Nur ganz langsam belastete er den Fuß ein bisschen mehr. Es knarrte nicht weiter. Schlaicher atmete ein. Dann hob er den anderen Fuß an, langsam, sehr langsam, und zog ihn vor. Unten wurde weitergeredet. Gut, man hatte ihn nicht gehört. Der nächste Schritt verlief lautlos. Also weiter, das Fenster war direkt vor ihm und …

War das eine Tür, die er gehört hatte? Oder gaukelten ihm die Dunkelheit und die Angst Geräusche vor? Der nächste Schritt war ebenfalls leise, aber ein leichtes Knarren war auszumachen. Schlaicher schickte ein Stoßgebet zu Gott und schwor, niemals mehr etwas dermaßen Blödes zu machen. Er sah sich bereits im Gefängnis, und dann sah er gar nichts mehr.

Die Tür war aufgerissen worden, und das Licht ging an, kaltes, blendendes, grelles Licht. Schlaichers Augen hatten sich gerade an die Dunkelheit gewöhnt, und so sah er nur eine Gestalt auf sich zulaufen, die einen Arm hob, dahinter eine zweite Gestalt. Jemand schrie, und Schlaicher stand wie gelähmt. Dann wurde es wieder dunkel. Düsterer als alles, was Schlaicher jemals erlebt hatte.

Wasser. Er steckte in einem eiskalten See, kopfüber, und der schwarze Grund zog ihn magisch an. Nein, nicht schwarz, da war ein Licht. Es saugte ihn zu sich, unwiderstehlich. Er fror, die Kälte hatte von seinem ganzen Körper Besitz ergriffen.

»Er wacht auf«, sagte eine Stimme. Dann spürte Schlaicher einen Schlag ins Gesicht, eine flache Hand, die sich anfühlte wie ein Brett. Schlaicher kam zu sich. Sein Kopf explodierte zehnmal pro Sekunde. Ein Auge wollte sich nicht öffnen, das zweite sah weiß, dann nahm er Männer wahr. Er saß. Er wollte sich bewegen, aber das ging nicht.

»Du Dreckarsch!«, schrie einer der Männer.

»Hör auf, lass erst mal«, sagte ein anderer.

Schlaicher nahm erste Details wahr. Nur mühevoll drangen die Bilder in sein Bewusstsein. Vier Männer vor einem grellen Licht.

Er kannte den einen, aber sein Gehirn konnte ihm noch nicht verständlich machen, wer das war. Und auch nicht, wo er war und wieso.

»Wo bin ich?«, stammelte er schließlich.

»Da, wo Sie besser nie hingekommen wären«, sagte der Mann, den er kannte. Zusammen mit der Stimme wurde Schlaicher klar, wo er sich befand, wieso er hier und wer der Mann war: Es war Robert Uersli. Er stand in waidmännischem Dress vor ihm, mit ihm drei andere. Der mit dem Schnurrbart musste Wehrle sein, einer war wohl sein Sohn, und den vierten Mann hatte Schlaicher auch schon einmal gesehen. Der schrie ihn jetzt an:

»Was hesch denn du do verlore?«

Er war noch recht jung, unter dreißig jedenfalls, und schien sich nur mit Gewalt davon zurückhalten zu können, über Schlaicher herzufallen.

Der spürte, dass seine Arme und Beine an einem schweren Stuhl befestigt waren. Er war gefesselt, und in dem Moment wusste er, wer der wütende junge Mann war: Er hatte ihn nur einmal kurz gesehen, als er Schlageter sein zweites blaues Auge verpasst hatte. Es war der Fahrer des Lkw. Schlaicher hoffte, dass er gleich aufwachen würde. Es musste ein böser Traum sein.

»Ich hab dich was g'fragt, du Sauhund!«, schrie der Mann wieder.

»Lossen sii, Jens!«, befahl Wehrle. »Was willsch du do inne?«, fragte er jetzt leiser.

Schlaicher schaute ihn an und sagte: »Lasst mich gehen.«

Der junge Wehrle begann hysterisch zu kichern und hörte erst auf, als sein Vater ihm eine Ohrfeige gab.

»Do chunnsch du nümmi use«, sagte Wehrle jetzt kalt.

»Du meinst, wir sollen ihn umbringen?«, fragte Uersli. »Das kann doch nicht ewig so weitergehen.«

»Weisch öbbis Bessers?«, fragte Wehrle zurück, während Lkw-Jens nickte. Der junge Wehrle schaute erschrocken drein.

»Es isch dini Schießidee gsii mit dem Denkmol«, sagte Wehrle jetzt zu Uersli. »Mir chömme do nümm use.«

Schlaichers Kopf nahm das Gesagte auf, aber wollte die Verbindungen nicht herstellen. Was sie sagten, waren nur Worte, nichts Reales, nur etwas, was für einen Bruchteil von Sekunden zu hören war und dann für immer in den Weiten der Welt verschallte. Es war nichts dahinter, nichts Echtes, aber trotzdem machte er sich vor Angst in die Hose.

Jens sah es zuerst und begann zu lachen.

»Stefan, hol d'Mueder, die soll's ewegbutze«, befahl Wehrle.

Eine Frau, dachte Schlaicher. Männer sind vielleicht zu allem fähig, aber wenn eine Frau dabei ist, dann kann es nicht so schlimm werden. Stefan Wehrle ging, ohne zu murren. Schlaicher musste im Keller sein, die steinernen Wände waren weiß getüncht, der Boden war graublau, weiter hinten standen Regale mit Konserven, Kisten mit Kartoffeln, eine Stahltür prangte an der Stirnseite des Kellerraums, eine zweite rechts von Schlaicher. Auf dem Boden lag ein alter Teppich, weit genug weg. Die Pfütze, die sich unter Schlaicher gebildet hatte, eine Mischung aus dem Wasser, das sie ihm ins Gesicht geschüttet hatten und seinem Urin, würde ihn nicht erreichen.

Uersli kam näher. »Sie hätten wirklich nicht kommen sollen«, sagte er und schüttelte den Kopf. Es klang nicht so, als mache er sich um Schlaicher Sorgen.

»Bisch allei choo?«, fragte Wehrle.

Schlaicher schüttelte den Kopf, dann nickte er.

»Was soll das? Bisch allei choo, oder hesch öbber mitbrocht? Wo isch di Auto?«

Es war zu viel. Zu viel, was passiert war, zu viele Fragen, zu viel, was Schlaicher nicht bedacht hatte. »Die Polizei weiß, dass ich hier bin«, sagte er.

»A was«, lächelte Wehrle ihn an, wie man ein lügendes kleines Kind anlächelt. »Und die Griene lönn di so seeleruhig iibreche bi uns? Ich weiß jo nit.«

»Ich habe Kommissar Schlageter auf den Anrufbeantworter gesprochen«, sagte Schlaicher und hoffte, dass sie ihm das abnehmen würden. Aber sie taten es wohl nicht. Die rechte Tür ging auf, und eine etwa fünfzigjährige Frau trat ein, dunkle Hose, helle Bluse, struppiges Haar, in der Hand einen Putzeimer.

»Bitte helfen Sie mir«, flehte Schlaicher sie an. Aber sie sagte nichts, sondern bückte sich nur und wischte die Nässe vom Boden auf. Als sie aufschaute, trafen sich einen Moment ihre Blicke, und Schlaicher fürchtete, dass seine Augen bald ebenso jeglichen Glanz verlieren könnten, wie ihre das wohl schon vor vielen Jahren getan hatten.

»Was weisch du?«, fragte Wehrle, als die Frau wieder weg war, ohne dass einer der Männer etwas zu ihr gesagt hätte.

»Nichts, ich bin nur ein Dieb und wollte klauen«, sagte Schlaicher, aber Wehrle schien jetzt genug zu haben. Die derbe Faust des Bauern krachte in Schlaichers Leib. Eine Rippe brach hörbar. Schlaicher spürte diesen neuen Schmerz nicht. Trotzdem schrie sein Körper gequält auf. Er schrie so laut, bis ein zweiter Schlag ihn ohnmächtig werden ließ.

Die Ohnmacht brachte ihm nur kurze Zeit Erlösung. Ein zweiter Eimer Wasser weckte ihn aus der Dunkelheit, und sein erster Gedanke war: »Ich werde sterben.«

»Ja, das wirsch du«, sagte Jens. Er lachte boshaft. Das musste des Teufels Küche sein, vor der ihn seine Oma immer gewarnt hatte, aber so hatte er sie sich in seinen schlimmsten Träumen nicht vorgestellt.

»Hör uff mit dem Schießdräck«, knurrte der Bauer.

»Was willst du denn sonst mit ihm machen?«, fragte Uersli. Er schien erschrocken; Angst spielte in seine Stimme. Angst, die eigentlich Schlaicher haben musste.

Schlaicher bekam sein rechtes Auge immer noch nicht auf. Irgendetwas hatte es verklebt. Vielleicht wäre es am besten gewesen, wenn das zweite Auge auch zugeblieben wäre.

»Bitte lassen Sie mich gehen«, flehte er. »Ich werde niemandem etwas sagen«, fügte er eifrig hinzu und meinte das so. Niemals würde er irgendjemandem etwas davon sagen, wenn die Männer ihn nur gehen ließen.

»Dann mach du jetz, was mir dir sage.« Wehrle war ihm ganz nahe gekommen, Schlaicher roch ein schweres Moschusparfüm, das ihm erneut die Sinne schwinden zu lassen drohte. Aber er versuchte, wach zu bleiben.

»Ja, ich mache alles«, sagte er.

In dem Moment polterten Schläge gegen die Metalltür an der Stirnseite des Raums. Die vier Männer drehten sich um.

»Die sollen ruhig sein!«, schrie Uersli hysterisch.

Der junge Wehrle ging zur Tür, gefolgt von Jens, und drehte den steckenden Schlüssel um. Die Schläge hörten sofort auf. Wehrles Rücken versperrte Schlaicher die Sicht, der hoffte, dass hinter der Tür vielleicht eine Möglichkeit auf Rettung wartete. Er hörte den jungen Wehrle kurz brüllen, dann eine leise Stimme. So leise, dass er nicht verstand, was gesagt wurde. Schlaicher bäumte sich in seinen Fesseln auf, aber sein Brustkorb schien vor Schmerzen bersten zu wollen. Er schrie laut auf. Wehrle drehte sich sofort zu ihm um, und Schlaicher hörte, wie die Tür mit lautem Knall zugeworfen wurde.

»Also, was weisch du?«, fragte Wehrle, als wäre nichts passiert.

Schlaicher spürte, dass Tränen in seine Augen schossen, und schämte sich dafür. Was für ein Moment, um sich seiner Tränen zu schämen, dachte er.

»Ich weiß gar nichts«, brachte er schluchzend hervor.

»Vadder, mir chönnen en nit lebe loo, oder?«, fragte der junge Wehrle. Schlaicher schloss sein linkes Auge. Jeder Atemzug schmerzte und erzeugte ein knirschendes Geräusch in seiner Brust.

»Genau. Mir mienen abtue«, sagte Wehrle, und Schlaicher schrie ein lautes, langgezogenes:

»Neeeiiin!«

»Halt's Muul«, schrie der junge Wehrle, und rüttelte an Schlaicher, dass fast der Stuhl umkippte.

»Schluss jetzt«, sagte der Bauer bestimmt. Sein Sohn ließ von Schlaicher ab und wandte sich, wie die beiden anderen Männer, Wehrle zu. Uersli wirkte gehetzt, wie ein in die Enge getriebenes Tier. Schlaicher wusste, dass Tiere in einer solchen Situation am gefährlichsten waren. Gab es denn niemanden, der ihm helfen konnte?

Die vier Männer beschlossen, nach oben zu gehen und etwas zu trinken. »Dodrbii chönne mir überlege, was mir mit dem do mache«, sagte Wehrle, und sie gingen durch dieselbe Tür, durch die vorher die Frau gekommen war. Das Licht ließen sie an.

Schlaicher zerrte an den Seilen, aber sie waren fest.

»Hilfe«, rief er in Richtung der Tür an der Stirnseite. Wer mochte dahinter sein? Es gab keine Reaktion. Aber lauter konnte er nicht werden, er durfte die vier Männer nicht anlocken. Schlaicher musste selbst einen Weg finden, sich zu befreien. Er versuchte, seine Hände aus der Schlaufe herauszuziehen, aber sie war zu fest gebunden. Seine Handgelenke schmerzten schon von dem einschneidenden Strick. Er wurde hektisch. Zudem tat ihm jede Bewegung weh, sein Kopf dröhnte, sein Brustkorb knirschte. Schlaicher dachte an Lars, den er nicht als Waise wissen wollte, er dachte an Martina und wie sehr er sie mochte. Er wollte nicht sterben, ohne sich bei ihr zu entschuldigen. Er dachte an seinen Vater, ein fruchtbarer Knurrhahn, aber dennoch liebenswert. Sein Vater, Albert Maria … Der war seine letzte Hoffnung. Er musste doch den Wagen gesehen und versucht haben, ihn anzurufen. Als er nicht ranging, musste er doch gedacht haben, dass etwas nicht stimmt. Wie lange würde er warten, bevor er die Polizei riefe? Oh

Gott, Schlaicher hoffte nur, dass er nicht auf die Idee kam, selbst nach dem Rechten zu schauen.

Dann nahm er eine Bewegung vor sich wahr. Die Türklinke gegenüber bewegte sich langsam nach unten. Die Metalltür öffnete sich lautlos. Ein schwarzes Gesicht kam zum Vorschein, spähte durch den offenen Spalt. Der Mann war etwa dreißig Jahre alt, schwarze Haut, eine große, flache Nase und wulstige Lippen. Das Weiß in seinen weit aufgerissenen Augen leuchtete. Er öffnete die Tür weiter, führte eine Hand zum Mund und legte den Zeigefinger über seine Lippen. »Sei still«, wollte er offenbar sagen. Schlaicher konnte sowieso nicht anders. Er saß nur da und starrte mit seinem einen Auge den Mann an, der in der anderen Hand ein lächerliches Essbesteckmesser trug. Der Schwarze sah ängstlich in Richtung der nach oben führenden Tür. Dann verdrehte er die Augen, stolperte zur Wand und fiel dagegen.

Der Mann atmete stoßweise. Er hielt sich an der Wand fest und schien sich wieder zu fassen. Wankend ging er auf Schlaicher zu und lächelte ihn verkrampft an. Zwei Reihen von gelben Zähnen mit einer Lücke in den oberen Schneidezähnen kamen immer näher an Schlaicher heran.

»I help«, flüsterte der Mann in Schlaichers Ohr. *Help*. Was war das für ein wunderschönes Wort. Es versprach das Leben.

Schlaicher spürte, wie der Schwarze mit dem stumpfen Messer an seinen Fesseln sägte. Es schien eine Ewigkeit zu dauern, doch dann endlich spürte er, dass eine Hand frei war. Der Mann löste auch die zweite Fessel, bevor er nach vorne kam, um Schlaichers Beine zu befreien.

»Schnell«, flüsterte Schlaicher, während er mit einer Hand die Blutkruste aus seinem Auge rieb.

Aber statt schnell zu machen, legte der Schwarze, dessen Gesicht von kleinen Schweißperlen bedeckt war, wieder den Zeigefinger vor die Lippen. Dann begann das aufwendige Sägen erneut, bis schließlich der Strick, der seine Beine an den Stuhl band, durchtrennt war. Schlaicher stand sofort auf. Er stöhnte vor Schmerzen, aber die musste er jetzt aushalten. Alles war besser, als auf diesem Stuhl, in diesem Keller zu sitzen und darauf zu warten, dass vier Männer zurückkamen, um ihn zu töten. Der

Schwarze packte ihn am Arm und zog ihn zu der Tür, aus der er gekommen war.

»Go!«, flüsterte der Schwarze, und Schlaicher ging unter Schmerzen in seiner Brust voran. Der Mann folgte ihm und schloss die Tür lautlos.

Schlaicher stand in einem hellen Raum, Neonlicht strahlte von der niedrigen Decke herab, vier Betten standen in dem vielleicht fünfzehn Quadratmeter großen Zimmer, dazu medizinische Geräte, ein Trainingsfahrrad, mehrere weiße Schränke, darauf weitere Gerätschaften und ein kleiner Fernseher. Und überall waren Kabel. Ein Mauerdurchbruch führte in einen zweiten Raum. Zwei Männer schauten Schlaicher aus ihren Betten heraus an, einer hatte schwarze Haare und trug einen ungepflegten Bart, der andere war ebenfalls dunkelhaarig, aber ohne Bart. Der Schwarzhaarige murmelte etwas in einer arabisch klingenden Sprache. Der Zweite war ganz still und schaute mit unbeteiligtem Blick auf die Szene, die sich vor ihm abspielte.

Der Mann, der Schlaicher befreit hatte, sagte jetzt etwas lauter: *»Hurry«* und drückte ihn in Richtung des Durchbruchs. Schlaicher war absolut überfordert. Er stolperte los, mitten durch dieses unfassbare Krankenzimmer des Grauens. Dann ließ der Druck von hinten nach, und Schlaicher hörte den Schwarzen keuchen. Er drehte sich zu ihm um und sah, dass er sich am Bett des Bartlosen festhielt, bevor er wieder auf die Beine kam und Schlaicher mit einem erneuten *»Hurry!«* vorwärtsdrängte.

Schlaicher ging durch die Öffnung und befand sich in einem Badezimmer. Eine offen stehende Tür führte zu einer Toilette, es gab ein weiteres Waschbecken und eine Dusche, dazu mehrere Schränke und einen Allibert-Schrank. Was sollte er hier? Er hatte das Gefühl, dass ihn sein Schicksal mit jeder Tür der Hölle näher brachte. Der Mann ging zu einem Gitter, das in der Wand neben der Dusche eingelassen war. *»You must go. Help us!«*, sagte er und zog das Gitter heraus.

Schlaicher schaute in die Öffnung, die die einzige Möglichkeit zu sein schien, in die Freiheit zu kommen. Er bückte sich und zuckte bei jeder Bewegung zusammen. Die gebrochene Rippe bohrte sich in sein Fleisch; Blut lief von seinem Kopf herab.

Er schaffte es mit der Hilfe des Schwarzen trotzdem. Er legte sich auf den Bauch und kroch in die nachtschwarze Öffnung hinein.

»Get us help!«, sagte der Schwarze noch einmal und setzte dann das Gitter wieder ein.

Schlaicher lag im Dunkeln.

Eine Sekunde blieb er liegen, dann wurde ihm klar, dass Wehrle und Uersli und die beiden anderen jeden Moment zurück in den Keller kommen konnten. Er robbte vorwärts, jeder Zentimeter zehrte an seiner Kraft. Aber er zwang sich weiter. Seine Brust fühlte sich an, als habe er ein Messer darin stecken. Dann ging es auch noch leicht aufwärts.

Nur noch ein Mal, dachte Schlaicher und stemmte die Füße in den schmutzigen Beton. Nur noch ein Mal, sagte er auf wie ein Mantra, und jedes Mal kam er ein paar Zentimeter weiter. Wenn er wenigstens wüsste, wie lang dieser Gang war und wohin er führte. Er durfte keine Pause machen.

Schlaicher spürte, wie eine neue Ohnmacht ihn zu überwältigen drohte. »Bleib wach«, sagte er zu sich und krallte seine Finger in den Beton, um sich noch schneller fortbewegen zu können, aber es half nichts. Die Enge des Gangs und seine Leibesfülle ließen ihn immer nur wenige Zentimeter vorankommen.

Jetzt hörte er etwas von hinten. Da schrie jemand. Schlaicher bewegte sich schneller, er zwang sich, die Schmerzen nicht zu beachten, was nicht gelang, aber er litt weniger unter ihnen. Die Angst vor dem Tod gab ihm ungeahnte Kräfte, und er drückte sich immer weiter voran.

»Schießdräck, er isch do duure«, rief jemand, aber Schlaicher konnte jetzt von vorne einen kalten Lufthauch spüren. Er wusste nicht, wie weit er in diesem Gang gerobbt war, aber der Glaube, seinem Ziel näher zu kommen, half ihm. Er zog sich weiter und spürte dann ein Hindernis vor sich. Er drückte dagegen, aber es saß fest. Er schlug dagegen, und das metallene Gitter ächzte unter seinem verzweifelten Angriff. Der Schnee, der von dem Gitter abfiel, ließ jetzt etwas Licht hindurch. Noch ein Schlag, das Ächzen wurde lauter, und mit einem letzten Stoß, in dem er seine ganze verbliebene Kraft bündelte, fiel das Gitter hinaus in den Schnee.

Schlaicher drückte sich durch die enge Öffnung und fiel einen leichten Abhang hinab. Er stieß gegen einen Baumstämm, der seine Bewegung stoppte.

Er war in einem Waldstück. Von den Ästen über ihm fielen immer wieder Schneebrocken, und Schlaicher ahnte, dass seine Flucht noch nicht zu Ende war. Er zog sich an dem Baum hoch und schaute sich um. Das Haus konnte er nicht sehen. Wohin musste er? Er war im Keller gewesen, die Steigung war nicht allzu stark gewesen, sodass er dachte, sich unterhalb des Hauses zu befinden. Dann musste er also hoch, aber genau von da drangen jetzt Stimmen an sein Ohr. Männer, die ihn jagten.

Schlaicher hetzte nach unten, durch die eng stehenden Jungbäume dem Tal entgegen. Dann wandte er sich nach rechts. Er musste einen Bogen schlagen. Er hatte keine Ahnung, wie weit dieses Waldstück ging. Das Dorf lag weiter oben, und auch sein Vater wartete oben in dem Frontera. Er musste es also schaffen, an den Männern vorbei nach oben zu kommen, musste es bis zum Auto schaffen, bis zu diesem kleinen, dunklen Weg, und dann mussten sie schnell weg und die Polizei alarmieren.

Immer wieder prallte er schmerzhaft gegen Bäume. Äste voller Schnee peitschten in sein Gesicht. Er verfluchte die Spuren, die der Schnee deutlich sichtbar dokumentierte. Dann wurde der Wald dichter, die Bäume mächtiger. Schlaicher spürte, dass der Schnee hier weniger hoch lag, er kam besser voran, und immer wieder gab es zwischen den dichten Weißtannen Stellen, wo statt der Helle des Schnees dunkle Tannenzweige und tote Nadeln lagen. Schlaicher versuchte, nicht auf das Weiße zu treten. Er hörte sich immer lauter selbst atmen, jeder Atemzug schmerzte in seiner Brust, und gleichzeitig kamen die Geräusche von hinten immer näher. Da war ein Bellen.

Schlaicher stolperte noch schneller weiter. Er fiel mehrmals in den Dreck, duckte sich unter tiefen Ästen. Ein Zweig hatte seine Wange aufgerissen. Aber das Blut, die Stiche in der Brust und der pochende Schädel waren nichts im Vergleich zu der Panik, die ihn ergriffen hatte. Dann stieß er auf einen Weg. Er war schmal, fast zugewachsen, führte bergauf und bergab. Schlaicher wandte sich nach oben. Hier lag wieder mehr Schnee. Er stolperte wieder und fiel mit seinem Knie auf einen Stein. Jetzt blieb er liegen. Blieb liegen im Schnee, der ihn wie ein weiches Polster bettete, er wirkte gar nicht kalt. Aber er musste doch weiter. Da waren Männer hinter ihm, die ihn töten wollten, die womöglich schon getötet hatten, Teufel in Menschengestalt.

Schlaicher drückte sich hoch, aber zusätzlich zu allen anderen Schmerzen schien jetzt auch sein Knie nicht mehr mitmachen zu wollen. Er fiel wieder hin und versuchte es sofort erneut. Ja, wenn er sich auf die Schmerzen in seiner Brust konzentrierte, dann hielt er die in seinem Knie aus. Da, ein Stock, ein krummer Ast, noch mit einem Wedel toter Nadeln daran, aber dick genug, dass er sich vielleicht darauf stützen könnte. In dem Moment bellte es wieder hinter ihm. Das Bellen war nah. Sehr nah. Der Hund des Wehrlehofs. Schlaicher umklammerte den Stock fester. Der Hund war schneller als er. Aber trotzdem kämpfte er sich noch etwas weiter vor, bevor sein Knie ihn zum Halten zwang.

»Fass!«, schrie eine Männerstimme.

Schlaicher drehte sich schwer atmend um. Er sah nur einen Schatten, der näher kam, sah dann einen zweiten, kleineren an ihm vorbeikommen. Schlaicher hielt den Stock so vor sich, dass der Hund zuerst dagegenprallen musste. Der Schatten bellte und knurrte, aber er blieb stehen, der zweite Schatten, der kurz vor Schlaicher haltgemacht hatte, knurrte ebenfalls. Dann erscholl ein einzelnes, kehliges Bellen, das Schlaicher eine Gänsehaut über den Rücken laufen ließ. Es war das Bellen von Dr. Watson. Schlaicher war nicht mehr allein.

Der andere Hund, ein großes, dunkles Tier, wie Schlaicher gegen den Schnee ausmachen konnte, war vor Dr. Watson stehen geblieben. Der wedelte mit dem Schwanz, langsam, vorsichtig. Tust du mir nichts, dann tue ich dir auch nichts, wollte er damit sagen. Der andere Hund knurrte weiter, aber sein nächstes Bellen klang nicht mehr so aggressiv. Dafür die Stimme des Mannes, der sich jetzt den Berg hochkämpfte.

»Fass!«, schrie er erneut und dann: »Do isch er. Chömmet!« Es war die Stimme von Jens, dem Lkw-Fahrer.

Aber der Hund reagierte nicht. Er stand weiterhin dem stoischen Dr. Watson gegenüber, nur etwa zwei Meter von Schlaicher entfernt, und begann jetzt auch zu wedeln. Gott, welch ein Wunder! Trotzdem, Jens wurde dadurch nicht ungefährlicher. Der junge Mann stürmte auf Schlaicher und die Hunde zu.

Als er mit einem blitzenden Gegenstand in der Hand auf Schlaicher zusprang, nahm der den Stock hoch und rammte ihn seinem Angreifer in die Brust. Der Stock barst, Schlaicher wurde von dem Aufprall beinahe umgeworfen, aber Jens hatte es schwerer getroffen. Er ruderte mit den Armen, schien Halt zu suchen, fiel dann aber rückwärts den Hang hinab. Als er aufschlug, klang es wie eine brechende Kokosnuss. Er blieb liegen und regte sich nicht.

Schlaicher stand erstarrt da. Er schaute zu dem jungen Mann, der sich nicht bewegte. Er hatte ihn umgebracht. Er spürte, wie sich sein Magen umdrehte, und erbrach sich in den Schnee. Rufe drangen aus der Dunkelheit. Schlaicher schaute ein letztes Mal zu dem Mann, der ihn hatte töten wollen und nun durch seine Hand gestorben war, dann drehte er sich um und humpelte den Berg hoch, immer weiter, bis plötzlich Dr. Watson an seiner Seite war und der zweite Hund, der jetzt friedlich neben ihnen herstapfte. Viel weniger friedlich klangen die Stimmen, die von hinten an Schlaichers Ohr drangen. Wütende Schreie verfolgten ihn, aber Schlaicher konnte nicht mehr schneller. Er war am Ende. Es war vorbei.

»Rainer?«, hörte er eine Stimme von vorne.

»Papa, Hilfe!«, rief Schlaicher kraftlos, und nach ein paar Metern besonders steilen Aufstiegs sah er, wie sein Vater ihm entgegenkam, in der Hand eine Taschenlampe, mit der er ihn blendete. Schlaicher humpelte auf ihn zu.

»Was ist denn mit dir, um Gottes willen?«, rief sein Vater und hörte dann auch die Stimmen von unterhalb, die wie wütende Wölfe klangen.

Der alte Mann stützte seinen Sohn, und gemeinsam schafften sie es, etwas schneller voranzukommen; Dr. Watson und der unbekannte Hund waren weiterhin neben ihnen. Dann blinkte etwas vor ihnen. Es war der Frontera. Schlaichers Vater brachte ihn zur Beifahrertür, Schlaicher schaffte gerade noch den Einstieg und schlug die Tür zu. Sein Vater öffnete eine der hinteren Türen und befahl Dr. Watson, in den Wagen zu springen. Der folgte aber nicht. Schlaicher sah erste Lichtstrahlen von vorne kommen, Taschenlampenkegel, die sich auf den Opel zufraßen. Dann sprang der andere Hund in den Wagen, und Dr. Watson war plötzlich auch drin.

»Schnell, Papa«, rief Schlaicher.

Das brauchte er nicht zweimal zu sagen. Schlaicher senior sprang auf den Fahrersitz und schlug die Tür zu. Dann donnerte ein Schuss durch die Nacht. Der Alte kramte in seiner Hosentasche nach dem Wagenschlüssel, und als er ihn endlich fand, knallte es erneut.

»Schneller, Papa, schneller!«, stieß Schlaicher hervor. Er sah ein Loch in der Windschutzscheibe, genau in der Mitte. Die Hunde wimmerten, sein Vater fluchte, weil er immer noch nicht den richtigen Schlüssel hatte, und Schlaicher schrie: »Mach das Licht an, Papa!«

Plötzlich war alles hell. Vor ihnen, vielleicht noch zehn Meter entfernt, stand Wehrle mit einem Gewehr, daneben sein Sohn, der aus der Stirn blutete. Beide hielten sich die Hände schützend vor die Augen gegen das grelle Licht. Und dann startete der Motor des Frontera, und Schlaichers Vater schoss rückwärts aus dem Weg. Ein weiterer Schuss donnerte, schien aber den Wagen verfehlt zu haben. Schlaichers Vater brachte den Wagen außer Sichtweite der beiden Männer, fuhr rückwärts auf die kleine Straße und legte dann den ersten Gang ein wie ein Sportfahrer. Schon klammerte sich das Profil der Winterreifen in den Schnee, bis der Wagen genug Griff gefunden hatte, dann rasten sie aus dem Wäldchen heraus, fuhren weiter und kamen endlich ins Dorf. Keiner sagte etwas. Nur von hinten kam ein leises Wimmern. Schlaicher drehte sich um, so weit es ging, und sah Dr. Watson, der den anderen Hund am Hals leckte.

»Papa, fahr langsamer«, sagte Schlaicher zu seinem Vater, der mit über siebzig durch die enge schneebedeckte Straße des Dorfs fuhr und immer wieder ins Schleudern geriet. Er bremste tatsächlich ab. Aber sie waren offensichtlich nicht die Einzigen, die zu schnell unterwegs gewesen waren. An der Kreuzung, die zur Straße nach Badenweiler führte, stand ein komplett demolierter Wagen, ein VW Touareg, der seitlich von einem großen Lkw erfasst worden war.

»Halt an«, sagte Schlaicher, und sein Vater tat wie geheißen. »Schau nach, was los ist«, sagte Schlaicher, »und gib mir das Handy. Ich muss sofort die Polizei anrufen.«

Sein Vater stieg aus, und Schlaicher beobachtete, während er die 110 wählte, wie sich sein Vater entsetzt vom Innenraum des VW abwandte. Dann ging er zur Seitentür des Lasters und half einem Mann aus dem Wagen.

»Notruf, hallo?«

»Mein Name ist Schlaicher. Ein Unfall in Badenweiler Sehringen, vermutlich ein Toter. Außerdem wurde noch auf mich geschossen. Noch ein Toter im Wald. Der Wehrlehof in Sehringen hat mit dem Mord an Ulrich Wittmann zu tun. Da werden außerdem Leute gefangen gehalten und unter Drogen gesetzt.« Jedes Wort hatte ihm wehgetan. Jetzt, da die schlimmste Gefahr vorbei war, begannen sich alle Verletzungen deutlicher als zuvor bemerkbar zu machen.

»Wollen Sie mich verarschen?«, fragte die männliche Stimme am anderen Ende.

»Nein. Rufen Sie Kommissar Schlageter von der Kripo Lörrach an und sagen Sie ihm meinen Namen. Er weiß dann Bescheid. Rainer Maria Schlaicher.«

»Bleiben Sie in der Leitung.«

Jetzt bellte Dr. Watson. Schlaicher schaute nach hinten und sah überall Blut. Es war der große Hund, vielleicht eine Mischung aus Schäferhund und Bernhardiner, auf jeden Fall war das Tier riesig. Es lag still auf dem Polster.

»Hallo, sind Sie noch da?«, fragte eine andere Stimme.

»Ja«, sagte Schlaicher. Zwei Männer liefen an Schlaicher vorbei und halfen seinem Vater, der den blutenden Lasterfahrer auf die Straße gelegt hatte.

»Wir konnten Kommissar Schlageter nicht erreichen, aber Kommissar Hellbach hat gesagt, wir sollen jemanden vorbeischicken.«

»Danke«, sagte Schlaicher. »Wir brauchen mindestens einen

Rettungswagen, vielleicht die Feuerwehr, um einen Mann aus einem Auto rauszuholen, das sieht fürchterlich aus. Dann Polizei: viel Polizei zum Wehrlehof. Die müssen schnell sein. Aber Vorsicht, die sind bewaffnet. Drei Männer sind im Keller eingesperrt. Dann ist hier noch ein angeschossener Hund. Und ich könnte auch einen Arzt vertragen. Machen Sie schnell!«

Ein paar Sekunden blieb es still, dann sagte die Stimme: »Ich könnte immer noch schwören, dass Sie mich verarschen wollen. Aber wir schicken die Leute sofort los.«

Schlaicher legte auf. Weitere Leute kamen aus den Häusern auf die Straße. Sicherlich würden Wehrle und sein Sohn es nicht wagen, ihm jetzt noch etwas zu tun. Hier waren zu viele Leute. Es wurde wieder dunkel um ihn herum. Um gegen die Ohnmacht anzukämpfen, hatte er keine Kraft mehr.

Irgendjemand rüttelte an ihm. Schlaicher riss die Augen weit auf und schaute den Mann panisch an. Würde man ihn weiterquälen?

»Rainer, mein Sohn, ich bin es!«, sagte sein Vater flehend, und Schlaicher atmete erleichtert auf.

»Papa, ich habe jemanden umgebracht«, flüsterte er. Sein Vater legte ihm eine Hand auf die Schulter. Gegen die erste Tränen kämpfte Schlaicher noch an, dann überwältigten ihn seine Gefühle.

Er hörte Martinshörner, das blaue Flackerlicht eines Polizeiwagens blendete ihn in regelmäßigem Stakkato. Dann kamen weitere Fahrzeuge, Feuerwehr, Krankenwagen und Polizei. Schlaichers Vater ging, in seinem feinen Anzug mehr als deplatziert wirkend, zu den Polizisten und zeigte den Weg am Frontera vorbei. Zwei Sanitäter liefen auf Schlaicher zu, halfen ihm aus dem Wagen und führten ihn zu einem der Krankenwagen. Schlaicher sagte noch: »Der Hund«, dann umfing ihn die Dunkelheit erneut.

DREIZEHN

Schlaicher hatte die Untersuchungen nach seiner Einlieferung kaum mitbekommen. Die starken Schmerzmittel, die aus dem Infusionsbeutel in seine Adern tropften, hatten einen dichten Nebel über alle Empfindungen gelegt, und in den Händen der stämmigen Ärztin und einer noch stämmigeren Nachtschwester fühlte sich Schlaicher sicher und geborgen. Er tat alles, was sie ihm sagten, atmete tief ein, hustete, beugte sein Knie, was nur bis zu einem gewissen Grad funktionierte, bekam zwei oder drei Spritzen und wurde dann wieder in sein Zimmer gerollt. »Alles halb so schlimm«, hatte die Ärztin gesagt, dann war er in einen tiefen, traumlosen Schlaf gesunken.

Am nächsten Morgen fühlte sich Schlaicher viel besser und gleichzeitig schlechter. Sein erster Gedanke galt den drei Männern, die in einer Perversion von einem Krankenzimmer unter dem Bauernhof der Wehrles gehaust hatten und denen er sein Leben verdankte. Der Schwarze. Der Penner hatte einen Schwarzen an der Lenk-Plastik gesehen. Aber Schlaichers Gedanken schossen sofort in eine andere Richtung, als er sich zu bewegen versuchte. Jeder Knochen im Leib tat ihm weh, aber dank des Schmerzmittels blieb es im Rahmen des Ertragbaren. Wie sein Körper die gestrigen Torturen überstanden hatte, blieb ihm ein Rätsel.

Die Tür ging auf, und eine junge Krankenschwester schaute herein. »Ah, wir sind wach geworden«, sagte sie. »Das ist gut. Wir werden Sie gleich noch einmal untersuchen, und dann warten auch schon eine ganze Menge Leute auf sie. Aber jetzt wollen wir erst mal frühstücken. Ich habe es Ihnen extra zurückgestellt.«

»Wie spät ist es denn?«, fragte Schlaicher.

Die junge Frau lächelte. »Fast halb elf. Frau Dr. Katowecz hat angeordnet, dass Sie ausschlafen sollen.«

»Das war eine gute Idee!« Schlaicher lächelte zurück.

Nach dem Frühstück kam Schwester Agnes wieder und schob ihn mit Bett und Infusionsflasche zur Untersuchung. Auf dem Gang war das Gedränge groß: Sein Vater, Martina, Lars und Sarah, Kommissar Schlageter und Hellbach waren da. Martina stürmte zu ihm und nahm seine Hand, weinte und löcherte ihn mit Fragen.

»Jetzt lassen Sie uns erst mal zur Untersuchung, Frau Schlaicher«, sagte Schwester Agnes und schob Schlaicher durch die Tür des Fahrstuhls. Martina durfte nicht mit.

»Sie ist nicht meine Frau«, sagte Schlaicher.

»Ach so, Ihre Freundin. Na, sie hat sich ja nicht gewehrt, als ich sie Frau Schlaicher genannt habe.« Schwester Agnes lachte.

Die Untersuchungen dauerten fast eine Stunde. Schlaicher wurde geröntgt, abgeklopft, an allerlei Apparate angeschlossen und befragt. Der Oberarzt, der nach der Untersuchung mit den Ergebnissen zu Schlaicher kam, schien zufrieden.

»Sie haben Glück gehabt. Es ist nur eine Rippe gebrochen, ein sauberer Bruch, der ohne Komplikationen verheilen dürfte. Sie haben keine Beschwerden beim Atmen?«

»Es tut ein bisschen weh, wenn ich tief einatme«, antwortete Schlaicher müde.

»Das ist normal. Ich denke, wir können Sie heute schon entlassen, wenn Sie zu Hause jemanden haben, der sich um Sie kümmert. Wir warten noch die Infusion ab, aber gegen Nachmittag können Sie dann fahren. Beziehungsweise sich fahren lassen. Das Auto ist jetzt erst mal ein paar Tage tabu.«

Schlaicher kam wieder zurück in sein Zimmer, und jetzt durfte sein Besuch mit rein. Martina war gar nicht mehr von seiner Seite zu bekommen, Lars war anhänglich wie selten. Schlaicher senior wirkte sehr befreit und blieb ruhig auf einem der Stühle an dem kleinen Holztisch sitzen. Schlageter und Hellbach waren zunächst außen vor. Die Schwester hatte gesagt, dass zuerst die Familie dran sei. Auch als Schlageter meinte, doch fast zur Familie zu gehören und dass er unbedingt sofort mit dem Kranken sprechen müsse, blieb Schwester Agnes trotz ihres jungen Alters hart. Tatsächlich hatte Schlaicher genug zu tun, die vielen Fragen seiner Familie zu beantworten. Und wollte vor allem selbst ein paar Fragen beantwortet bekommen.

»Papa, was ist mit Uersli?«, fragte er.

Sein Vater kam zu ihm und sagte: »Er ist tot. Er muss sofort tot gewesen sein bei dem Aufprall. Es war ein schrecklicher Anblick.«

»Und Dr. Watson? Und der andere Hund?«

Sarah lachte, und Lars sagte gut gelaunt: »Dr. Watsons Freundin geht es wieder besser. Sie hat eine Kugel abgekriegt, aber es war nur ein Streifschuss. Die beiden sind beim Tierarzt und spielen wohl schon miteinander.«

»Das ist gut. Mein Gott, hatte ich eine Angst vor diesem Hund. Und die Männer im Keller? Und die Wehrles?«

Jetzt antwortete Martina: »Die armen Teufel aus dem Keller hat die Polizei ins Krankenhaus gebracht. Schlageter wird dir davon wahrscheinlich nachher noch mehr erzählen. Uns gegenüber war er ziemlich verschlossen. Aber er hat gesagt, dass zwei Männer sich ergeben haben und ein dritter im Wald gefunden wurde. Schädelbruch.«

»Tot«, bemerkte Schlaicher fast lautlos.

»Nein, er ist nach Freiburg in die Uniklinik gekommen.«

Schlaicher atmete auf. »Gott sei Dank«, stöhnte er. »Dann lasst mal Schlageter reinkommen.«

Obwohl Martina der Meinung war, dass er sich zuerst noch etwas ausruhen sollte, wollte Schlaicher den Kommissar nicht länger warten lassen.

»Martina, bleibst du noch einen Moment?«

»Natürlich«, sagte sie.

»Es tut mir leid«, sagte Schlaicher.

»Mir auch«, sagte Martina.

»Willst du wieder bei mir arbeiten?«, fragte er dann.

Sie lachte und ging dann raus.

»Soso, der Herr Schlaicher«, sagte Schlageter und hielt ihm eine Flasche Orangensaft hin. »Hier, von uns beiden. Gute Genesung.«

Schlageter trug eine seiner obligatorischen Karohosen, diesmal in Beige, dazu ein dunkelblaues Hemd und darüber ein schwarzes Sakko. Sein Assistent Hellbach hatte eine zu kurze Jeans an. Schlageters Augen schillerten noch immer recht bunt. Mit der Faust von Jens, dem prügelnden Lkw-Fahrer, hatte Schlaicher ja nun auch Bekanntschaft gemacht.

»Wie geht es Ihnen?«, fragte Hellbach und reichte ihm die Hand.

»Danke, ganz gut. Trotz der Schmerzen. Aber ich darf heute Nachmittag schon wieder nach Hause. Ich scheine hart im Nehmen zu sein«, scherzte Schlaicher.

»Wieder nach Hause? Dann hätten wir Sie ja auch da befragen können«, maulte Schlageter.

»Es ist schon besser so. Die Ärzte haben gesagt, dass ich zu Hause die nächsten Tage keinen Besuch empfangen darf.« Das war zwar gelogen, aber vielleicht würde er so wirklich ein paar Tage ohne Schlageter haben.

»Nun denn«, murrte der Dicke und setzte sich auf den Stuhl an Schlaichers Kopfende. Hellbach nahm sich auch einen und setzte sich neben seinen Chef.

»Ihnen ist doch wohl klar, dass das, was Sie gemacht haben, nicht nur dämlich war, sondern Sie auch ins Gefängnis bringen kann.«

»Einer von den vieren muss Wittmann umgebracht haben«, sagte Schlaicher.

»Ja, das haben wir mittlerweile auch rausgefunden.«

»Jetzt sagen Sie mir nicht, Sie hätten jemals Uersli oder diesen Bauern verdächtigt.«

»Natürlich habe ich Uersli im Verdacht gehabt. Immerhin stand er dem Toten sehr nah.«

»Aha, Sie wollen es also gleich gewusst haben.« Schlaicher ärgerte sich schon wieder über den Kommissar. Seine Kopfschmerzen wurden stärker.

»Nein, wir hätten auf legalem Weg sicherlich noch etwas länger gebraucht, um den Fall zu lösen, aber wir hätten es auch geschafft. Wissen Sie, ehrlich gesagt bin ich froh, dass Sie die paar Blessuren abbekommen haben.«

»Wieso das denn? Damit Sie nicht der Einzige sind, der Spuren einer Schlägerei trägt?«

»Nein, nicht deshalb, sondern weil Sie jetzt hoffentlich lernen, Ihre Finger aus meiner Arbeit zu lassen. Aber genug geplaudert. Kommen wir zur Sache.«

Bevor der Kommissar weiterreden konnte, fragte Schlaicher nach den Männern, die im Keller des Wehrlehofs eingeschlossen gewesen waren.

»Sie sind im Krankenhaus, und wir haben mit Dolmetschern angefangen, sie zu befragen. Die Männer sind illegal im Land und mussten wohl als Bezahlung für die Schleusung aus der Schweiz hier als Versuchskaninchen herhalten.« Schlageter schüttelte den Kopf.

Das passte, dachte Schlaicher. Langsam fügten sich die Mosaiksteine in seinem immer stärker pochenden Kopf zusammen.

»Und die Wehrles? Und der andere?« Schlaicher hoffte, eine Bestätigung zu bekommen, dass Jens noch lebte.

»Die Wehrles hatten sich in ihrer Jagdhütte verschanzt. Die Kollegen haben sie aber recht schnell zur Aufgabe bewegen können. Noch in der Nacht haben sie ein Geständnis abgelegt. Dieser Jens Stückle war fast tot, als wir ihn gefunden haben. Er liegt auf der Intensivstation.« Der Kommissar fasste sich an das Auge, das von Stückles Hieb noch immer grün angelaufen war.

»Ich bin gestern in das Büro von Wittmann und Uersli eingebrochen«, sagte Schlaicher.

Schlageter wollte sich schon aufregen, aber Hellbach legte ihm beruhigend die Hand auf die Schulter. Schlaicher sprach weiter. »Wenn Sie sich die Akten und die Bücher mal genau anschauen, werden Sie ein paar ungewöhnliche Vorgänge finden. Ich glaube, ›lifetest‹ hat schon seit längerer Zeit krumme Geschäfte gemacht.«

»Hellbach, jetzt nehmen Sie endlich Ihre Hand von mir weg und notieren Sie mit«, unterbrach ihn der Kommissar. Hellbach kramte seinen Block aus der Jackentasche und kritzelte eifrig, während Schlaicher von den zu billigen Angeboten der »lifetest« und deren Kauf des Waldstücks erzählte.

»Sie finden da auch Testberichte, die vermutlich der alte Wehrle geschrieben hat. Wittmann und Uersli haben wohl gemeinsame Sache gemacht, und vielleicht wollte Wittmann irgendwann nicht mehr mitmachen«, spekulierte Schlaicher.

»Sie sind recht nah dran«, meinte Schlageter überlegen lächelnd. »Wehrle hat mittlerweile gestanden. Uersli und er hatten schon vor sieben Jahren Kontakt miteinander. Die Wehrles hatten noch einen zweiten Sohn, der an Krebs erkrankt war. Uersli war damals noch Arzt in so einer Art Medikamententestklinik. Er hat den Wehrles angeboten, ihr Sohn könne an einer Testreihe für ein neues Medikament teilnehmen. Der Junge starb zwar trotzdem, aber seither hatte Axel Wehrle Kontakt zu Robert Uersli.«

Schlaicher nickte. Das erklärte das eigenartige Kinderzimmer, das er gesehen hatte.

»Erzählen Sie weiter«, forderte er Schlageter auf.

»Offenbar ist Uersli irgendwann auf die Idee gekommen, dass man auch an teuren Testpersonen sparen könnte. Also kamen sie auf die Idee, mit Stückles Hilfe arme Teufel von der Schweiz nach Deutschland zu holen. Als Bezahlung mussten die sich für Medikamententests zur Verfügung stellten. Sie können sich wohl vorstellen, dass ebendiese Tests nicht von der ungefährlichsten Sorte waren. Wehrle hat zugegeben, dass das seit etwa einem Jahr so gegangen ist. Damals hatten Wittmann und Uersli den alten Keller unter dem Hof zu einer Krankenstation umgerüstet. Finanziert mit an der Steuer vorbeigeflossenem Geld. Im vergangenen Monat soll einer der Probanden bei einem Test gestorben sein. Wir suchen gerade nach der Leiche.«

»Das habe ich nicht gewusst«, sagte Schlaicher schockiert. Laut dachte er nach: »Dann wollte Wittmann aussteigen, und Uersli und die anderen haben ihn umgebracht.«

Schlageter winkte ab. »Wehrle sagt, dass Uersli es allein gewesen sei. Aber wir überprüfen das noch. Uersli soll Wittmann während eines Streits mit einer Marienfigur erschlagen haben. Die Tatwaffe ist ebenfalls noch abkömmlich.«

»Und jetzt«, übernahm Schlaicher, »kommen die Mondkinder ins Spiel.«

Während Hellbach auf seinem Platz herumrutschte, sagte sein Vorgesetzter: »Genau. Uersli hatte wohl die Idee mit der Lenk-

Plastik. Wehrle hat ausgesagt, er sei wie besessen davon gewesen, die Leiche dort aufzuhängen, weil wir zusammen mit der Brandmarkung und der Kette unweigerlich die Sekte verdächtigen würden. Er wusste ja, dass Wittmann mit seiner Tochter Streit gehabt hatte. Uersli selbst hat allerdings nicht geholfen, Wittmann aufzuhängen. Das haben die anderen drei gemacht. Und sich noch den Schwarzen zum Wacheschieben dazugeholt.«

»Aber Sie hätten Wittmann doch auch einfach irgendwo im Wald verscharren können«, sagte Schlaicher.

Schlageter schaute ernst drein. »Da haben Sie recht, Schlaicher. Aber Uersli wollte uns wohl denken lassen, dass nur Verrückte so etwas machen würden. Wir haben es ihm ja auch abgenommen.«

»Stimmt«, sagte Schlaicher. »Sie sind darauf angesprungen. Dabei war die Spur doch eigentlich zu offensichtlich gelegt.«

Schlageter rieb sich vorsichtig das rechte Auge. »Sie denken wohl, dass wir vollkommen unfähig sind, was? Meinen Sie, uns wäre das nicht aufgefallen? Trotzdem hätte es sein können, dass diese komischen Sektenbrüder so drauf sind. Ich bin dazu angehalten, alle möglichen und unmöglichen Spuren zu verfolgen. Viel mehr als diese Sekte hatten wir anfangs nicht. Und dann hat mich gewundert, dass Sie da so drinsteckten.«

»Das war wirklich Zufall«, betonte Schlaicher.

»Wegen dieses Zufalls haben wir jetzt einen toten Mörder, drei des Mordes Verdächtige, die zumindest Handlanger waren, eine vollkommen aufgelöste Frau Wehrle, die wohl nur Mitwisserin war, und drei Flüchtlinge im Krankenhaus. Und suchen noch die Leiche eines armen Illegalen.«

Schlaicher zog sich diese versteckte Anschuldigung nicht an. Er war nur froh, dass Jens noch lebte, dass er niemanden auf dem Gewissen hatte. Er fragte noch einmal nach den drei Männern aus dem Kellerlabor.

»Der Einzige, der einigermaßen gehen konnte, war der Schwarze. Die anderen konnten nicht mal mehr selbständig stehen. In der Uniklinik Freiburg wird gerade überprüft, was ihnen verabreicht worden ist. Wenn sie wieder gesund sind, dann werden sie wohl abgeschoben, die armen Teufel.« Schlageter schaute betrübt drein.

Schlaicher war entsetzt: »Wie, Sie meinen, sie sind nach Deutschland geflohen, weil in ihrer Heimat ihr Leben auf dem Spiel stand, dann werden sie wie Sklaven gehalten, menschliche Versuchstiere, und dann werden sie einfach abgeschoben?«

»Ich weiß es nicht«, sagte Schlageter ungewohnt leise.

»So, nun braucht der Herr Schlaicher aber wieder seine Ruhe«, sagte Schwester Agnes, die mit einem Tablett hereinkam. »Wir werden jetzt mal die Temperatur nehmen, Herr Schlaicher«, sagte sie zu ihrem Patienten, ohne die Polizisten weiter zu beachten.

»Wir kommen Sie dann zu Hause noch mal besuchen«, versprach Hellbach.

Schlaicher fühlte sich von dem Gespräch sehr erschöpft. »Ich glaube, ich schlafe jetzt ein«, sagte er wegen des Fieberthermometers im Mund recht undeutlich zu Schwester Agnes. Bevor sie das Thermometer entfernte, war er bereits weggedämmert.

VIERZEHN

Am nächsten Morgen war es so weit. Schlaicher senior hatte zwar noch ein paarmal hin und her überlegt, ob er seinen Sohn jetzt wirklich allein lassen sollte, aber als Martina ihm versicherte, sich intensiv um Schlaicher zu kümmern, und der auch der Meinung war, sich ohne seinen Vater besser erholen zu können, hatte er doch seine Sachen gepackt. Als Schlaicher leicht hinkend gegen neun Uhr sein Zimmer verließ, standen schon die Koffer und Lars' und Sarahs Reisetasche an der Tür. Dr. Watson lag daneben, den Kopf auf Lars' Tasche gestützt.

»Morgen, Watson«, sagte Schlaicher. Der Hund blieb liegen, aber wedelte schwerfällig mit dem Schwanz. Klackernde Schritte kamen aus Richtung der Küche. Lars hatte die hünenhafte Hundedame Miss Marple getauft, ihren richtigen Namen kannten sie nicht. Miss Marple war – zu Schlaichers großem Glück – ein sehr braves Tier und reagierte für seinen Geschmack zu unterwürfig. Schlaicher ging davon aus, dass sie geschlagen worden war. An der Stelle, wo der Schuss ihres früheren Herrn sie gestreift hatte, trug sie einen Verband. Sie schnüffelte an Schlaichers Bein und wedelte weitaus freudiger als Schlaichers eigener Hund. Als Dr. Watson das aber sah, stand er nun doch auf und drängte sich mit seinem dicken Kopf zwischen Herrchen und Hundedame. Auf wen von beiden der Basset eifersüchtig war, wusste Schlaicher nicht.

»Morgen, Papa«, rief Lars aus der Küche. Die weiteren Stimmen zeigten ihm, dass außer Lars natürlich noch Sarah, sein Vater, Martina und eine weitere Frau da waren: Anke Grainer, Sarahs Mutter.

Schlaicher grüßte durch die Wohnung zurück und ging dann erst einmal ins Badezimmer. Kaum war er drinnen, klopfte es.

»Kann ich dir irgendwie helfen?«, fragte Martina.

»Nein, natürlich nicht«, erwiderte Schlaicher.

»Okay. Ich wollte nur nett sein.«

»Sorry, aber aufs Klo muss ich schon allein«, knurrte Schlaicher.

Tatsächlich konnte er es nur mit großer Mühe. Auch das Waschen fiel ihm schwer. Er säuberte sich um den großen Stirnverband herum, der in der vergangenen Nacht zum Glück kein neues Blut hatte aufsaugen müssen. Sein Brustkorb schmerzte erstaunlich wenig, aber wenn er sich auch nur ein bisschen falsch bewegte, schossen stechende Schmerzen durch seinen Oberkörper. Und in seinem Kopf liefen immer wieder die Bilder ab, die ihn auch schon in den vergangenen beiden Nächten gequält hatten: die drei Männer in dem Krankenzimmer im Keller, der zerquetschte VW Uerslis, das Knacken, als Jens Stückles Kopf aufschlug, der tote Wittmann am Denkmal, der mit seinen illegalen Testreihen für den Tod eines anderen Menschen mitverantwortlich war.

Schlaicher würde Schlageter fragen, wo die drei Flüchtlinge untergebracht waren. Er wollte sie unbedingt besuchen. Er verdankte dem Schwarzen, dessen Namen er noch nicht einmal kannte, sein Leben. Er mochte sich nicht ausmalen, auf welche Art Wehrle und Uersli ihn zum ewigen Schweigen gebracht hätten, wenn er nicht gewesen wäre. Vielleicht hätten sie ihm auch ein Brandmal aufgedrückt, einen Mond mit einem Kreuz darin ... und versucht, es so aussehen zu lassen, als hätten Marias Mondkinder wieder zugeschlagen.

Schlaicher hinkte zurück in sein Zimmer. Er rief Lars, um sich beim Anziehen helfen zu lassen.

»Morgen muss ich dann ja wohl allein zurechtkommen«, sagte Schlaicher.

»Wieso? Martina hat doch schon ihre Sachen in mein Zimmer geräumt. Sie hat gesagt, sie bleibt hier, bis es dir besser geht.«

»Ach was ...«

»Doch, klar. Mensch, Rainer, die steht auf dich.«

»Aua, pass auf mit dem Hemd!«

»Jetzt lenk nicht ab, Rainer!«

»Martina hat einen Freund«, sagte Schlaicher, während er langsam die Knöpfe zufrickelte.

»Du meinst ihren Freund Leo aus der Schweiz? Der ist schwul!«

»Was?«, fragte Schlaicher ungläubig.

»Als wir im Krankenhaus gewartet haben, hat sie jedenfalls erzählt, dass sie mit einem Freund essen war, der dann auch bei ihr übernachtet hat. Sie hat gleich dazugesagt, dass sie den schon seit ein paar Jahren kennt und dass er schwul ist.«

Schlaicher sagte nichts mehr.

»Hallo, Rainer«, flötete Anke Grainer, als er in die Küche kam, wo sie zusammen mit den anderen saß. »Du siehst ja schon wieder schlimmer aus, als ich mir das vorstellen konnte. Ich habe schon gehört, was dir passiert ist. Geht es dir gut?«

»Gut genug«, sagte Schlaicher. Lars machte ihm Platz, und Schlaicher setzte sich langsam und unter Stichen in seinem Knie und in der Brust hin.

»Eigentlich solltest du ja noch liegen«, sagte Martina.

»Ja, ja, aber lass ihn doch wenigstens noch kurz bei uns, damit wir uns noch verabschieden können«, sagte Schlaicher senior.

»Papa, ich habe nachgedacht«, sagte Schlaicher. »Du darfst dieses Asthmamittel nicht mehr nehmen. Es ist nicht richtig getestet worden und scheint Nebenwirkungen zu haben.«

»Was?«

»Vielleicht kamen deine Schwindelanfälle daher«, sagte Schlaicher hoffnungsvoll, dass es stimmen mochte.

Dann klingelte das Telefon. Lars ging hin und kam kurz darauf mit dem Gerät in die Küche. »Für dich«, sagte er zu Schlaicher. »Ein Herr Dietsche.«

Dietsche! Den hatte er vollkommen vergessen. Schleicher hielt den Hörer ans Ohr, und kaum hatte er ein leises »Ja?« von sich gegeben, brüllte der kleine Galerist los:

»Sie treiben es zu weit, Schlaicher! Ich habe jetzt Anzeige gegen Sie erstattet. Sie werden im Knast landen wegen Diebstahls!«

»Jetzt beruhigen Sie sich doch erst einmal. Ich hatte einen schweren Unfall und war im Krankenhaus. Deshalb konnte ich Ihnen das Bild noch nicht zurückbringen.«

»Was?«, schrie Dietsche immer noch so laut, dass Schlaicher den Hörer mit Abstand zum Ohr halten musste.

»Ja, fragen Sie bei Kommissar Schlageter von der Kripo nach, wenn Sie mir nicht glauben. Der kann Ihnen das bestätigen.«

Jetzt blieb es still in der Leitung.

»Hallo? Herr Dietsche? Sind Sie noch da?«

»Natürlich. Meinen Sie etwa, ich hätte mich einfach so entmaterialisiert?«, sagte der Galerist schon etwas leiser. »Ich überlege nur, ob ich Ihnen das abnehmen soll. Ich habe Ihnen ja schon so viele Ausreden geglaubt.«

»Wie gesagt: Sie können es nachprüfen.« Schlaicher fragte sich nur, wie er Dietsche den neuen Zustand des Bildes erklären sollte.

»Hmm«, murrte Dietsche. »Ein Unfall? Geht es Ihnen denn gut?«

»Nett, dass Sie fragen. Es geht. Was halten Sie davon, wenn ich Ihnen das Bild morgen bringe?«

»Gar nichts«, sagte Dietsche. »Ich komme gleich vorbei und hole es mir ab!« Damit legte er auf.

Kaum hatte Schlaicher ebenfalls aufgelegt, klingelte das Telefon schon wieder. Martina mahnte zwar, Schlaicher solle sich doch erholen, aber er nahm das Gespräch trotzdem an.

»Hallo? Do isch de Wolfgang Hug«, sagte die Stimme des Restaurators.

»Hallo, Herr Hug. Wie geht es Ihnen?«

»Na ja, wie's eim halt so goht, wenn eim s'Huus abg'facklet worden isch un mer nit weiß, wo mer aane soll«, antwortete Hug. »Ich ha dir doch g'sait, dass ich anrief, zum dir sage, in wellem Hotel mir sin.«

»Ich kann heute nicht vorbeikommen, um Sie zu bezahlen«, sagte Schlaicher schnell.

»Macht nüt. No chunnsch morn oder übermorn. Mir sin jo no do.«

Schlaicher notierte sich die Adresse des Hotels und die Telefonnummer.

»So, das reicht jetzt aber.« Martina nahm ihm das Telefon aus der Hand, nachdem er sich von Hug verabschiedet hatte.

»Ihr fahrt also jetzt«, sagte Schlaicher deshalb zu Lars und Sarah.

Schlaicher senior nickte. »Und ich werde schauen, dass ich mir ein anderes Spray verschreiben lasse.«

Als alle aufstanden, drückte Lars seinem Vater noch einen Zettel in die Hand und sagte: »Apropos Spray. Du wolltest doch wissen, wer die beiden Sprayer sind. Oder brauchst du das jetzt nicht mehr?«

»Du hast es rausgefunden?«

»Leicht war es nicht, weil die nicht bei mir auf der Schule sind«, sagte Lars. »Aber mit ein paar Beziehungen ...«

Schlaicher freute sich, dass Lars in Schopfheim mittlerweile richtig heimisch geworden zu sein schien.

»Danke, mein Junge.«

»Kein Problem, Dad. Und pass auf dich auf.«

Vater und Sohn umarmten sich vorsichtig.

»Jetzt bin ich dran«, sagte der alte Schlaicher und nahm seinen Sohn ebenfalls vorsichtig in den Arm. »Ich habe dich immer lieb gehabt«, flüsterte er ihm ins Ohr, und Schlaicher traten Tränen in die Augen.

»Ich dich auch«, sagte er, und als sie sich voneinander lösten, hatte auch sein Vater feuchte Augen.

Schlaicher ging mit bis zur Wohnungstür und dann in sein Schlafzimmer, wo er das Fenster öffnete und in die Schneelandschaft hinunterwinkte. Anke Grainer hatte sich ebenfalls verabschiedet. Martina half mit dem Gepäck, und Schlaicher ging durch den Kopf, dass der junge Mann, den er als so schnöselig empfunden hatte, schwul war. Wieso hatte er sich nur so darüber aufgeregt, dass er bei Martina übernachtet hatte?

Trefzer kam aus seiner Scheune und reichte Schlaicher senior die Hand. Die beiden schienen sich richtig lieb gewonnen zu haben, so wie sie miteinander scherzten.

»Solli, Rainer! Was machsch au du für Sache? I chumm gli emol zue dr uffe!«, rief Trefzer, aber Martina sagte sofort sehr bestimmt, dass das heute nichts mehr werden würde.

»Rainer muss sich ausruhen!«

Plötzlich waren alle weg. Schlaicher hatte dem Wagen noch nachgeschaut und gewunken. Als sie aber um die Kurve waren, hatte er das Fenster geschlossen, die kalte Luft ausgesperrt und sich ins Bett gelegt. Martina hatte recht. Er musste sich noch ausruhen.

Dementsprechend zufrieden zeigte sie sich, als sie wieder reinkam und ihn liegend vorfand.

»So, jetzt mach ich dir erst mal was zu essen!«

»Martina?«, stoppte Schlaicher sie.

»Ja?«, fragte sie, und ihre großen Augen sahen wunderschön aus.

»Ich wollte mich noch mal entschuldigen. Ich wusste ja nicht, dass dieser Freund von dir, na ja …«

»Du meinst, dass er schwul ist? Macht nichts. Ich wusste ja auch nicht, dass du nur mit Sarahs Mutter unterwegs warst.«

Sie lachten. Martina blieb noch etwas stehen, schwieg aber, und auch Schlaicher sagte nichts.

»Dann mache ich dir jetzt mal dein Frühstück«, sagte sie schließlich schüchtern.

»Danke«, antwortete Schlaicher.

Nach dem Frühstück, bei dem Martina neben ihm am Bett gesessen hatte, war er noch einmal eingeschlafen. Ein Klingeln hatte ihn geweckt. Es dauerte ein bisschen, bis Martina aufmachte, aber dann gab es ein Quietschen, das nur von Schlageter kommen konnte, der wohl die beiden Hunde gesehen hatte. Die Tür zum Schlafzimmer ging auf, und der dicke Kommissar quetschte sich schnell durch und warf sie dann wieder zu.

»Das wird ja immer schlimmer bei Ihnen, Schlaicher!«, stöhnte er schwer atmend. »Jetzt haben Sie schon zwei solche Bestien!« Er zuckte heftig, als sich die Tür öffnete.

»Er braucht noch Ruhe«, sagte Martina.

»Nicht die Hunde reinlassen!«, schrie Schlageter, aber die waren wohl gar nicht in der Nähe.

»Wenn Sie nicht in einer Viertelstunde raus sind, Herr Kommissar, dann lasse ich die Hunde rein!«, lachte Martina.

Schlaicher lachte mit, als er das blasse Gesicht des Kommissars sah.

»Was kann ich für Sie tun?«, fragte er dann.

»Meinen Sie nicht, dass auch ich einfach mal nur einen Krankenbesuch machen kann?«

»Nein«, sagte Schlaicher bestimmt. »Also, was wollen Sie?«

»Na ja, ich wollte mich noch einmal mit Ihnen unterhalten.« Schlageter trat vor Schlaichers Bett von einem Fuß auf den anderen. »Übrigens hat mich vorhin ein Herr Dietsche angerufen. Kennen Sie den?«

»Ja, tue ich«, sagte Schlaicher.

»Dann ist ja gut. Der meinte, Sie hätten einen Unfall gehabt. Ich habe aber nur bestätigt, dass Sie im Krankenhaus waren.«

»Ich wollte meinem Geschäftspartner nicht erzählen, dass ich fast umgebracht worden wäre.«

»Ja, das kann ich verstehen«, sagte Schlageter.

Schlaicher setzte sich ein wenig höher. Schlageter stand immer noch da wie ein kleiner Junge, der beim Klauen erwischt worden war.

»Was ist denn, Herr Schlageter? Wieso sind Sie denn wirklich da?«

»Sie haben noch keine Zeitung gelesen?«, druckste der Kommissar jetzt herum.

»Nein, wieso?«, fragte Schlaicher.

»Na ja, irgendwie ist bei der Pressekonferenz wohl nicht so ganz klar geworden, wieso jetzt der Mordfall so schnell aufgeklärt werden konnte.«

»Aha?«

»Ja, also, die Badische Zeitung hat jetzt geschrieben, dass die Polizei, äh, sehr tüchtig war. Also ich.«

»Sie haben denen erzählt, dass Sie den Fall allein gelöst haben?«, fragte Schlaicher, der nicht sonderlich überrascht darüber war.

»Na ja, ich wollte Sie da tunlichst raushalten. Außerdem geht es die Öffentlichkeit ja auch gar nichts an, wie genau der Fall gelöst wurde.«

»Ehrlich gesagt, bin ich froh, dass ich aus dem Rummel draußen bin«, sagte Schlaicher, und Schlageter nickte zufrieden.

»Aber ich will doch noch etwas wissen«, sagte er dann. »Was ist mit den drei Männern, die im Keller waren? Die haben mir das Leben gerettet!«

»Sie liegen alle noch im Krankenhaus. Aber es geht ihnen schon besser.«

»Nein, ich meinte, können die hierbleiben?«

Schlaicher zuckte mit den Schultern. »Ich weiß es nicht. Aber ich werde mich dafür einsetzen. Immerhin habe ich den Mord in Höchstgeschwindigkeit aufgeklärt. Da darf man sich auch mal was von den Vorgesetzten wünschen, hoffe ich.«

Dann klingelte es schon wieder. Schlageter schaute auf, und Schlaicher hörte Martina zur Tür gehen.

»Herr Dietsche«, rief sie durch die Tür.

Schlaicher spürte, dass er nervös wurde. »Herr Schlageter. Könnten Sie mir die Tüte geben, die da im Schrank steht?«, bat er.

Schlageter gab sie ihm in dem Moment, als Dietsche zur Tür reinschaute. In der Hand hatte er eine Flasche Orangensaft.

»Hallo, Herr Dietsche«, grüßte Schlaicher.

»Es tut mir leid, dass ich vorhin so geschrien habe, Herr Schlaicher«, sagte Dietsche. »Dietsche«, stellte er sich dann Schlageter vor.

»Schlageter«, sagte der Kommissar. »Wir haben miteinander telefoniert.«

»Ah ja. Dann lernen wir uns auch mal so kennen.«

Jetzt kam Martina auch noch rein. Langsam wurde es richtig voll in Schlaichers kleinem Schlafzimmer.

»Die Anzeige habe ich selbstverständlich zurückgezogen«, sagte Dietsche jetzt.

»Danke, Herr Dietsche«, sagte Schlaicher. »Ich muss Ihnen aber gestehen, dass es da doch ein Problem mit Ihrem Bild gibt.« Er wollte es jetzt möglichst schnell hinter sich bringen.

Dietsche schaute sofort alarmiert auf. »Wieso?«

Schlaicher überreichte ihm wortlos, aber mit zweifelndem Blick die Tüte mit dem in die Wolldecke eingepackten Gemälde.

Martina und Schlageter schauten gespannt zu, wie der kleine Galerist die Decke zurückschlug, Schlaicher schaute nur in dessen Gesicht.

»Was …?«, sagte Dietsche nur. Sein Mund blieb offen stehen, als er das Bild sah.

»Wie haben Sie das gemacht?«, fragte er dann, noch immer auf das Bild starrend, das er mit beiden Händen am Rahmen hielt.

»Also, es wurde fachmännisch restauriert«, sagte Schlaicher schnell.

»Das sehe ich«, platzte Dietsche heraus. »Aber warum? Und wer hat das so schnell und so gut hinbekommen?«

Schlaicher atmete tief aus. Dietsche schien nicht wütend, sondern vielmehr erfreut zu sein. Oder vielleicht eine Mischung aus beidem.

»Durch einen Unfall ist der Rahmen beschädigt worden«, erklärte Martina.

»Was?« Dietsche schaute sich den Rahmen ganz genau an.

»Der Restaurator hat aber nicht nur den Rahmen gemacht, sondern auch gleich noch was am Bild«, erklärte Martina weiter.

»Aber wo soll der Rahmen kaputt gewesen sein? Der ist absolut unbeschädigt.«

»Dann ist ja alles gut«, sagte Schlaicher.

Als Dietsche weg war, wollte Martina auch den Kommissar hinauskomplimentieren. Aber Schlaicher bat sie, sie beide noch ein paar Minuten allein zu lassen.

»Hat sich denn sonst noch etwas Neues ergeben? Was ist mit Frau Wehrle?«

»Sie ist mittlerweile wieder auf freiem Fuß. Die Frau war an den Taten wohl nur indirekt beteiligt, und das auf Zwang von ihrem Mann«, sagte Schlageter. »Sie ist in ein Hotel in Lörrach gezogen und muss damit rechnen, dass sie wegen Mittäterschaft belangt wird. Sie will jetzt den Hof verkaufen. Zu viele dunkle Erinnerungen, meint sie. Ich habe lange mit ihr gesprochen und bin mir sicher, dass sie mit einem blauen Auge, also einer Bewährungsstrafe, davonkommen wird.«

»Die eigentlich treibenden Kräfte waren Uersli und Wehrle«, sagte Schlaicher.

»Und Wittmann«, fügte Schlageter zu. »Die drei haben zuerst die Steuerhinterziehungen betrieben und dann diese falschen Tests durchgezogen. Jetzt wird eine Sonderkommission von Pharmaspezialisten überprüfen, ob es bei den Konzernen Mitwisser gegeben hat.«

»Irgendwie unbefriedigend, oder?«, fragte Schlaicher.

»Was?«, fragte Schlageter zurück.

»Dass es eigentlich nur Opfer gibt: der Schwarze und die beiden anderen Flüchtlinge, Wehrles Frau, die Mondkinder Marias, denen man den Hof weggebrannt hat, all die Leute, die vielleicht durch falsch getestete Medikamente krank geworden sind, wie wohl auch mein Vater. Letztlich sind auch Wehrle und sein Sohn und Stückle Opfer von Uerslis und Wittmanns Geldgier geworden.«

Schlageter nickte. »Und Sie, Schlaicher«, sagte er.

»Und ich. Richtig.«

»Kannst du mir einen großen Gefallen tun?«, fragte Schlaicher, als er mit Martina und den beiden Hunden wieder allein war.

»Klar, was denn?« Sie lächelte ihn mit großen Augen an.

»Du musst das Seminar im Bauhaus übernehmen.«

Sie schien ein bisschen enttäuscht, sagte aber: »Mache ich. Aber du musst dich jetzt erst mal ausruhen. Du kannst mir ja morgen noch alles erklären.«

»Danke, Martina. Ich wüsste echt nicht, was ich ohne dich machen sollte.«

Martina setzte sich ans Bett und schaute Schlaicher tief in die Augen. »Ich bin gern für dich da«, sagte sie.

Schlaicher wurde ganz verlegen und sagte dann: »Äh, danke.«

Ebenso verlegen stand Martina auf. »Ich geh dann jetzt mal mit den beiden Hunden.«

Schlaicher hatte noch eine letzte Sache zu klären: Er nahm den Zettel, den Lars ihm geschrieben hatte, und wählte die erste der beiden Handynummern an.

»Ja?«, meldete sich eine Jungenstimme nach dem zweiten Klingeln.

»Hallo. Ich bin der Mann, der euch im Bauhaus beim Klauen erwischt hat«, sagte Schlaicher.

»Was? Scheiße«, antwortete der Junge. Es war wohl der Kleinere der beiden. »Philipp Kosky«, stand auf dem Zettel.

»Ich will nur mit dir sprechen«, sagte Schlaicher schnell.

»Wie hast du meine Handynummer gekriegt?«, fragte der Junge.

»Das ist doch egal, Philipp. Ich will dich nur warnen: Entweder ihr lasst diese Klauerei, oder ihr landet ziemlich bald im Jugendknast.«

»Hey, Alter, woher weißt du überhaupt meinen Namen?«

»So wie ich das alles rausgefunden habe, so schnell wird auch die Polizei alles über euch rausfinden.«

Jetzt allerdings schoss Schlaicher ins Blaue: »Und wenn ihr noch einmal Hakenkreuze irgendwohin schmiert, dann hetze ich euch die Polizei persönlich auf den Hals.«

»Woher weißt du das alles?«

Es war also richtig geraten. »Wieso sprayt ihr Hakenkreuze? Seid ihr rechts?«, stellte Schlaicher die Frage, die ihn tatsächlich am meisten interessierte.

»Weiß ich nit«, sagte der Junge, der mittlerweile sehr kleinlaut geworden war. Weinte er jetzt etwa? »Ich wollte das gar nit machen!«, brach es dann aus ihm heraus.

»Das ging von deinem Freund aus?«

»Der Bruder von Kevin hat gemeint, dass wir das machen sollen. Der ist rechts. Oder war rechts.«

»Wie meinst du das?«, fragte Schlaicher.

»Dem Bruder von Kevin geht's nicht gut«, sagte Philipp.

»Oh, das tut mir leid«, sagte Schlaicher.

Dann sah er auf dem Zettel, den Lars ihm geschrieben hatte, dass Kevin mit Nachnamen Stückle hieß.

Am nächsten Tag hatte Schlaicher einen Nachuntersuchungstermin bei einem Arzt in Schopfheim. Die Verletzungen heilten gut, seine gebrochene Rippe würde wahrscheinlich schon eher nicht mehr wehtun als das Knie, das mittlerweile mit einem gewaltigen Bluterguss blau angelaufen war. Der Arzt empfahl ihm, weite Wege vorerst noch zu meiden, und so ging Schlaicher in die schräg gegenüberliegende Apotheke, die er schon einmal besucht hatte, allerdings zu früh am Morgen.

»Ach Sie!«, rief die Apothekerin über ihre Theke. Schlaicher erkannte sie auch sofort wieder. »Do isch e Kommissar gsii un het g'sait, Sie siig kai Gängschder. Ich han di Azeig z'rückg'zoge.«

»Natürlich bin ich kein Gangster«, sagte Schlaicher. Die andere Kundin, die von einem jungen Apotheker bedient wurde, schaute Schlaicher dennoch skeptisch an und umklammerte ihre Handtasche. Schlaicher reichte sein Rezept über den Tresen und wartete, bis die Apothekerin die Schrift darauf entziffert hatte. Sie verschwand nach hinten und kam mit ein paar Salben und Tablettenschächtelchen zurück.

»Das isch guet, dass Sie kei Asthma-Schpree mehr bruuche. Wüsse Sie, de Sohn vun mei Nachbarin schafft jo do bi Biomedal in Friiburg. Do hett's wohl Probleme mit dem Schpree goo. Das isch jetz erscht emol vum Märkt.«

Schlaicher zahlte, und als er sich umwandte, rief die Frau ihn noch einmal zurück. »Ich wollt noch sage: Nüt für unguet.«

»Nichts für ungut«, wiederholte Schlaicher und humpelte aus der Apotheke.

Während Martina die Leute vom Bauhaus schulte, wie Schlaicher bei seinen Diebeszügen vorgegangen war, fuhr der nach Bad Säckingen, um sich mit Wolfgang Hug zu treffen, in der Jacke einen Umschlag mit zweihundertfünfzig Euro.

Hug nahm den Umschlag, ohne hineinzuschauen.

»Wie geht es jetzt bei Ihnen weiter?«, fragte Schlaicher.

»Unseri G'meinschaft wird sich verändere«, sagte Hug. »D'Schweschder Anna und der Bruder Joseph hän uns geschter g'sait, dass sie hürote un furtziehe wölle.«

Schlaicher staunte.

»Un mir andere sueche e neue Hof. Die Versicherig wird wohl zahle, sait der Immanuel.«

Schlaicher hatte eine Idee. »Ich wüsste einen Hof für Sie«, sagte er. »Ist sozusagen gerade frei geworden. Die Besitzerin will verkaufen. Der Hof liegt in Badenweiler und ist eigentlich wie gemacht für euch. Und abseits vom Ort. Im Moment hat er vielleicht ein bisschen schlechtes Karma, aber ihr bekommt das schon hin.« Schlaicher grinste.

Hug schaute ihn glücklich an. »Das hört sich jo perfekt aa! Vo wenn ab cha mer do iine?«

»Ich glaube, das dürfte sehr schnell möglich sein. Es gibt nur einen Haken«, sagte Schlaicher.

»Was?«, fragte Hug argwöhnisch.

»Ein Hund gehört zu dem Hof. Da das zufälligerweise eine Freundin von Dr. Watson ist, würden wir ab und zu mal vorbeikommen.«

Hug lachte. »Solang es e brave Hund isch un nit irgendsone Deufel …«

Danksagung

Ein Buch zu schreiben macht sehr großen Spaß. Gleichzeitig ist es auch mehr Arbeit, als man sich vorstellen mag. Wenn mir nicht viele liebe Menschen geholfen hätten, wäre diese Arbeit vielleicht nicht gelungen. Ihnen allen möchte ich meinen Dank sagen. Zudem danke ich meinen Lesern, die dafür gesorgt haben, dass der erste Schlaicher-Krimi »Mord auf Alemannisch« schon in der dritten Auflage erschien, bevor das zweite Buch überhaupt fertig geschrieben war.

Mein ganz besonderer Dank gilt:

Meiner Frau Daniela Bianca. Ihr gutes Beispiel leuchtet mir stets, und ihre Hinweise sind es immer wert, darüber nachzudenken,
Thimo, der mir in den heißen Phasen des Schreibens eine Menge andere Arbeiten abgenommen hat,
Bernhard Vallentin für seine Geduld und die Hilfe mit seinen grandiosen Alemannisch-Kenntnissen,
meiner Lektorin Stefanie Rahnfeld, die wieder fabelhafte Arbeit geleistet hat,
Willi Gierok, der als Krimiexperte die ersten Kapitel genehmigte, und
Paul Kowalewski für seine zupackende Art.

Ralf Dorweiler
MORD AUF ALEMANNISCH
Broschur, 224 Seiten
ISBN 978-3-89705-470-7

»Ganz schön viel Action für's beschauliche Wiesental – doch keine Sorge: Dorweiler gibt ganz zum Schluss richtig Gas: Nach Hercule-Poirot-Manier gibt's im Kreise aller Verdächtigen den großen Showdown. Ein locker und leicht zu lesendes Kriminalstück.«
Badische Zeitung

»Der Leser erfreut sich einer höchst bekömmlichen Krimizubereitung, die Lust auf Nachschlag macht.«
www.bad-bad.de